Pedro Zarraluki
Un encargo difícil

Pedro Zarraluki

Un encargo difícil

Premio Nadal 2005

Ediciones Destino
Colección
Áncora y Delfín
Volumen 1020

Diagonal, 662-664. 08034 Barcelona
www.edestino.es
Primera edición: febrero 2005
ISBN: 84-233-3703-0
Depósito Legal: B. 5.086-2005
Impreso por Cayfosa-Quebecor
Impreso en España - Printed in Spain

A Coco

Benito Buroy Frere llevaba media hora sentado en la sala de espera. Había dejado el sombrero en la silla contigua y de vez en cuando palpaba el forro con la esperanza de que se hubiera secado el sudor. Odiaba volver a ponerse el sombrero todavía húmedo. En media hora, Benito Buroy había hecho todo lo que se podía hacer en aquel lugar. Había hojeado el periódico, había intentado entablar conversación con el policía del mostrador, que no se molestaba en contestarle y le miraba con recelo si le preguntaba por su señora o por cualquier otro asunto, y había observado, con la curiosidad sin premura de los jubilados, a la mujer que pasaba la escoba tarareando una copla de Angelillo.

En aquellos momentos la mujer terminaba con la sala, pero las viejas baldosas estaban tan sueltas que el polvo y hasta las colillas se habían ido filtrando por entre las juntas. La mujer, acostumbrada probablemente a tan insólito fenómeno, se encogió de hombros. Salió de allí con un amplio y complaciente suspiro. Benito Buroy se preguntó a dónde iría a parar el polvo que se tragaba aquel piso cada vez que lo barrían.

En eso pensaba cuando se abrió la puerta del despacho y asomó la jeta del comisario. El policía era un hombre torvo, y tan pequeño que daba apuro detenerse a mirarlo. Se dirigía a los demás con la hostilidad propia de las personas incompletas, aunque por lo habitual se sentía satisfecho de sí mismo, y muy en especial de su sentido del humor.

—Más te vale que sean buenas noticias —dijo a modo de saludo—. En Burgos necesitan comunistas maricones para hacer de putas de los reclusos.

El funcionario del mostrador forzó una carcajada servil. Benito Buroy se puso en pie. Dijo, tras coger su sombrero y, de forma instintiva, comprobar que seguía humedecido por el sudor:

—Con todos los respetos, recuérdeme usted cuándo le he fallado.

—Pasa, pero no se te ocurra tocarme los cojones.

El comisario se acomodó tras su mesa sin ofrecer asiento a su visita. Benito Buroy permaneció en pie con el sombrero en la mano. La ventana enmarcaba una gaviota con las alas extendidas, esforzadas y trémulas, inmóvil en el aire.

—Ya está hecho —dijo Benito Buroy.

—No esperarás que vaya a creer en tu palabra. Dame pruebas.

Buroy sacó un sobre del bolsillo interior de su abrigo y lo dejó sobre la mesa. El comisario lo abrió con fingida desidia. En el interior había una larga nota mecanografiada. Comenzó a leerla apoyando la frente en una mano.

—Es el informe del comandante de Cabrera —dijo Benito Buroy—. Él hizo todos los trámites y le dio entierro en el cementerio de la isla... Supongo que no enviará usted copia al consulado alemán.

El policía negó aunque sin entusiasmo, como si todo aquel asunto ya le hubiera ocupado demasiado tiempo.

—Entrégame la pistola.

Benito Buroy sacó el arma envuelta en un pañuelo. Desdobló éste con cuidado, la cogió por el cañón y se la ofreció al policía. El comisario extrajo el cargador.

—Faltan dos balas —dijo—. Antes te bastaba con una.

—Me tiembla el pulso. Creo que debería ir pensando en dejar todo esto.

—Lo dejarás cuando yo te lo diga. Ahora, lárgate. Regresa a tu bar. Y ya sabes: si te cruzas conmigo por la calle, evita saludarme. Yo no me trato con pervertidos.

Cuando salió al exterior, Benito Buroy se alegró de que la vida regresara por fin a la normalidad. Se detuvo en la acera y dejó por unos instantes que el calor del sol le acariciase la cara. Con los ojos entrecerrados y las manos en los bolsillos, aprovechó para plantearse lo que haría a continuación. Tras dudar un poco decidió que se encaminaría al mercado. Compraría bacalao, si el racionamiento lo permitía, y lo prepararía con un sofrito de tomate y cebolla. Después de todo lo que había sucedido durante aquellas semanas, no estaba seguro de que Otto Burmann quisiera continuar cocinando para él.

Se puso en marcha con una sonrisa. Acordarse del pobre y miserable Otto le había llevado a rememorar, como si hubiera pasado muchísimo tiempo, sus viciosos encierros con Erica en el excusado del bar. Se trataba de una evocación muy poco romántica, pero Benito Buroy consideraba que no era él una persona de la que pudiera esperarse nada mejor... Una voz le susurraba dentro de la cabeza: «Despréciate ahora, no esperes a mañana, podría ser demasiado tarde». ¿Dónde había oído aquella frase? Le gustaba, se le ajustaba al cuerpo como un traje demasiado caro para poder permitírselo.

Ya era casi la hora de comer cuando llegó al bar con dos trozos de bacalao envueltos en papel de periódico.

Habían pasado tres semanas desde que saliera de aquel tugurio para cumplir el encargo del comisario, tres semanas tan largas que le daba la sensación de haber cambiado por completo. Sin embargo todo seguía allí en su lugar, hasta él mismo asumía la actitud de siempre, como si lo que había cambiado en Benito Buroy fuera de una dimensión que nada tuviera que ver con su rutina en Palma de Mallorca. Si se había convertido en otro hombre debería buscarse como quien busca a un extraño, en otras ciudades y en otros ambientes. Pero era tarde hasta para eso.

Dejó el paquete en la barra y se detuvo a contemplar el local. A aquellas alturas ya habían recogido los restos de los destrozos policiales. Otto Burmann intentaba recomponer una pata rota de una mesa puesta boca abajo sobre la barra. Erica, subida a una escalera y con la cabeza cubierta con un pañuelo de flores, encalaba la pared del fondo.

—Ya estás aquí —dijo Otto al verle, con la misma expresión de desaliento que habría puesto para comunicarle un desenlace fatal.

Benito Buroy lo miró con impaciencia.

—Dame una cerveza. Allí en Cabrera no hay. Las echo de menos.

Otto Burmann abrió el arcón, pero se demoró con el botellín en la mano.

—No será a mí a quien eches de menos, claro que no. A ti no te importa otra cosa que no sea darle gusto al cuerpo... Y a saber lo que habrás hecho en esa isla. Nada bueno, de eso estoy seguro. Me apostaría los ojos a que ese policía estará encantado contigo. En este país sois todos unos salvajes.

—No empieces, joder. Abre la botella, que tengo sed.

El alemán puso un vaso bajo el chorro del grifo para quitarle el polvo. Luego lo dejó mojado sobre la barra. En ese momento, un soplo de furtiva complicidad pareció paseársele por la cara.

—Erica lleva dos semanas sin beber —dijo, con una voz de improviso alegre y un poco histriónica—. Mírala. Su culo ya no parece una plaza de toros.

La mujer se había vuelto para sonreír al recién llegado. Buroy observó que no tenía el rostro abotargado como días atrás. Incluso le habían desaparecido las telarañas de capilares que le cubrían las mejillas.

—Estás guapa —le dijo—. Pareces otra.

Y a continuación, sin pensárselo demasiado, con la agilidad con que se expresan esas ideas que llevan tiempo acompañándonos a hurtadillas, ideas viejas que nacen como revelaciones, añadió:

—¿Quieres casarte conmigo? Otto nos hará de padrino y nos pagará la boda.

Un gruñido del alemán se avanzó como preludio de una de sus broncas, pero fue Erica la que contestó sin dejar de pasar la brocha por la pared.

—No te burles de mí. Ahora estoy frágil. Ni siquiera sé todavía si sirvo para ser una persona normal, pero tengo planes. En Inglaterra, cuando era más joven, cosía unos vestidos muy bonitos.

Buroy no había aventurado aquella propuesta para burlarse de Erica. Sin embargo, pensó que era mejor que ella se lo tomara así. De no volver Erica a las andadas ya encontraría ocasiones para continuar insistiendo, y antes o después cedería. Todas las mujeres acababan entregándose a la compañía de alguien, casi siempre a la compañía de cualquiera y sin muchos miramientos, como quien se pone a salvo de la lluvia. En lo relativo a este tema Benito Buroy no se hacía demasiadas ilusiones. La suya, si la había, sería una boda un poco triste, melancólica, de atardeceres en casa oyendo la radio.

—Está bien —aceptó. Ya había acabado de beberse la cerveza—, pero ven conmigo al servicio. Llevo tres semanas haciendo vida de monje.

—Ni lo sueñes. Ahora ya no lo hago en los retretes sino en las camas, como las señoras. A lo mejor después, cuando acabe de encalar.

Aquello era más de lo que Otto Burmann podía soportar.

—¡A lo mejor después te irás a tu casa, guarra! ¡Y tú, cabrón, me dijiste que cocinarías para mí! ¡Ya estoy harto de que todo el mundo me chupe la sangre! ¡Harto estoy! ¡Imbéciles! ¡Que sois unos imbéciles...!

Benito Buroy apoyó los codos en la barra dando la espalda al alemán. Abrió las manos y comprobó que los dedos le temblaban. Le sucedía siempre después de enfrentarse a la muerte: las manos le temblaban durante una semana, a veces durante más tiempo.

Tomó aire y lo dejó escapar lentamente por entre los labios. Acodado en la barra, oyendo como un rumor de fondo los improperios inagotables de Otto Burmann, cerró los ojos y recordó los atardeceres plácidos en la soledad exhausta de Cabrera, sus largas veladas en la balconada de la Comandancia Militar fumando puros con sabor a metralla, y recordó el día en que el Lluent pescó el atún más grande que se había visto nunca, y aquel otro día en que Camila convirtió un camión del ejército en una atracción de feria, y las largas horas en que la sombra de la higuera le había dado refugio mientras esperaba el momento de matar a Markus Vogel. Pensó, sin dejarse seducir por un atisbo de añoranza, que todo había terminado por fin, ineludiblemente, y que su vida volvía a ser la de siempre, aquella que se había acostumbrado a vivir.

Abrió de nuevo los ojos con la sensación de estar descerrajando unas cerraduras llenas de herrumbre. Erica canturreaba subida a la escalera. Ya era una mujer limpia, una mujer frágil, por lo tanto. Benito Buroy se observó el temblor de las manos y para contenerlo cerró los puños con fuerza. Se dijo: despréciate ahora, no esperes más... sobrevive.

A Camila le disgustaba la exagerada dignidad con que su madre se enfrentaba a la desgracia. Cuanto más la agredían, más erguida se mostraba ella, más firme y altiva. Le bastaba con alzar la barbilla para mirar con desdén a los que intentaban doblegarla. Era una forma extraña de sentirse importante ante sí misma, o ante unas personas que indudablemente la habrían secundado, pero que se hallaban muy lejos o ya estaban muertas. Nada quedaba del mundo en el que habían vivido, nada ni nadie. A Camila, su madre le recordaba las estatuas de las plazas, que se mantienen hieráticas y victoriosas mientras los pájaros se les cagan en la cabeza.

Ella habría preferido llorar, pero se sentía demasiado herida para que aquello pudiera bastarle. Sentada en la popa de la barca, encogida para protegerse de las salpicaduras de las olas, veía el mar que el motor acuchillaba y que a medida que avanzaban se cerraba de nuevo, sin dolor y sin sangre. La isla de Mallorca, de la que habían zarpado media hora antes, se había convertido en una línea neblinosa en el horizonte. En aquellos momentos navegaban por entre peñascos inhóspitos que brotaban del agua como amenazas de las tinieblas. Cabrera se veía allí delante, perdida en ninguna parte, absurdamente diminuta y estéril. Las ruinas de un castillo se alzaban sobre la embocadura del puerto.

La barca estaba llena de cajas. Iba tan cargada que navegaba lastrada y quejosa, como si una fuerza invisible tirase de ella hacia abajo. El motor renqueaba formando borbotones en la superficie, con un ruido similar al que producía Camila cuando su madre la obligaba a hacer gárgaras para aliviar el dolor de garganta. El agua, de un azul tan oscuro que daba miedo mirarla, se convertía en una lámina transparente al barrer la cubierta. Parecían sostenerse a flote por un descuido de lo inevitable.

Un hombre pequeño y de aspecto desabrido se hallaba de pie junto a la carga. Con una mano se asía a los cabos que la sujetaban, y con la otra sostenía un puro que se llevaba trabajosamente a los labios. Frente a él, la madre de Camila permanecía sentada sobre unas latas. Alzaba con decisión la barbilla y no parecía incómoda, aunque se había empapado por completo.

—Señora Forteza... —comenzó el hombre.

—Me llamo Leonor Dot, siempre he usado mi apellido de

soltera —le interrumpió ella—. Además, ustedes fusilaron a mi marido hace seis meses. Ahora soy viuda.

—Señora viuda de Forteza —prosiguió el otro con cierta sorna—, le puedo asegurar que Cabrera no es el lugar ideal para usted, y mucho menos para una jovencita como su hija. Las autoridades están dispuestas a retenerlas en esta isla el tiempo que haga falta. Si firma esos documentos podrían iniciar una nueva vida en cualquier lugar de España. Incluso les entregaríamos pasaportes, si así lo desean. Es usted una mujer fuerte, ya lo ha demostrado, pero creo que debería recapacitar acerca de su decisión.

—No sea usted ridículo. Llevo mucho tiempo sin tomar ninguna decisión. Ustedes no me dejan.

—En estos islotes, aparte del destacamento militar, sólo hay cuatro pescadores borrachos y ratas, miles de ratas. Se lo comen todo, las muy hijas de puta... Haga usted lo que quiera. Pero si cambia de idea dígaselo al comandante. Él se pondrá en contacto conmigo.

Leonor Dot no contestó. Desvió la mirada hacia la costa. La ensenada que albergaba el puerto se abría entre montañas peladas. En la de la derecha había un faro. Se veía una escalera tallada en la roca que ascendía hacia él. En la de la izquierda se alzaban los paredones en ruinas del castillo. Cuando entraron en la ensenada las olas dejaron de romper contra el casco. En la parte central, en el arranque de un valle cubierto de olivos que se adentraba en la isla, se extendían los barracones polvorientos de las instalaciones militares. Pero la barca no se dirigió hacia allí. Viró hacia la parte posterior del castillo, donde algunas casas viejas y mal encaladas parecían desmoronarse en torno al puerto. Era éste un muelle de piedra que salía de una explanada con una higuera centenaria. A un lado, frente a la única casa que parecía habitada, había un par de mesas bajo un emparrado. Alguien, con la caligrafía dubitativa pero cuidadosa de las personas iletradas, había pintado sobre el dintel de la puerta la palabra «cantina».

En el muelle esperaba un oficial acompañado por dos soldados. Se encontraba allí también un hombre de lacios cabellos desgreñados, con una camisa abierta hasta el ombligo que aireaba con orgullo una espesa pelambrera torácica. El oficial se cuadró en cuanto el hombre que viajaba en la barca puso pie en tierra.

—¡Capitán Constantino Martínez, comandante del puesto! ¡Sin novedad, señor! ¡A sus órdenes, señor!

—No hace falta que me dé el parte, hombre —contestó el recién llegado—. Soy de la policía.

El oficial bajó la mano, y los dos soldados, que también se habían cuadrado detrás de él, apoyaron los fusiles en el suelo. Uno de ellos se quitó la gorra para rascarse la cabeza.

—¿Quién ha ordenado descanso? ¿Quién? —gritó el militar—. ¡Firmes, coño!

—Escúcheme, capitán —prosiguió el policía—: Ésta es la viuda de Ricardo Forteza, y ésta su hija Camila. Permanecerán en Cabrera hasta nueva orden. Usted será responsable de que no salgan de aquí.

—No se preocupe, señor. Ya he recibido instrucciones. A este puerto sólo vienen algunos pescadores, todos ellos gente afecta y de confianza, y la barca semanal de abastecimiento. De Cabrera no entra ni sale nadie sin que yo lo sepa.

Leonor Dot había dejado en el suelo la maleta de cartón en la que llevaba todas sus pertenencias.

—¿Dónde viviremos? —preguntó al militar.

—Eso es competencia de Paco, señora. Le presento a Paco. Es este hombre.

Con un gesto incisivo de la mano, como si estuviera indicándole por dónde tenía que encaminarse, señaló al individuo de la pelambrera en el pecho. El hombre esbozó una amplia sonrisa que dejó al aire unos dientes arrasados por la caries.

—Yo soy Paco, sí. Les acompañaré a su casa. Can Xuxa se llama. La Xuxa se murió antes de la guerra, pero aquí todos seguimos llamando a la casa por su nombre.

—Muy amable. Nos gustaría estar solas cuanto antes —sentenció Leonor Dot, cogiendo del brazo a su hija y cargando la maleta.

Las pocas casas del pueblo se arracimaban en torno a la explanada y a un tramo de camino que ascendía por entre la vegetación rala de la montaña. Algunas estaban destechadas. En ninguna se veía un alma. El hombre subió a buen paso hasta la última de ellas y las esperó junto a la puerta.

—Tendrán que atrancarla por dentro —les dijo mientras la abría—. La cerradura está en buen estado, pero no he encontrado la llave. A saber qué diablos haría con ella la Xuxa.

Era una casa humilde de una sola habitación. Estaba construida en un repecho de la montaña. En la parte que daba a la bahía conservaba el esqueleto arruinado de un porche, y a un lado tenía un pequeño terreno cubierto enteramente de ortigas y rodeado por un muro bajo.

—Es el huerto —aclaró el hombre—. La casa lleva vacía muchos años, pero no tiene goteras. Los soldados han traído una mesa y un par de catres. Mi mujer, que tiene un carácter algo difícil, se ha negado a adecentarla. Dice que usted no va a tener nada mejor que hacer aquí... Bueno, vayan ustedes con Dios.

El hombre se alejó por el camino de regreso al puerto. Camila salió al porche y mostró a su madre un dedo tiznado de hollín.

—¿Con qué me limpio? La cocina está asquerosa.

Leonor Dot entró en la casa. Contempló con desolación las paredes manchadas de humedad, la mesa, flanqueada por dos sillas de anea, los dos camastros al fondo de la habitación. Aquello era todo. No había armario ni alacena. Junto al fogón de leña se conservaba un estante de obra recubierto de azulejos. Y sobre el estante ropa de cama del ejército, una cacerola y dos platos de estaño.

Leonor Dot se acercó a una ventana. Tuvo que forcejear con ella hasta que el marco cedió con un chasquido de madera reseca y las hojas se abrieron dejando escapar un melancólico chirrido. Desde allí se veía toda la ensenada. En aquel momento un pequeño laúd entraba en el puerto. Leonor Dot apoyó una mano en el alféizar, se llevó la otra a los ojos y se echó a llorar. Lloraba con tanta fuerza que los hombros se le alzaban en violentas sacudidas.

Detrás de ella, Camila hizo una mueca de disgusto y se dejó caer en una silla.

—Parece que guardes todas tus energías para ellos —dijo con acritud, en voz baja—. Sólo me fastidias a mí.

El mar es como el alma. Es profundo, sabes que lo es pero no cuánto en realidad, porque es también impenetrable. Y está lleno de monstruos terribles y un poco grotescos, igual que el alma. El Lluent me ha contado que en estas aguas hay rayas y tiburones más grandes que su barca de pesca, pero estoy segura de que exagera. Aunque a veces, cuando nado, veo sombras que se deslizan por debajo de mí. Entonces me asusto y me pongo a cantar bien fuerte y a agitar los pies hasta que las sombras desaparecen, se disuelven en la profundidad como el reflejo de las nubes. Porque en el fondo del océano es muy fácil ir de un lugar a otro, no hay fronteras ni existe la gravedad. Los peces son los pájaros de las aguas.

Mi madre dice que el Lluent bebe demasiado. Dice que es una cosa curiosa que muchas veces no pueda tenerse en pie y que nunca se haya caído de la barca. Pero yo sé que eso no puede suceder. El Lluent jamás se caerá de la barca porque respeta demasiado la profundidad. Una mañana en que lo encontré almorzando en el muelle me enseñó a ver las cosas a través del cristal de su botella de vino. El mundo entero era verde y de proporciones engañosas, como cuando buceas. «Un hombre es igual que una botella —me dijo—. Si miras a través de él lo ves todo distorsionado.» Es posible que el Lluent, acostumbrado a observar las olas en busca de los bancos de peces, lo vea todo siempre así, y que por eso, cuando sale de la taberna, camine aturdido y balanceándose. Quizá lleve ya demasiado tiempo paseándose con su barca por la superficie del mar. O quizá, en fin, sea cierto que bebe demasiado.

Mi madre no me deja acompañarlo cuando va de pesca, pero a menudo nos lleva a las dos a dar breves paseos por la costa. Mi madre suele llorar en cuanto nos alejamos un poco del puerto, y no porque esté asustada, sino porque recuerda los paseos en barca que daba con mi padre. El Lluent, claro, no puede sustituirlo, ni a él ni a nadie. A duras penas podría sustituirse a sí mismo, pues no creo que sea consciente de lo raro que nos resulta a los demás. Cuando ve llorar a mi madre se le saltan las lágrimas y comienza a moquear en silencio, jugando con los anzuelos. Yo no lloro, aunque me gustaría, porque los dos parecen muy felices cuando mi madre dice «oh, basta ya, Lluent, somos un par de bobos», y se limpian las narices, el pescador con la manga, mi madre con un pañuelito que se saca del escote. No lloro porque no puedo. Me limito a mirar el mar, que de día es transparente como el vidrio de la botella y deja ver las algas del fondo y los peces. Pero no siempre es así. A media tarde las aguas se aquietan y se enturbian, cansadas por todo lo que esconden, para encerrarse en sí mismas. Y por la noche el mar es ya completamente negro y parece que todo en su interior sea también negro y un poco peligroso, como en el alma.

El peor secreto del mar son las medusas, que existen apenas y te amenazan sin que las veas, sin que puedas saber que las tienes al lado. A mí me recuerdan a esos miedos que a veces te sobresaltan sin motivo, o a esas tristezas que te inundan los pulmones y te ahogan en la pena cuando menos lo esperas, o a las malas ideas que te revolotean en la mente y que te hacen sentir mezquina porque no puedes dejar de seguirlas igual que a mariposas.

Yo creo que las medusas no deberían existir, y el Lluent piensa lo mismo. Como está loco, cuando las ve desde la barca las coge con las manos y las tira a las rocas, donde se convierten en charcos de gelatina. Después se seca en los pantalones y escupe al agua, intentando limpiar el mar con su saliva.

Cuando Otto Burmann vio a aquel hombre en la puerta del bar, salió de detrás de la barra y se encaminó cojeando hacia el fondo del local. Tras echar un vistazo a la grasienta cocina en penumbra se detuvo ante la puerta del lavabo, que alguien golpeaba desde el interior de forma rítmica y persistente. Observó durante unos instantes el pomo esférico. Uno de los tornillos que lo sujetaban se había aflojado y bailaba con el traqueteo de la puerta. Sin pensárselo más, Otto Burmann cogió el pomo, lo hizo girar y tiró de él. Contempló las grandes nalgas femeninas, desnudas y ruborizadas, que se agitaban ante sus ojos con ansiedad interrumpida. Luego alzó la mirada hacia el hombre que, sentado en el retrete, hundía los dedos en la espesa melena que se desparramaba entre sus piernas.

—*Das gibt's nicht!* —exclamó Otto Burmann—. Erica ha vuelto a beber demasiado... y tú tienes al comisario esperándote en el bar. Súbete los pantalones.

El hombre del retrete hizo un gesto de cansancio. Dio unos golpecitos en la espalda de la mujer, que alzó un brazo desorientado al tiempo que apoyaba las rodillas en el suelo. No parecía capaz de incorporarse por sí sola.

—Esto no se le hace a una mujer, Benito —censuró el alemán—. Ni a ésta, ni a ninguna.

—Ayúdame. Yo no puedo levantarla.

Otto Burmann la cogió por las axilas para enderezarla. Ya fuera del lavabo le arregló la falda y, sosteniéndola por el talle, regresó con ella al bar. La depositó sin mucho miramiento en una silla frente a una mesa desocupada. La mujer tenía el rostro abotargado, las mejillas salpicadas de venas diminutas y unos labios gruesos que se le arqueaban en una mueca desagradable. Miró con desidia a su alrededor. Parecía ver un mundo distinto del real, o ninguno. Intentó enfocar el rostro del alemán sin conseguirlo. Chasqueó la lengua con rabia.

—Estoy harta de ti, Otto. Estoy harta de todos vosotros. Dame una ginebra.

En el local había sólo cuatro hombres que jugaban a las cartas en una esquina. El policía se había apoyado en la barra. Absorto, y en apariencia desentendido de cuanto lo rodeaba, se pasaba la yema de un dedo por la palma de la otra mano como si se estudiara las callosidades. Otto Burmann volvió a situarse detrás del mostrador y observó desde allí a Benito Buroy, que salía de la trastienda con las manos en los bolsillos. Había recuperado su habitual aire despreocupado, traicionado solamente por un miedo indefinible escondido en las pupilas. Aquel pánico atrincherado en sus ojos era lo que había llevado al alemán a dejarse seducir por él y a perdonarle cuanto hiciera.

—Esto se está convirtiendo en un paseo —dijo el comisario, con voz ronca y húmeda, al ver al recién llegado—. Después de Francia, Gran Bretaña caerá en cualquier momento. A estas horas deben de estar bombardeando Londres.

Benito Buroy le miró con indiferencia. Al fondo del local, Erica intentó encender un cigarrillo que se le cayó de las manos y rodó al suelo. Murmurando incoherencias, apoyó una mano en la mesa y hundió la cabeza bajo ella como si estuviera metiéndola en un barreño de agua. Al otro lado de la puerta de cristal llovía con fuerza. Era un chaparrón de finales de agosto. El comisario tenía la gabardina empapada.

—Tú —dijo al alemán—, sírvenos dos cervezas.

Tomó asiento en una mesa junto a la entrada y señaló a Benito Buroy la silla que se encontraba frente a él.

—La última vez me prometió que me dejaría en paz —dijo el otro sin hacer caso del ofrecimiento.

—Siéntate, coño. A mí no me dice un sádico depravado lo que está bien y lo que está mal. Si yo te ordeno que hagas algo, lo haces, y punto. Y si no, de vuelta al penal.

Benito Buroy le obedeció con desgana. El comisario bebió un largo trago de cerveza. Luego se pasó las manos por el pelo mojado y se las frotó con energía.

—Tenemos un problema con un alemán. No un lisiado como éste, que salió dando saltos sobre su pierna sana al oír el primer tiro, sino un alemán con un par de cojones y un hijo de puta. Dice llamarse Markus Vogel, pero se le han encontrado otros documentos en los que figura como Paul Wahle o Ricardo González.

—Avise a la Gestapo. Ellos sabrán qué hacer con él.

—¡No seas gilipollas, Benito! —se impacientó el comisario—. ¡Qué gilipollas eres, joder! ¿Crees que vendría a buscarte si pudiera solucionarlo de otra forma? ¿Crees que me gusta estar sentado en esta mierda de garito que apesta a gonorrea?

Benito Buroy desvió la mirada hacia la lluvia que caía al otro lado de la puerta. El comisario pasaba bastantes noches por allí, se tomaba sus cervezas o sus chatos de vino, incluso se encerraba en alguna que otra ocasión con Erica en el servicio de la trastienda. Quizá Erica era la única, en aquella ciudad, que nunca había pretendido aparentar ser distinta de como era.

—Bueno —continuó el policía—, el caso es que la Gestapo nos ha pedido que lo busquemos. Quieren repatriarlo y sospechan que anda por esta zona. Y es cierto. Lo tenemos confinado en Cabrera.

—¿Cuánto tiempo lleva ahí?

—Unos tres meses.

—A estas alturas ya se habrá vuelto loco. No hay quien aguante en ese islote.

—Él sí, te lo aseguro. En teoría trabaja para la Abwehr, el servicio de inteligencia militar, y está fuera del alcance de la Gestapo. Pero lo vieron varias veces con una americana de la OSS que se mueve por Madrid como por su casa. Estuvieron juntos en el Palace y en los toros. El caso es que los alemanes están que trinan. Para mayor jodienda, no les hemos dicho que el tipo ese nos hizo también algún trabajillo a nosotros. El muy cabrón nos la metió a todos doblada y los capitostes no quieren que se sepa. Así que ya sabes lo que toca.

Dejó sobre la mesa un objeto envuelto en papel de estraza. Benito Buroy sopesó unos instantes la pistola.

—Tendré que disparar varias veces para cargarme todas sus identidades —dijo con teatral resignación.

El comisario soltó una risotada.

—¡Eres un malparido! —exclamó—. ¡Qué malparido eres!

Y, volviéndose hacia la barra:

—¡Tú, tráenos dos cervezas más!

Y a continuación, incorporándose un poco para observar a la mujer que, tras golpearse varias veces la cabeza con el bajo de la mesa, había decidido mantenerse inmóvil allí, en un mundo de súbito reducido:

—¡Erica, putarrona!, ¿te vas a fumar el cigarro tirada en el suelo?

Leonor Dot sacó una silla al porche y se quedó sentada largo rato, las manos sobre las piernas y la mirada perdida en el paisaje limitado de la isla. Los recuerdos la asaltaban como estribillos de canciones tristes, pero ella intentaba adaptarse a su nueva situación. Aun en las peores condiciones, siempre lo había conseguido. Pensaba Leonor Dot que todos los españoles, los que, terminada la guerra, se irían reencontrando en las desasosegantes esquinas del destierro, los cientos de miles de reclusos en espera de un perdón incierto y cruel, incluso los favorecidos por el nuevo régimen que intentaban, aunque sólo fuera por regresar a una vida normal, sacar lustre a los oropeles de la miseria, todos los supervivientes de la guerra civil, en definitiva, antes o después acabarían haciendo lo mismo: sentarse en algún rincón a descansar un poco y dejar pasar el tiempo. Eso mismo era lo que ella debía hacer, dejar pasar el tiempo y disfrutar de la relativa tranquilidad que Cabrera podía ofrecerle. El mundo había iniciado otra guerra y aquel islote, por inhóspito que fuera, parecía un buen lugar para mantener a salvo a su hija y esperar la llegada de épocas mejores.

Camila, a sus espaldas, creyó que su madre se había quedado embobada. Sin duda era mejor aquello que verla llorar, por lo que decidió no molestarla durante un rato. Se limpió el dedo tiznado de hollín con las hierbas que invadían la entrada y abrió la maleta que Leonor había dejado en el suelo. Encontró algunas prendas de ropa interior, un escueto neceser, un abrigo suyo que miró con aversión porque le iba pequeño, y cuatro libros forrados con pliegos de *Solidaridad Nacional*. Hojeó los libros hasta que se decidió por uno de ellos, las *Luces de bohemia* de Valle-Inclán, en un ejemplar en el que su padre había ido subrayando las frases que le gustaban. Se tumbó sobre uno de los catres y estuvo leyendo los subrayados, sin entenderlos demasiado, hasta quedarse dormida. Cuando despertó, con el rumor de la lectura todavía en los labios, el sol declinaba y su madre continuaba en la misma posición. El silencio era tan denso que le producía palpitaciones y una vaga sensación de temor, ese temor suave que tanto se parece a un malestar del ánimo. Camila decidió combatirlo de la mejor manera que sabía, la misma que utilizaba cuando de niña la dejaban sola en su gran piso del ensanche barcelonés y creía intuir presencias vacilantes agazapadas entre las sombras: hurgando por la casa para convertirse en la dueña absoluta de todos sus resquicios. No es que hubiera allí mucho que explorar, pero no tardó en descubrir, tirado en el suelo bajo el estante de azulejos, un pequeño marco con la foto de una mujer de aspecto rubicundo. Tenía la cabeza cubierta con un pañuelo anudado bajo el mentón, una gran verruga en la mejilla y la mirada intensa, retadora, de quien no cree en absoluto en los retratos. A un lado del porche Camila advirtió una forma herrumbrosa entre las plantas. Era una hoz de aspecto siniestro. Y poco después, en una esquina de lo que había sido el huerto, encontró una construcción redonda que parecía un pozo. Se asomó con cuidado, pues las piedras se movían, y dejó caer un guijarro. Al poco le llegó con toda nitidez el ruido que hacía al golpear la superficie del agua. Fue entonces, al retirarse del pozo, cuando vio que una lagartija se colaba por una abertura que dejaba la argamasa desprendida. Cogió un palo para forzar al animal a salir. Pero, al introducirlo por la abertura, la piedra tras la que se había escondido la lagartija se desprendió y cayó al suelo entre los pies de Camila. Se agachó con cuidado para escudriñar en el interior del boquete. Allí estaba el saurio, inmóvil y extremadamente atento, junto a una caja de latón que brillaba en la oscuridad. La chica asustó con el palo al involuntario cancerbero y retiró la caja. En la tapa había pintado un elefante que caminaba por la selva con un indio enturbantado a horcajadas sobre su cuello. Camila alzó la tapa con el corazón palpitándole con fuerza. Descubrió varios billetes de banco antiguos, un anillo muy grueso que engarzaba una piedra de aguas azules, y una llave grande un poco oxidada. Camila la cogió ignorando todo lo demás. Corrió hasta el porche sin poder contenerse.

—¡Mami! ¡La Xuxa escondía sus secretos en el pozo! ¡He encontrado la llave de la casa!

Su madre se resistió un poco, pero finalmente aceptó ir a probarla. La cerradura cedió al primer intento aunque ofreciendo una chirriante resistencia.

—Le falta aceite —dijo Leonor Dot.

Y añadió, recuperando parte de su aplomo:

—La vida te hace regalos insospechados. Ahora podemos cerrar con llave una puerta que nadie querría abrir.

Pasó un brazo por los hombros de su hija y salieron de nuevo al porche. Por encima de la ensenada el sol se fundía con las nubes bajas en el plácido fuego del atardecer. Las gaviotas, anaranjadas bajo aquella luz, planeaban como músculos de membrillo sobre las aguas calmas. Leonor Dot pensó que, de haber discurrido de otra forma sus vidas, aquél habría sido un buen lugar para retirarse con Ricardo. Se abrazó a Camila y la estrechó contra su pecho. Pensó también que su hija se estaba haciendo mayor. Su cabeza le llegaba ya a la barbilla, y aquello le permitía olerle el pelo cuando la abrazaba. A Leonor Dot, oler el pelo de la gente a la que quería le daba una extraña sensación de plenitud.

Camila, al ver que su madre salía por fin de su atonía, olvidó la caja de latón y el resto de tesoros que había en su interior. Pasó los brazos por la cintura de la mujer y alzó la mirada hacia ella.

—Mami, no hemos comido nada desde el desayuno. Yo tengo hambre. ¿Y tú, no tienes hambre?

Las palabras de la niña consiguieron que Leonor Dot sintiera renacer en su pecho el pragmatismo enérgico de la maternidad. Contempló una vez más con desagrado todo cuanto la rodeaba, y de inmediato puso manos a la obra. Lo primero, antes incluso que buscar algo que echarse al estómago, era poner allí un poco de orden. Entre las dos hicieron las camas con la ropa militar. Probaron luego a pulsar el único interruptor de luz, que encendía una bombilla solitaria y titubeante que colgaba de un cable en el centro de la habitación. Buscaron en vano un aseo que no existía y eligieron un lugar apartado del terreno, donde orinaron por turnos velándose mutuamente una intimidad que en apariencia nadie podía profanar. Por fin, tras lavarse las caras en el agónico chorro de agua que brotaba de la fregadera, cerraron la puerta con llave y se encaminaron hacia la cantina.

En una de las mesas bajo el emparrado dormitaba el hombre que las había acompañado hasta la casa. Al verlas pasar murmuró algo e intentó incorporarse, pero desistió con un gesto de infinito cansancio. Entraron en el local. No había nadie, aunque el suelo aparecía sembrado de colillas. Una barra de ladrillo ocupaba todo un lateral. En la esquina opuesta había una gran chimenea que enmarcaba, entre los restos fuliginosos de hogueras extintas, un retrato de Francisco Franco. A modo de cenefa, una bandera española transitaba pintada por las paredes del recinto.

Una mujer gruesa, cubierta con un delantal roñoso, apareció por una puerta secándose las manos.

—¡A buenas horas! —exclamó al verlas—. ¿Qué se creen, que pueden venir cuando les plazca?

—No sabíamos... —comenzó Leonor Dot.

—¡Pues ya lo saben! ¡Me han dejado con la comida en la olla, pero ahora se la cenan y mañana será otro día! Con lo que me pagan, y con la mierda ésta del racionamiento, no esperen gran cosa. ¡Venga, siéntense por ahí!

Las recién llegadas escogieron una mesa junto a la ventana. Los cristales estaban tan sucios que apenas podía verse el exterior. La higuera de la plaza, envuelta en la oscuridad creciente del anochecer y deformada por la grasa que velaba los vidrios, parecía una exuberante planta submarina. Camila, encogida en la silla, dejó escapar una risita nerviosa y miró a su madre con angustia. Se sentía apocada y no sabía qué hacer con las manos. Leonor Dot, visiblemente incómoda, barrió la mesa con un gesto enérgico para tirar al suelo los restos de una comida anterior, un montón de migas y una raspa de sardina. Luego, al ver que la otra mujer abría un aparador para sacar cubiertos y un par de platos, se puso de nuevo en pie.

—Déjeme que la ayude —se aventuró.

—No la necesito —contestó la cantinera con desgana—. Y usted tampoco espere nada de mí. Aquí, cada una a la suya, que bastante tenemos todos que aguantar.

Leonor Dot alzó la barbilla, pero se contuvo y se sentó de nuevo en silencio. En aquel momento, atemorizada por lo feo y desagradable que podía llegar a ser todo, sintiéndose bruscamente débil y más humillada que nunca, Camila hizo lo que más despreciaba: se puso a llorar y lo hizo como las criaturas, sin taparse la cara.

—Vaya por Dios —exclamó la mujer con insospechado desaliento.

Y volviéndose hacia Leonor:

—¿Cómo puede hacerle esto a la niña?

Desapareció por la puerta de la cocina antes de que la otra acertara a contestarle. Poco después regresaba con una cazuela humeante en una mano y un cucharón en la otra.

—Gachas —anunció—. No alimentan, pero llenan. Eso es lo que hay. Y para beber, agua. Mi marido se reserva el poco vino que nos llega. Ahí fuera lo tienen, borracho como una cuba.

Leonor Dot se dio cuenta de que, por primera vez, les había hablado sin encono. Al salir de la cocina las había buscado con la mirada, pero la había retirado de inmediato dominada por un difuso malestar. Sin embargo, tras depositar la cazuela sobre la mesa observó con atención a la niña. Camila, que ya se había serenado, mantenía las palmas entre los muslos y la barbilla hundida en el esternón. La mujer alargó una mano con mucho cuidado, temiendo espantarla, y le acarició el cabello. Camila encogió el cuello al notar la presión de la mano.

—¿Cómo te llamas? —le preguntó, intentando revestir su voz tormentosa con un poco de dulzura—. Yo me llamo Felisa García García. Pero no es que mis padres fueran hermanos, es que hay muchos Garcías. Ya verás, pequeña, lo vamos a pasar estupendamente juntas.

—¿Que te vas a Cabrera? —preguntó con despecho Otto Burmann—. ¿Cuándo te vas... y cuánto tiempo?

Benito Buroy se había sentado en un sillón y jugueteaba con la pistola. Era una Astra bastante deslucida pero bien engrasada. Tenía en el cargador todas las balas. Benito las había sacado para contarlas. Estaban las seis, ninguna en la recámara. Los dos hombres se encontraban en el piso donde vivían, situado encima del bar. Acababan de cerrar el local y continuaba lloviendo a cántaros. Habían dejado a Erica dormida sobre la mesa en la que, después de beberse un par de ginebras más, había perdido por fin el conocimiento.

—¿Cuándo te vas? —insistió Otto Burmann, abriendo con rabia la nevera y sacando media docena de huevos envueltos en papel de periódico. Los dejó sobre el mármol con tanta inquina que un par de ellos se cascaron.

—*Mein Gott!* Mira lo que me haces...

Benito Buroy meneó la cabeza en un gesto que mezclaba la fatalidad y la impaciencia.

—No sé cuánto tiempo estaré allí —dijo—, pero la barca sale pasado mañana. Va todos los miércoles.

El alemán, conteniendo la indignación para no hacer más estropicios, había desdoblado con cuidado el papel de periódico. Iba rescatando los huevos enteros y los lavaba bajo el caño.

—Yo no sé qué pecados cometerías en la guerra, Benito, no lo sé ni quiero imaginármelo, pero ese policía hace contigo lo que quiere. Tú no eres trigo limpio, Benito. No lo eres. La verdad es que no sé por qué te dejo estar en mi casa.

De pronto se volvió hacia un ventanuco que daba a un exiguo patio de luces.

—¡Y tú qué miras, asquerosa!... Siempre está ahí, escondida detrás del visillo, la muy guarra.

—La culpa es tuya, por darle espectáculo. Además, no sé qué me reprochas. Si no hubieras tenido la polio, tú también estarías corriendo por ahí con un fusil. Con un poco de suerte te encontrarías ahora en París, sentado en el Café de Flore con una francesita.

—¡Qué francesita ni qué pollas! ¡Yo lo que quiero es estar solo, que te vayas de una vez y que me dejes en paz!

Benito Buroy volvía a meter las balas en el cargador. Una de ellas se le cayó al suelo.

—Me cago en tu madre, Otto. A veces eres insoportable. Ya no tengo ni hambre. Me voy a la cama.

—¿Sí? —saltó el otro—. ¡Pues yo me voy de paseo! ¡No volveré en toda la noche!

Tiró sobre el mármol la sartén que acababa de sacar de un armario y salió de la casa dando un portazo. Benito Buroy recogió la bala del suelo, acabó de montar el cargador y fue hacia la puerta con la pistola todavía en la mano. Abrió la puerta con una sonrisa cínica. Otto Burmann, sentado en el rellano de la escalera, se abrazaba las rodillas. Parecía haberse calmado un poco.

—Me das miedo —dijo el alemán—. Estás imponente con ese arma tan terrible.

En ocasiones como aquella Benio Buroy sentía vergüenza de sí mismo.

—No seas cerdo, Otto. Venga, entra.

Los guardias que lo custodiaban lo miraban con respeto. Era tan alto que tenía que agacharse para franquear las puertas, y llevaba una barba larga y canosa que le daba aire de profeta.

Algunos guardias decían que, de no ser un espía, lo habrían contratado para hacer de Jesucristo en una película de Benito Perojo, con Julio Peña de apóstol e Imperio Argentina de Magdalena. Porque, además de ser tan espigado, miraba de una forma muy penetrante, como si le estuvieras fallando en algo de suma importancia y él, a pesar de perdonarte, quisiera dejar claro que se daba cuenta. Eso decían algunos guardias mientras jugaban al remigio. Otros defendían que se parecía más bien a Rasputín, que tenía mirada de loco y que sin duda lo estaba, pues sólo los locos son capaces de atravesarte con la mirada.

Llevaba ya una semana encerrado en los sótanos de las dependencias policiales de la Puerta del Sol. Los mandos habían dicho que nada de tonterías con él, que le dieran buen trato y que esperasen órdenes de arriba. Y aquello era lo que hacían. A veces jugaban con él a las cartas, e incluso le liaban algún cigarro a pesar de que se rumoreaba que iban a racionar el tabaco. Hasta que una mañana apareció un coronel bajito y grueso, que a cada paso se alzaba sobre las puntas para ganar marcialidad y un poco de estatura. Tenía muy mala leche. Pidió a los guardias que lo llevaran a la celda del extranjero y los despachó con un gesto enérgico de la mano, como quien ahuyenta las moscas cuando se ponen molestas. Quería estar a solas con aquel hombre.

El extranjero estaba sentado en su cama y no se levantó al verlo entrar. Jugaba con un botón que se le había desprendido de la camisa mientras pensaba que había tenido mala suerte: los peores militares eran los que tenían pinta de panaderos o de dependientes de colmado y que, de hecho, habrían sido panaderos o dependientes de colmado de no mediar las sacudidas de la guerra. Eran los más duros de roer. Se limitó a guardar silencio, sin pestañear cuando el coronel exigió a gritos una silla. Uno de los guardias se apresuró a llevársela. El militar la plantó en medio de la habitación, tomó asiento y cruzó los brazos sobre su vientre prominente. Alzó una ceja y observó con atención al extranjero.

—Me tiene usted desconcertado —dijo—. Sepa que hace unos días España cambió su estatuto de neutralidad por el de no beligerancia. Mientras sus tropas entraban en París, nosotros ocupábamos la ciudad de Tánger sin encontrar ninguna resistencia. Los británicos están ahora más solos que nunca, pero eso no ha sido gracias a su ayuda. Todas sus informaciones sobre ellos han resultado falsas. Me pregunto para quién trabaja usted.

El extranjero soltó un largo suspiro. Luego contestó en un perfecto castellano:

—Coronel, mis acciones van siempre encaminadas a defender la gloria eterna del Reich. Recuerde que fueron ustedes los que contactaron conmigo de forma muy poco ortodoxa. Yo me limité a darles toda la información que tenía acerca de los movimientos de la Royal Navy. Mis informadores son de confianza, aunque no infalibles. También les hice saber el gran interés que tiene Alemania por ayudarles a recuperar el peñón de Gibraltar y neutralizar al enemigo en el estrecho. Con todo ello creo que ya me he arriesgado lo suficiente y que he cumplido con mi parte. Si su gobierno no quiere tropas alemanas en suelo español, ni quiere tampoco entrar en guerra, no puede pretender sacar tajada, y menos de espaldas a los que de hecho somos sus aliados.

El militar se revolvió incómodo en la silla. Miró al extranjero con desconfianza, como si tuviera delante una granada que hubiera caído al suelo sin explotar.

—Hemos hecho consultas en su embajada —anunció—. Allí no conocen a ningún Paul Wahle, y tampoco a un tal Markus Vogel. Me ha dado nombres falsos. Y, desde luego, usted no se llama Ricardo González ni pertenece a la Guardia de Franco, tal como consta en sus papeles. Parece ser que no existe salvo para mí, lo cual me pone en una situación muy comprometida. Pero mucho más es la suya, si lo piensa.

—No sea inocente, coronel. Ya puede imaginar que no dependo de mi embajada y que tengo más documentos que usted estrellas en las hombreras. Haría bien en preguntarse dónde y gracias a qué influencias los he conseguido... Seamos claros. Está usted delante de un agente alemán con el que ha contactado de manera irregular. No puede detenerme, ni le interesa. Déjeme desaparecer y esperemos a que esto se enfríe.

El militar se puso en pie y se acercó a la única ventana. Estaban en un sótano. A través de las rejas se veían los pies de las personas que pasaban por la calle.

—Estoy tentado de hacerle caso —dijo, tras unos segundos de reflexión.

Pero, imprimiendo a su voz un tono ladino, añadió:

—Sin embargo, la Gestapo ha mostrado un gran interés y nos ha advertido que tengamos cuidado. En Alemania también hay traidores. A nosotros, sin ir más lejos, nos ha costado tres años de guerra acabar con nuestro enemigo interior.

Se volvió hacia el extranjero y le dirigió una mirada indiferente aunque resolutiva. Antes incluso de que hablara, el prisionero comprendió que no iba a salir bien parado de aquel encuentro.

—Bien, haré lo que usted dice —concluyó el militar—. Le dejaré desaparecer, pero en un lugar donde no pueda hacer daño a nadie y donde tampoco pueda escapar a mi control. Veremos qué sorpresas nos depara el paso de los días.

—¡No puede retenerme, coronel! ¡Soy ciudadano alemán! —Markus Vogel se había puesto en pie con el rostro congestionado, pero su gran estatura no pareció intimidar al militar. Mantuvo sobre el extranjero aquella mirada cachazuda y displicente, como si viera alzarse un globo—. ¡Provocará un gravísimo incidente! ¡Se está jugando su carrera!

El militar se encaminó hacia la salida.

—¿Realmente lo cree? —contestó, volviéndose un instante tras empuñar el picaporte—. Tengo muchas estrellas, es cierto, pero pocas medallas. Los servicios de inteligencia trabajamos lejos de los campos del honor, lo que nos hace pasar inadvertidos. Vendríamos a ser como el páncreas de la organización del Estado, ¿verdad? Pero, ¡qué le voy a explicar a usted, si lo sabe mejor que yo! Que tenga un buen viaje... Por cierto, ¿le gusta el mar?

Y, sin esperar respuesta, salió de la habitación.

Andrés me acompaña a veces a mi escondite. Es el único que lo conoce, pero no hay peligro de que se vaya de la lengua, ya que Andrés no habla y los demás tampoco le escucharían. Camina detrás de mí asintiendo con la cabeza, pues es un poco tonto y dice que sí en todo momento, hasta cuando se cree solo, quizá por no disgustar a nadie. Andrés vive dando la razón a un mundo que no entiende. También suda mucho. Eso me da un poco de asco. Hasta cuando duerme tiene las manos como si las acabara de sacar de un balde con agua fría, y en la nariz una gota permanente a punto de despeñarse en su barriga. Para cualquier cosa hace un esfuerzo enorme, lo que lo lleva a estar siempre desfallecido como un corredor que al acabar cada carrera tuviera que empezar otra de nuevo. Pero a pesar de ello no me deja cargar con nada. Toma él la cesta de la merienda, y si el terreno se vuelve demasiado escarpado se me adelanta diciendo que sí con la cabeza, salta por los peñascos, deja la cesta en el suelo y me tiende una mano sudada que a mí me da grima coger. A veces, en su entusiasmo por ayudarme, trota con tanto afán que se va hasta lo alto del repecho y desde allí me ofrece su ayuda, como si yo pudiera volar y él sólo quisiera facilitarme un suave aterrizaje. Cuando por fin llego a su lado, le doy la mano con cierta aversión y contemplo el mar de un azul oscuro, y el horizonte que nos rodea y las nubes que nunca son iguales.

—¡Uf! —exclama Andrés.

Entonces me lo quedo mirando porque parece que vaya a decir algo, pero él nunca tiene nada que decir. Yo, sólo por jugar, intento sonsacarle unas palabras:

—Mira qué bonito, Andrés. ¿A que es bonito?

Y él asiente con la cabeza buscando a un lado y a otro eso tan bonito que yo no le dicho qué es, y que nunca podrá encontrar sin mi ayuda.

Mi escondite es una calita a la que se desciende por entre dos sabinas que hacen un túnel. En la pequeña extensión de arena sólo quepo yo, y el agua es tan transparente que parece que no existe. Cuando entras en ella tienes la sensación de que una brisa fresca te acaricia los pies y te va ascendiendo por el cuerpo hasta abarcarte por completo. Nado un poco y me dejo flotar. Entonces, con la mirada perdida en las nubes, estiro las piernas y abro los brazos pensando que estoy sobre el mismo horizonte que desde lo alto del repecho nos daba toda la vuelta, y sé que floto sobre un planeta entero que gira por el universo, y veo a Andrés que me espía escondido entre las sabinas. Porque Andrés nunca se baña conmigo. Sólo me acompaña y me espía, y si yo le saludo con la mano se esconde con gran revuelo de ramas y tropiezos.

—¿Adónde vas con chaqueta y sombrero? —exclamó el comisario—. Eso es de gente decente.

Benito Buroy se detuvo en el muelle con gesto azorado. Depositó en el suelo el maletín de piel en el que llevaba un par de mudas y la pistola, y se pasó una mano por la solapa de la americana.

—No tengo ropa —dijo—. Todo lo que llevo es de Otto.

Junto a ellos, varios soldados acababan de cargar la barca que debía llevarles a Cabrera. Un policía los ayudaba. El piloto de la embarcación comenzó a fijar la estiba con un largo cabo de esparto.

—¿Y no tiene ropa vieja ese maricón lisiado? —bramó el policía.

—Su padre es rico —contestó Benito Buroy—. Ya lo sabe usted, comisario. Tiene una empresa farmacéutica en Munich. Cada mes le envía grandes cajas que Otto ni se molesta en abrir. Pero aquí hacen falta esas cosas. Yo las distribuyo entre los vecinos y me quedo con alguna.

El comisario abrió los brazos alzando la mirada al cielo.

—¿Para qué hicimos una guerra, Señor? ¿Para que los anarquistas vistan de señoritos y hagan obras de caridad en el barrio?

Se volvió hacia el número que ayudaba en la barca.

—Tú, trae algo para este desgraciado. Un abrigo de invierno, o cualquier cosa que haga pensar que lo está pasando mal. Y trae también la maleta más cochambrosa que encuentres.

En espera del encargo se llegaron a una taberna del puerto. No había ni una nube en el cielo. Las gaviotas sobrevolaban graznando los barcos amarrados en el muelle y se dejaban caer al mar, abatidas por dardos invisibles, para remontar de nuevo el vuelo agitando apenas las alas. Un carguero hizo sonar la sirena. De su chimenea brotó una espesa nube de humo negro.

El comisario parecía de buen humor. Con el calor que hacía aquella mañana, sin duda le apetecía más una excursioncita hasta Cabrera que pasar la jornada sudando tras la mesa de su despacho. Abrió la puerta de la taberna con la punta del pie y dejó que fuera Benito Buroy quien alargara una mano para sostenerla mientras entraban.

El local era un tugurio de pescadores. En aquel momento estaba vacío, pues todos habían salido a la mar y no regresarían hasta más avanzada la mañana. Detrás de la barra un hombre escuchaba la radio en actitud somnolienta.

—Buenos días, Manolillo —saludó el policía—. ¡Apaga eso, hombre! ¿No ves que hay clientes?

El tabernero se apresuró a desconectar el aparato. Con gran diligencia, como si de improviso le hubiera caído encima un trabajo abrumador, se puso a limpiar el mármol con un trapo.

—¿Sabes que en Madrid han estrenado *Margarita Gautier*? —continuó el comisario—. ¡Con la gran Greta Garbo! ¡Qué sonrisa tiene la malparida! ¡Qué retorcida es, carajo! ¿Y sabes cómo querían los censores que se titulase la película en España?... ¡*Margarita Gutiérrez*! ¡Claro que sí! Me lo ha contado uno de ellos, que es de aquí. Muy putero y buen amigo. Un par de pelotas, eso es lo que tienen los censores. Yo no sé por qué diablos no les han hecho caso... ¡Venga, dos chatos de vino!

Y, golpeando suavemente la barra con la palma de la mano:

—¡Rapidito! ¡Que es para hoy!

Benito Buroy se mantenía detrás del comisario. Éste se volvió hacia él. Con la cordialidad gesticulante de los compadres de trago, y a pesar de que el otro no había movido un dedo, dejó claro quién mandaba allí.

—¡Ni lo intentes! ¡Hoy pago yo!... Pero, eso sí, a partir de ahora quiero esas cajas en mi despacho.

—¿Qué cajas? —preguntó Buroy.

—¿Cuáles van a ser? ¡Pareces imbécil, coño! ¡Las del maricón que vive contigo! Esas cajas... ésas... las quiero en mi despacho. Si no, os cierro el garito y os enchirono por escándalo público. Más alto puedo, pero no más claro. ¿Verdad, tú?

—Claro que sí —contestó el tabernero—. Pero ya sabe que aquí usted no paga, ni por todo el oro del mundo. Y al señor que le acompaña también le invita la casa.

—¿Qué quieres decir?... ¡No te jode, el camaruta! Si éste hubiera venido sin mí le habrías cobrado, ¿no es cierto? Y conmigo no le cobras, ¿es así o no es así?... ¡Pues entonces soy yo el que le invita, y tú te callas o a ti también te cierro el garito!

El tabernero, que no era un hombre avispado, comenzó a boquear sin saber cómo salir del enredo. Suerte tuvo de que el policía enviado por el comisario abriera la puerta para asomar su cabeza sumisa. Entró pidiendo perdón por interrumpir la fiesta. Había conseguido un abrigo de paño negro muy gastado en los codos y una maleta desvencijada. Con ellos, el aspecto de Benito Buroy pareció satisfacer al comisario.

Un rato después navegaban en dirección a Cabrera en la barca atestada de fardos. El piloto tripulaba en la cabina. El número que acompañaba al comisario se había instalado con discreción en la popa, donde se entretenía haciendo girar la gorra. Su jefe había encendido un puro y disfrutaba de la brisa. Benito Buroy, sentado frente a él, lo contemplaba en silencio pensando que en Cabrera iba a tener que matar a un hombre. No era la primera vez que lo hacía y seguramente tampoco sería la última, pero le incomodaba la idea. Al fin y al cabo, hacía más de un año que había acabado la guerra. Benito Buroy, que ya era prisionero de los nacionales desde el hundimiento del frente del Ebro, había pasado varios meses en el penal de Burgos. Lo habían dejado salir a cambio de cantar los nombres que recordara y de prestarse a llevar a cabo algunos trabajos como el que le esperaba en el islote, siempre a las órdenes del mismo comisario, que por aquella época pasó a ejercer sus funciones en la provincia de Barcelona. El pacto que le habían propuesto era muy claro: o eliminaba a algunos tipos que ya estaban más muertos que vivos, o sería él quien tendría que ponerse delante de un pelotón de fusilamiento. Y Benito Buroy aceptó. Lo cierto era que no le costaba ningún esfuerzo continuar pegando tiros. Ya se había acostumbrado y sabía que no hacía otra cosa que limpiar el país de individuos a los que nadie podía salvar, alimañas acorraladas en desvanes y en cubiles ocultos por armarios desfondados. Tres años de guerra habían emponzoñado a muchas personas que ya no serían capaces de regresar a una vida normal y en orden. ¿Qué hacer con ellos? Para superar aquellos años de conflicto era imprescindible eliminarlos. Una labor desagradable pero necesaria, eso decían los individuos que lo pusieron a las órdenes del comisario... Meses más tarde, al ser destinado a Mallorca, el comisario se lo había llevado con él a la isla. Allí había permitido a Benito Buroy disfrutar de una relativa tranquilidad, la suficiente para que éste creyera que ya había cumplido con su parte del trato. Pero aquella mañana, sentado en la barca que le llevaba a Cabrera, Buroy comprendía que el resentimiento causado por la guerra era imposible de limpiar, pues era precisamente el resentimiento el que sustentaba a los que decían querer acabar con su amenaza, y el país entero, un país cimentado en el resentimiento, regresaba a la vida cotidiana a costa de los que, como él, se veían obligados a seguir purgando sus culpas para conservar el documento en que se acreditaba que habían superado el expediente depurador.

Aquella mañana, por primera vez desde que se convirtiera en un vergonzante asesino, Benito Buroy se preguntó qué habría hecho su víctima. Markus Vogel podía ser un delator, otro asesino, un renegado como tantos en el mundo. Aun así, la seguridad de que fuera culpable de algo empezaba a resultarle irritante. Con una guerra reciente y otra en marcha, cualquiera era culpable de muchas cosas. ¿Por qué no dejaban que la gente volviera a sus casas a lamerse las conciencias y a pensar, aunque fuera del todo incierto, que podían empezar unas nuevas vidas sin pasado y sin recuerdos? ¿Por qué mantenían tan vivo el odio, si habían ganado la guerra y de sus enemigos sólo quedaban cadáveres y fugitivos? ¿Por qué necesitaban continuar persiguiéndolos?

A todo esto, el comisario, entretenido sin duda con otro tipo de pensamientos, miraba satisfecho a Benito Buroy. Le señaló con el puro, dispuesto a sermonearle.

—Ahora pareces de verdad miserable, con ese abrigo andrajoso y esa maleta de payaso de provincias. Cualquiera pensaría que acabas de salir de la cárcel, y no vestido de pimpollo como has venido esta mañana. ¡Qué carajo! ¿A quién se le ocurre? En Cabrera serás un rojo recluido por las autoridades... Tranquilo, que los militares están al corriente y no van a meterse contigo. Pero, para todos los demás, ha de ser un rojo desquiciado el que se cargue a ese alemán de los cojones. ¿Te ha quedado claro?

Benito Buroy asintió con la cabeza.

—Estoy seguro de que no te va a costar un gran esfuerzo —concluyó el comisario—. A fin de cuentas, sólo se trata de que hagas de ti mismo.

Con aquello zanjó el tema. Se hurgó un oído con la uña del dedo meñique. Empezaba a sentirse aburrido por la travesía. Además, se le había apagado el caliqueño. Lo tiró al agua, se puso en pie maldiciendo las oscilaciones de la barca y fue a la cabina a hablar con el piloto. Entonces, el número que iba con ellos y que hasta entonces se había mantenido callado en la popa, se acercó a Benito Buroy y le puso una mano en el hombro. Le dijo con suavidad:

—Cuide de las cosas que le ha dado, por favor. Son de mi familia.

Cuando empezaron a aporrear la puerta, Camila estaba todavía en la cama y Leonor Dot, que se había despertado con las primeras luces, se encontraba en el huerto arrancando ortigas. Al oír el estruendo se asomó por un lado de la casa y se encontró con Felisa García rezongando malhumorada. A su lado, un joven que parecía retrasado mental cargaba un barreño y una caja de cartón. La recién llegada puso los brazos en jarras al ver a Leonor Dot. Alzó una ceja advirtiendo la hoz que sostenía en la mano.

—¿Quiere abrirme la puerta? —dijo—. ¿Cómo ha hecho para cerrarla?

Leonor Dot la saludó con una sonrisa y dio la vuelta a la casa para entrar por el porche. El interior estaba en penumbra porque la noche anterior había tapado las dos ventanas con las mantas que el calor hacía innecesarias. Camila, enturbiado su sueño por los ruidos, abrió un ojo legañoso, dejó escapar un gruñido y se tapó la cabeza con la sábana. Su madre descorrió la cerradura y Felisa García entró arremangándose y resoplando con fingido agotamiento.

—¡No piense que voy a hacer esto todos los días! —clamó con su vozarrón destemplado.

Vio entonces el bulto de Camila en una de las camas e intentó atemperar el tono:

—¿La niña duerme? A su edad una es igual que los gatos, ágiles y vagos como una mala cosa. Que duerma. Un día es un día. Mientras, nosotras vamos a limpiar todo esto.

—Felisa —comenzó Leonor Dot—, no sabe cómo le agradezco...

—¡Déjeme en paz! ¡No se me ponga ñoña, que me vuelvo a mi casa!

El chico había depositado los trastos en el suelo y miraba arrobado la crisálida en que se había convertido Camila. Pero la mujer le dio una palmada en el hombro.

—¡Andrés, vete a ver si reparas el emparrado! Estas señoras necesitarán un poco de sombra.

Nada más salir el chico, Felisa García comenzó a llenar el cubo en la fregadera. Leonor Dot se arremangó también y se agachó para abrir la caja de cartón. En su interior había trapos, bayetas, y un par de botellas que debían de contener vinagre y lejía. Nunca habría pensado que algo tan banal pudiera parecerle un tesoro.

—Ése es mi pequeño —dijo la cantinera señalando hacia el porche con el mentón—. Me salió así, qué se le va a hacer. Pero es un buen chico. El otro, el mayor, se fue a la guerra. Entregó sus piernas a la patria. Ahora es Caballero Mutilado y vende cupones en Madrid. Yo le intento convencer de que se vuelva, pero él me contesta que aquí no tendría adonde ir con su silla de ruedas, que estaría incómodo. ¡Qué tontería!, le digo... ¡si la vida es estar incómodo en algún sitio! ¿No le parece?

Enfrascada en sus propios pesares, nunca había pensado Leonor Dot que la guerra pudiera significar la derrota para nadie más que para los que la habían perdido. Pero aquella mañana, junto a aquella mujer que no sabía explicarse las cosas si no era malcarándose con ellas, que tenía motivos sobrados para andar siempre enfadada y que a pesar de ello le regalaba un zafarrancho que a ella, a Leonor Dot, la iba a dignificar porque a fin de cuentas ha de haber un poco de limpieza, y porque una niña dormía en la cama y porque todos, sean quienes sean, tienen derecho a la sombra de un emparrado, aquel día pensó Leonor Dot que lo peor de las guerras es que, para el común de la gente, un buen día terminan y no se nota la diferencia salvo por los estragos que dejan.

—No se quede ahí atontada —continuó Felisa—, que hemos de dejar este cuchitril como una patena. Usted dedíquese a los suelos, que es joven. Yo limpiaré el fogón y los cristales. A ver si luego encuentro por casa unas telas para apañar unas cortinas.

Cuando un rato después Camila, tras dar mil vueltas en la cama, se incorporó por fin y las miró con los ojos frescos y muy abiertos, la casa, aun siendo la misma, había cambiado su aspecto notablemente.

—Huele a zotal —dijo—. Como en la clínica donde estuvo mamá.

Felisa García miró a la otra mujer un instante, pero Leonor Dot estaba arrodillada bajo el estante de azulejos pasando la bayeta por los rincones.

—¡Sal de la cama, pequeña! —se volvió la cantinera hacia Camila amenazándola con un trapo sucio—. ¡Tu madre y yo estamos acabando y hay que ir a desayunar!

La niña saltó del catre y se puso el mismo vestido que llevara el día anterior. Contempló a Felisa García, que en aquel momento limpiaba el marco de una ventana murmurando que ya estaba harta de aquellas señoritingas de ciudad, y pensó que todo había cambiado de repente como cuando te despiertas de una pesadilla. El mundo sólo era feo a ratos. Pero luego salía el sol, y aquella mujer hacía lo contrario de lo que decía, y el olor a limpio era tan intenso que hasta la mareaba un poco.

—¡Felisa! —gritó Camila, arriesgando la confianza porque intuía que podía hacerlo—. ¡He encontrado un montón de cosas!

Abrió la maleta que las mujeres habían dejado sobre la mesa y sacó el retrato de la señora rubicunda. Felisa García soltó una carcajada seca como una tos, cogió el marco y pasó por el cristal el trapo polvoriento dejándolo más sucio de lo que estaba.

—Es la Xuxa... Mira que la odiaba yo, a esa mujer...

—También he encontrado esta caja. ¿A que es bonita? Y dentro hay dinero...

—Son de la época de Alfonso XIII —dijo Leonor Dot acercándose a ellas—. ¿De dónde has sacado esto? ¿Por qué no me lo habías dicho?

—¡Era tan agarrada que los billetes le caducaban en las manos! —intervino la cantinera.

Camila seguía hurgando en la caja de latón. Contestó a su madre:

—Sí te lo dije. Te dije que la Xuxa escondía sus secretos en el pozo. La llave de la casa estaba aquí dentro. Y esto también. Es tan grande que sólo me va bien en el dedo gordo del pie.

A Felisa García los ojos le hicieron chiribitas.

—¡La Virgen Santa! ¡Ay, Dios mío, si es el anillo! Déjame verlo. ¡Madre del amor hermoso! La bruja esa se gastó en él todo lo que tenía, que era bastante. ¡Vaya si era bastante! Comer no comería, pero se pasaba las tardes a la puerta de su casa enseñando esa piedra a cualquiera que pasara. Quería que la enterrásemos con el anillo, pero no dijo dónde lo había escondido. ¡Y mira que lo buscamos! ¡Por todas partes, por todas!... Para venderlo, claro, porque vale una fortuna...

Se hizo un molesto silencio.

—Quédeselo usted, Felisa —propuso Leonor Dot—. No se lo diremos a nadie.

—¿Yo? Pero ¡si lo ha encontrado la pequeña!

Contradiciendo sus palabras, se lo guardó en el sostén con rapidez de prestidigitador.

—Haremos una cosa —continuó—. La semana que viene iré a ver a mi hermana a Mallorca. Ella me ayudará a buscar quien me lo compre. Su marido está muy bien relacionado, trabaja en algo de aduanas. En su casa siempre hay botellas de güisqui y de vermú. En fin, que luego me iré por las tiendas y compraré cosas para nosotras... para ustedes, pero también para mí.

—¡Sartenes! —exclamó Leonor Dot sin poder contenerse—. ¡Y un mantel! ¡Y tijeras!... ¡Y semillas para el huerto!

—Hágame una lista... No se preocupe, mi hermana sabe leer. Ahora, vamos a comer algo, que nos lo hemos ganado. ¿Dónde se ha metido Andrés? ¡A que se ha dormido, el muy cabrito!

En los peores momentos creía que iba a perder el control de su pensamiento, pero eran desfallecimientos pasajeros a los que ponía remedio ejercitando la memoria. En cuanto un ligero vahído le llevaba a sospechar que estaba cediendo a la nada el dominio de sí mismo, se arrodillaba, se inclinaba hacia delante como un musulmán y hacía lo posible por recordar una conversación mantenida años atrás con su hermano, o los muebles de la casa de un podólogo en la que sólo entró una vez cojeando a causa de un uñero, o un libro de los que leía bajo el sauce llorón de la finca de sus padres en Baviera. La memoria, a medida que le iba dejando entrever sus infinitos rincones, le devolvía la progresiva sensación de ser él de nuevo, arrodillado como un musulmán, en el lugar más solitario del mundo. Luego se ponía en pie y se enfrentaba al mar, aquel mar excesivo y terrible salvo para los que lo contemplaran de forma distraída. Porque aquella contemplación no le daba otra cosa que no fuera la distancia infinita de un manto impenetrable, o un cielo tan abierto que el corazón se le perdía en un laberinto que le cegaba, o un viento que venía de ningún lugar y que le acariciaba con la voluptuosa atracción de la locura. Y pensaba, una vez vencido el deseo de disolverse en aquel lugar sin límites, que se tenía que ser muy joven o muy anciano para encontrar en el mar la serenidad. Él sólo podía buscarla en los recuerdos que se le escapaban. Recuerdos como el de un camión con la caja repleta de cuadros de Otto Dix, de Albert Birkle o de Ludwig Meidner envueltos en ropa de cama, que cruzaba la noche con salvoconducto del ministro de Propaganda e Información. El conductor, que tenía las mejillas encendidas, había nacido en Berchtesgaden y sólo hablaba de vacas. O el de Lidia ebria en la cama del hotel Palace, la copa de champagne rota sobre la mesilla y una risa inextinguible en los labios. O el de aquel caserón santanderino de salones vacíos en el que una niña, tras observarlo largamente calibrando sus intenciones, se asomó a la ventana y gritó a los policías españoles que se fueran, que estaba sola. Después de casi cien días en la isla no echaba de menos la compañía de las personas, pero sí sus voces.

A falta de otra cosa, escribía en la arena de la playa párrafos o poemas que iba rememorando en la ociosidad de las horas muertas, alguna cita aproximada de Goethe, un aforismo de Lichtenberg o versos sueltos de Hölderlin o de Rilke. *«Denn das Schöne ist nichts als des Schrecklichen Anfang...»* Con un palo grueso araba las letras, profundas y tan largas que para escribir cada una tenía que dar un breve paseo. Después trepaba hasta la entrada de su cueva y leía una y otra vez, en voz alta, a veces a gritos, aquella página efímera que las olas, por la noche, volverían a dejar en blanco... pues lo bello no es nada más que el comienzo de lo terrible.

Al principio de su estancia allí había hecho largas excursiones por la isla, pero le había bastado poco más de un mes para conocer todos sus rincones. Más tarde buscó aquella cueva apartada y se instaló en ella. Poco a poco se vería invadido por una invencible indolencia. Dormía mucho. A veces se tumbaba a la sombra de una sabina y dormitaba un día entero. O se bañaba en el mar, en parte por higiene aunque sobre todo para desentumecer el cuerpo. O pescaba con algunos sedales que le había regalado el Lluent. Los dejaba en el mar, atados a algún saliente, y sacaba grandes peces que en su mayor parte alimentaban de nuevo los sedales o regresaban putrefactos a las aguas. Aprendió a mirar las plantas durante horas, a observar cómo las mecía el viento o las visitaban los insectos, con el interés con que habría podido espiar a unos vecinos extravagantes. Aprendió también a contemplar los anocheceres, desde que se dibujaba la primera pincelada rosácea en las nubes hasta que la luna y las estrellas se hacían dueñas absolutas de la oscuridad, sin percibir el paso del tiempo y sin esbozar ni un solo pensamiento.

Conseguía el agua en un escuálido manantial que brotaba cerca de su cueva. No era buena, y al principio le había causado vómitos y descomposiciones, pero había acabado acostumbrándose a ella. Para cualquier otra cosa tenía que bajar al pueblo. Evitaba hacerlo, pero su hábito de fumador lo condenaba a buscar la ayuda que en todo lo demás rechazaba. Así que de vez en cuando recuperaba la ropa con la que llegara a la isla y que guardaba en la cueva para esas ocasiones, se lavaba bien, se peinaba con la ayuda de un pequeño espejo y tomaba el camino del puerto como si regresara de dar un agradable paseo por el campo. Felisa García, en la cantina, solía suspirar con alivio al verlo entrar tan elegante y tan poco deteriorado por la soledad. Se preguntaba cómo podía sobrevivir aquel hombre perdido por los acantilados, y temía, con razonable fundamento, que un buen día no regresara y se pudriera frente al mar sin que nadie pudiera nunca encontrarlo. Pero aquel hombre parco en palabras acababa siempre regresando. Saludaba muy educadamente a Felisa y tomaba asiento a la sombra del emparrado, donde esperaba a que ésta, maldiciéndolo por lo terco que era, le sirviera un plato de verduras, un pedazo de carne correosa y un vaso de vino que la mujer sisaba a su marido. El ritual era siempre el mismo. Se lo comía todo aunque sin mostrar una especial avidez, y nada más acabar, con la zozobra del que sabe que está haciendo algo reprobable, le preguntaba a Felisa García si tenía por casualidad un poco de tabaco. Ella lo maldecía de nuevo mientras le entregaba, envueltas en papel de periódico para evitar que alguien lo viera, un par de cajetillas de Ideales o de picado fino superior. Entonces él se lo agradecía con una leve reverencia en la que Felisa García descubría toda la elegancia de su orgullo insolvente, y se retiraba de nuevo al desamparo de su guarida.

Una mañana, al entrar el hombre en la cantina, vio a una mujer sentada a la mesa junto a la ventana, acompañada por una jovencita. Paco jugaba al dominó en la barra con el Lluent, que aquel día no había salido porque la mar andaba revuelta. Andrés observaba el juego con un interés entusiasta aunque desprovisto de entendimiento. Felisa García, que salía en aquel momento de la cocina, le reprochó al verlo su aspecto demacrado y lo cogió del brazo para arrastrarlo hacia donde estaban las desconocidas.

—¡Aquí tenemos al jodido ermitaño! —voceó, de buen talante para quien supiera adivinárselo.

Plantó al hombre frente a la mesa y señaló a las dos mujeres como si fuera a acusarlas de algo.

—Quiero que conozca a Leonor Dot y a su hija Camila. Han llegado hace poco a la isla, pero ellas no se parecen en nada a usted. No se van por los montes a perder la sesera. Han limpiado de ortigas el huerto de su casa y van a plantar legumbres y verduras.

Leonor Dot se puso en pie. El hombre le cogió la mano y se la llevó a los labios, donde depositó un beso que no llegó a rozarle la piel.

—A sus pies, señora —dijo—. Me llamo Markus Vogel.

Se volvió hacia la niña. Camila no se había movido. Algo cortado, le dio unas palmaditas en la cabeza. Luego dudó unos instantes, carraspeó un poco y, tras esbozar una sonrisa, salió al exterior y tomó asiento bajo el emparrado.

—Qué desperdicio, Señor —cuchicheó Felisa—. Que tenga una que aguantar lo que aguanta habiendo hombres como éste perdidos por el monte... Si ya lo digo yo, que los buenos son los que se van.

—Su regreso a Mallorca depende de que cumpla el encargo que le he hecho —dijo el comisario tras subir a la embarcación.

Y, agarrándose al hombro de su subordinado para no perder el equilibrio, añadió con maliciosa ironía:

—En la nueva España, hasta un rojo puede rehabilitarse si se comporta como un hombre de bien.

El comisario había permanecido en Cabrera un par de horas, el tiempo suficiente para hacerle una visita a la viuda de Ricardo Forteza y para tomarse unos vinos en la cantina. Pero el hambre comenzaba ya a aguijonearle el estómago. Tenía ganas de estar de regreso en Palma. Se palpó los bolsillos en busca de un purito, mirando a Benito Buroy como si observara a un chimpancé en su jaula. El motor estaba en funcionamiento y habían soltado los amarres. El piloto dio gas. La barca se fue separando del muelle. Libre de su carga, se alejó con rapidez por las aguas mansas de la ensenada en busca del mar abierto.

Benito Buroy se había quedado inmóvil con una sonrisa gélida en los labios y la sensación espantosa de haberse convertido en un mamarracho. A su lado, Paco se rascaba un muslo con mansedumbre y el capitán del regimiento se despedía con el brazo alzado. No se movieron de allí hasta que la barca desapareció tras los acantilados del castillo. Sólo entonces el militar se volvió hacia el dueño de la cantina, que bostezaba.

—Habrá que buscar acomodo para este hombre —le dijo—, y la verdad es que lo tenemos difícil. Las casas no están en condiciones. O le cede usted un rincón en la suya, o le tendré que amueblar una habitación en la Comandancia Militar.

—Haga lo que le plazca —respondió el otro—, pero si va a meterlo en mi casa dígaselo usted a Felisa.

El militar no pudo reprimir una súbita alarma.

—No será necesario... no será necesario. Yo tengo sitio de sobra.

La Comandancia Militar, un sólido y vetusto edificio de dos plantas con una balconada corrida que daba sobre el puerto, se alzaba junto a la cantina y delante mismo de la higuera. Allí, lejos de los pabellones donde dormitaba la tropa, vivía y despachaba el capitán Constantino Martínez. En la parte superior había habilitado una habitación para su uso privado, y en la planta baja, a un lado de la puerta, había acondicionado una oficina que, por la escasez de sus elementos, tenía un aire provisional de campaña inacabada. El resto de las estancias estaban vacías y sus puertas atrancadas.

Hacia allí se encaminaron. Una niña, con la espalda y las palmas de las manos apoyadas en el tronco de la higuera, observaba atentamente al recién llegado. Benito Buroy la miró un instante al pasar junto a ella. Tenía unos ojos verdes que daban a su mirada la profundidad de los materiales translúcidos, y una melena tan negra que a la luz del sol dejaba escapar reflejos violados. Y, aunque apretaba con fuerza los labios y mantenía unidas las puntas de los pies, había en su postura una sutil sensación de aplomo, debida quizá a un exceso de su osamenta, que delataba un indicio de madurez. Buroy pensó que las niñas empezaban a hacerse mujeres por los hombros.

Antes de alcanzar el edificio, Paco se despidió con un gesto de la mano y se desvió hacia la cantina. Un soldado, sentado en una silla solitaria del vestíbulo, se puso en pie con desgana al ver entrar a los dos hombres.

—Sin novedad, mi capitán —dijo reprimiendo un eructo.

Su superior le miró con inquina pero no hizo ningún comentario. Se metió con Benito Buroy en su despacho y cerró la puerta. Del único archivador que allí había sacó una botella y dos vasos. Los dejó sobre la mesa. Al tomar asiento, la butaca soltó un crujido amenazador que no alteró al militar en lo más mínimo. Señaló a Benito Buroy dos sillas de respaldo alto, rescatadas sin duda del comedor de alguna casa abandonada, que se encontraban frente a su mesa.

—Me permitirá ofrecerle un fino —dijo.

Benito Buroy dejó la cartera en el suelo y se quitó el abrigo. Tomó asiento mirando al capitán sin saber qué decir. Se sentía cohibido. El comisario no le había explicado cómo tenía que comportarse ante la máxima autoridad de la isla. De hecho, se había limitado a hacerle el encargo y a depositarlo allí sin darle ningún tipo de instrucciones.

—Sé que usted no es lo que parece —dijo el militar despejando sus dudas con voz cómplice aunque grave—. El señor comisario no me ha proporcionado ningún detalle de su cometido en Cabrera, pero lo entiendo. La guerra es como el polvo. Se cuela hasta en los lugares más apartados. La semana pasada, sin ir más lejos, vimos el periscopio de un submarino a dos millas del puerto. Nos dimos la vuelta, informamos al mando y Santas Pascuas. Mi única misión es que siga ondeando el pabellón de España en el castillo, y no es poca cosa. Sé bien que si finalmente entramos en el conflicto el inglés vendrá de inmediato a por nosotros. Esta cochina isla es la puerta trasera de las Baleares. Pero, si eso sucede, la defenderemos hasta el último hombre.

Parecía nervioso. Tamborileaba con los dedos sobre la mesa y hacía crujir la butaca moviéndose a un lado y a otro. Benito Buroy se sintió más tranquilo. El capitán Constantino Martínez estaba asustado por algo que sucedía muy lejos de allí pero que podía alcanzarlo en cualquier momento. Él también había pasado noches enteras acurrucado en una trinchera, fumando cigarro tras cigarro, consciente de que antes o después avanzaría implacable y sangrientamente algo que era imposible detener.

Alzó un poco el vaso para cruzar las piernas.

—Sólo quiero decirle —continuó el capitán— que no voy a entrometerme en nada de lo que usted haga y que puede contar con mi ayuda si la necesita.

—Me bastará con que me trate en público como a un enemigo del Régimen.

—Claro, claro. Faltaría más... Respecto a esto, quería decirle que había pensado albergarlo en la planta de arriba, donde yo estoy. Pero me parece más aconsejable darle una habitación aquí abajo. Es lo que habría hecho en un caso como éste.

Benito Buroy asintió con la cabeza. El militar apuró el contenido de su vaso y se puso en pie.

—La habitación está vacía, pero voy a dar instrucciones para que se la amueblen.

Tiró del cinturón para subirse los pantalones y se encaminó hacia la puerta.

—Sólo una cosa —dijo antes de abrirla—. Supongo que no habrá ninguna duda acerca de mi lealtad... La guerra me sorprendió en Badajoz, pero me puse de inmediato a las órdenes del general Yagüe, que por aquel entonces era coronel.

Luego luché en la toma de Madrid y me condecoraron. Mire, tengo la espalda llena de metralla.

Se quitó la guerrera y se alzó un poco la camisa para mostrar el costado. La piel, de aspecto pulposo, aparecía surcada de pequeñas cicatrices.

—¿Lo ve? —insistió el militar—. Tengo esquirlas hasta en los riñones. No sé ni cómo estoy vivo, y todo para que acabaran destinándome a este lugar. Pero no me importa. Lo único importante es servir a España y a nuestro Caudillo, ¿verdad? Estoy seguro de que antes o después me trasladarán a la Península.

Nunca había tenido mujer, pero tampoco echaba de menos su presencia. Años atrás había estado con algunas furcias, allá por las costas de Alicante, en un burdel que le dejaba muy cohibido porque olía a perfumes orientales y estaba todo revestido de bordados y pasamanería. De aquella temporada, que no le satisfizo en exceso, había sacado la conclusión de que las mujeres resultaban deslumbrantes pero muy difíciles de entender, que se reían o se enfadaban por causas ocultas y que se comportaban con gran nerviosismo, como si anduvieran esperando con ansia a que sucediera algo importantísimo. Quizá por eso embellecían con encajes todo cuanto las rodeaba y se embadurnaban con afeites, para estar preparadas cuando llegara la gran noticia. Pero el Lluent, para quien su principal pasión eran el pan blanco y las sardinas en lata, nada sabía de noticias y le daba pánico la sola posibilidad de recibirlas. Para él, una noticia era señal de que las cosas cambiaban y de que, por lo tanto, alguien había muerto.

Así que dejó correr lo de las mujeres. Pasados los años, y arrastrado por la magia confusa de la fonética, llegó a creer sinceramente que un burdel era algún tipo de barco. El Lluent tenía muy buena intuición para adivinar dónde se encontraba a cada momento, pero muy mala memoria para recordar dónde había estado tiempo atrás. Eso lo hacía buen marino, pues se orientaba bien y la reiteración del horizonte nunca le agobiaba. Había pasado la vida entera en el mar, principalmente en pesqueros que faenaban por la costa. Su llegada a Cabrera se había producido tras enrolarse en la barcaza que llevaba el petróleo para el faro. Pero el trasiego de bidones no era lo suyo, por mucho que el sueldo fuera superior a lo que él estaba acostumbrado. Fue entonces cuando, en la cantina del islote, conoció a un pescador viejo y calvo que navegaba siempre con un perro aureolado de pulgas. Aunque era un hombre recio, se veía con facilidad que la vida se le escapaba a borbotones cada vez que exhalaba el aire. El Lluent se ofreció para trabajar con él, y el viejo marino acabó dejándole la barca en herencia a cambio de que, llegado el momento, se encargara de enterrarlo en el cementerio con la cabeza orientada a levante y, dijera lo que dijese cualquiera en el pueblo, en la esquina opuesta a una lápida marcada misteriosamente con un círculo. Así lo hizo el Lluent, y dos años después enterró allí mismo al perro junto a su verdadero dueño. Como un faraón roñoso, el perro recibió las paletadas de tierra acompañado por toda su cohorte de pulgas, que no pudieron o no quisieron abandonar su paraíso muerto.

Así había llegado el Lluent a ser el pescador de Cabrera. Había otros, pero raras veces pernoctaban en la isla y todos le debían respeto, ya que no obediencia. Aunque el Lluent nunca ponía objeciones a sus idas y venidas y hasta les dejaba pasar la noche en el suelo junto al fuego de su chimenea, sabían que era mejor no encararse con él. Su navaja albaceteña, que llevaba siempre al cinto, había probado en un par de ocasiones la sangre caliente. El Lluent era, por méritos propios, el señor de aquella ensenada que tantas vidas había salvado en días de tormenta.

En una ocasión, un soldado de los que aparecían de vez en

cuando por la cantina le preguntó la edad que tenía. El pescador alzó la mirada para contemplarse un instante en el espejo que cubría parte de la trasbarra. «Soy joven, pero no tanto», contestó, con la mayor precisión posible en un hombre que nunca había usado el calendario. Algún tiempo después, jugando con Paco al dominó, se había quedado abstraído mirándose de nuevo en aquel espejo.

—¿Qué coño haces? —le había dicho el otro—. ¡Si eres más feo que Picio! ¿Quieres hacer el favor de estar atento?

—Acabo de descubrir que ya no soy joven —comentó el Lluent con un punto de melancolía—. Ay, Señor, cómo pasa el tiempo.

En la embriaguez del vino encontraba la dulzura del placer. Cuando bebía, la cabeza se le llenaba de nubes pacíficas, y el vaivén que mecía su cuerpo era dócil y respondía a sus caprichos. En las noches más oscuras, cuando el viento se aquietaba y la higuera permanecía tan inmóvil que se diría petrificada por un último soplo de aire gélido, se le oía canturrear las melodías con las que se balanceaba, gozoso, sentado a un lado de su puerta. Para el Lluent no había paz comparable a aquélla. Si algo le molestaba era la ansiedad que lo embargaba a veces, normalmente en alta mar, mientras descifraba los signos del cielo y leía en la superficie de las aguas. No tenía miedo a los temporales, pero sí a aquel agobio que, como una inundación interior que lo sorprendiera en la soledad del mar abierto, le nacía en el vientre y le subía por la garganta hasta asfixiarlo con los olores penetrantes de perfumes casi olvidados. Entonces el viento le traía el sonido de risas imposibles, y en las palmas de las manos le nacía un anhelo de suavidad que le obligaba a frotárselas para espantarlo. En esas ocasiones se subía a la borda y, agarrándose con una mano al mástil, se masturbaba con saña sobre las olas para verter en el agua una memoria enquistada que no sentía como propia. Luego, ofuscado, murmuraba algunas blasfemias, bajaba de la borda, se guardaba de nuevo en el pantalón la polla dolorida, y continuaba con sus labores maldiciéndose a sí mismo por haber caído una vez más, como un ladrón de placeres ajenos, en las suciedades de unos recuerdos que no le pertenecían.

Ayer fuimos a esperar a Felisa, que llegaba por fin de Mallorca. Al bajar al muelle, cogidas de la mano, mi madre me pidió que no le dijera que Paco había estado borracho casi toda la semana y que ella se había encargado de cocinar y de mantener en orden la cantina. A mí me había tocado llevar cada día la comida al capitán a su despacho, y hasta Andrés nos había ayudado a pasar la escoba por el bar, con tanto ímpetu que las colillas volaban y rebotaban contra las paredes y los cristales como abejorros asustados. Incluso el Lluent, que no suele hablar con nadie, se había colocado tras la barra para servir a los pocos soldados que venían a tomarse un refresco. Él había sido también el que, cansado de ver a Paco dormitando bajo el emparrado, una mañana lo había cogido en brazos para meterlo en la cama. El pobre hombre babeaba sobre el hombro del pescador, gimiendo una y otra vez: «la vida es una mierda, la vida es una mierda», aunque sin decir por qué pensaba eso de la vida. Luego nos chivó el Lluent que le había escondido el vino, aunque creo que más bien se lo robó, porque lo vi salir camino de su casa con un capacho que tintineaba. Mi madre, que al final ya estaba un poco harta, me dijo ayer, mientras bajábamos cogidas de la mano hacia el puerto, que hay mujeres como Felisa que sostienen ellas solas un mundo y que por eso tienen el carácter destemplado y las piernas surcadas de varices.

Al vernos en el muelle desde la embarcación que entraba en la ensenada, Felisa comenzó a agitar su brazo gordezuelo y nos señaló las cajas. La barca iba como siempre atiborrada de cosas para los militares, pero en aquella ocasión había también algunas para nosotras. Nada más echar el piloto los amarres, Felisa, sin poder contener la impaciencia, extendió las manos hacia los dos soldados que esperaban para ayudar en el descargue. Sostenida por ellos, que hinchaban los carrillos como si levantaran una viga de hierro, subió al muelle tan ufana que parecía que iba a reventar de gusto.

—Tú y tú —les dijo a los soldados hundiéndoles el dedo en las guerreras—. Coged esas cajas, esas de ahí, y llevadlas a mi casa.

Entonces, al ver que el capitán la miraba con perplejidad, se volvió hacia él.

—Constantino, le robo un momento a estos dos jóvenes. ¡Y no se queje, que mañana le haré paella! ¿Cuánto hace que no come una paella?

Nos encaminamos hacia la cantina seguidas por los improvisados porteadores. Para que todo hubiera sido perfecto sólo faltaba que el elefante de la caja de latón que había encontrado en el pozo y que tantos regalos nos iba a proporcionar hubiera cerrado la comitiva. Porque allí había de todo: sartenes, jabones de olor, cortinas de cretona estampadas de flores y hasta una tulipa de cristal para nuestra bombilla desnuda. Felisa fue disponiendo las cosas sobre una mesa del bar mientras nos explicaba que finalmente el anillo se lo había comprado su cuñado, y que él mismo le había presentado a un hombre que tenía todo lo que pudiéramos imaginar, y más aún, en un almacén grande como una catedral, un hombre simpatiquísimo que la había tratado igual que a una reina, que le había ofrecido una especie de trono de terciopelo granate para que, desde allí, fuera pidiendo por esa boquita, porque el hombre era un caballero y además deseaba quedar bien con su cuñado, gran amigo suyo y todo un jerarca, eso había dicho el hombre, tiene que estar orgullosa de que su hermana haya pillado a este tunante, y su cuñado se reía con benevolencia y le decía que dejara de soltar idioteces y que atendiera a la señora como Dios manda, y Felisa señalaba algo y decía esto, y aquello, y lo de más allá, y ahora dos cortinas para una amiga y unas ollas para mí, y un mozo le traía cajas y cajas llenas de cortinas y de juegos de cocina, y teteras con estampas de París y de Londres, y floreros de Murano de esos tan bonitos que tienen gotas de aire dentro, y al final, cuando ya había pagado Felisa y el hombre los acompañaba a la puerta, le había guiñado un ojo y le había dado de tapadillo un collar de perlas que a ella, a Felisa García García, le daba vergüenza ponerse con lo gorda que estaba, y le había dicho que era para él un placer entrar en comercios con mujeres de gusto exquisito.

Todo eso dijo Felisa de un tirón y sin coger aire, por lo que acabó con la cara congestionada aunque muy satisfecha de saber que, en algún lugar, un hombre galante y educado apreciaba la exquisitez con que llevaba un mundo entero a las espaldas. Mi madre y yo salimos cargadas con todo aquello y emprendimos la ascensión hacia nuestra casa. A medio camino nos detuvimos para descansar. Entonces mi madre miró con gran desánimo la caja que había dejado a sus pies.

—Dios mío, ¿de quién sería todo esto? —murmuró—. Qué mierda de vida.

A mí me extrañó un poco que, en medio de tanta felicidad, mi madre dijera lo mismo que el pobre Paco en su borrachera. Pero ya estoy acostumbrada a que las alegrías y las tristezas de mi madre no se correspondan con las de los demás, como si sus ideas estuvieran siempre en otro lugar de aquél donde nos encontramos. Además, me sentía demasiado contenta para que nada pudiera afectarme y tenía motivos para estarlo: entre todos aquellos tesoros había incluido Felisa, en un paquete envuelto con un gran lazo rosa, varias libretas y un montón de lápices de colores.

Ahora mi madre duerme la siesta. Desde hace unos días ha cogido la costumbre de tumbarse a la sombra del porche en espera de que baje el sol. Cuando un soplo de brisa le lame los riñones y la despierta, viene a donde yo estoy con la mirada algo turbia y una sonrisa plácida en los labios, me besa en el pelo demorándose un poco para olerlo, y luego se va a cuidar su huerto. Hoy he aprovechado que dormía para sentarme a la mesa y contar por escrito que ayer fuimos a buscar a Felisa, que por fin llegaba de Mallorca cargada de regalos, y que entre tantos regalos había todo lo necesario para que yo pudiera comenzar este diario. He elegido la libreta más gruesa. Quiero anotarlo todo para acordarme cuando sea vieja y que no me pase lo que al Lluent, que si le preguntas dónde nació pone cara de extrañeza y mira a un lado y a otro, como buscando muy lejos algo que tendría que estar en su cabeza.

Benito Buroy se despertó con un terruño en la boca. Tenía la lengua tan entumecida que le costaba moverla, y en el paladar una molesta sensación de tubería reseca. Se incorporó y miró a su alrededor sin saber dónde se hallaba. Tardó unos segundos en recordar que estaba en Cabrera y el motivo que lo había llevado hasta allí. Entonces se sentó en la cama y miró con aprensión la amplia habitación en penumbra, las contraventanas que dejaban filtrar haces tibios de luz, y la puerta cerrada al otro lado de la cual dormitaría el soldado de guardia. La tarde anterior le habían llevado un arcón que seguía vacío y una mesa sobre la que reposaba su destartalada maleta de cartón. No se había molestado en abrirla.

Acababa de despertarse, pero ya se sentía cansado. En la guerra civil, a Benito Buroy lo había derrotado más el agotamiento que la fuerza de las armas, una necesidad imperiosa de dejar de creer en algo y de dejar también de luchar por ello, un deseo de regresar a la normalidad que había ido arraigando en sus miembros y en su espalda hasta volverse enfermizo. Lamentablemente, había tardado demasiado en rechazar unas ideas que ya no tenía. La consecuencia, aparte de aquella reclusión en el penal que le había dejado un miedo permanente en las pupilas, era la pistola escondida en la maleta junto a un par de mudas solitarias.

De su piso de Palma había cogido sólo una camisa y dos calzoncillos, en parte por tranquilizar a Otto Burmann, que gemía como un perro abandonado, pero también porque no tenía la menor intención de demorarse mucho en el encargo de matar al jodido alemán. Si aquélla era la penitencia que debía cumplir para que le dejaran en paz un tiempo más, lo haría de inmediato y regresaría a su vida tediosa en el bar. Quizá, a fuerza de aceptar encargos, algún día accedieran a darle un pasaporte. Entonces vendería su parte del negocio y se iría a algún lugar lejano donde todo estuviera por hacer y él pudiera no hacer nada.

El soldado de guardia le miró en silencio al verlo salir de su habitación.

—Tengo sed —dijo Benito Buroy acomodándose sin esfuerzo a su relativa condición de reo.

—Pues vaya a la cantina —contestó el otro—. El botijo de aquí es para la tropa.

El día había amanecido nublado. Soplaba un viento intermitente que arrancaba a la higuera un rumor de infinitos roces. Los cormoranes y las gaviotas volaban en círculos, trazando impecables geometrías en el desorden de una tormenta que se gestaba en algún lugar todavía invisible. Pesaba en el aire una amenaza de santabárbara rodeada por las llamas.

Benito Buroy cruzó la plaza y entró en la cantina. La luz del día, exigua y triste, adquiría allí la turbiedad de un acuario descuidado. Se sentó a una mesa y observó a los presentes intentando mostrar distanciamiento. Ya la noche anterior había cenado allí sin hablar con nadie, dejando a su paso una estela de antipatía. Era lo que necesitaba para sentirse cómodo. No deseaba conocer a nadie ni entablar ninguna conversación.

Por lo general, los otros le recordaban a esos viajantes que en el tren se muestran dispuestos a compartir su pan y su queso a cambio de una cháchara incesante, convencidos de que su despecho por una mujer ingrata, la foto de dos niños de sonrisa forzada o un miserable muestrario de corbatas de colores bastan para entablar relación con alguien y evitar estar solos en el mundo. Pero a Benito Buroy le aburrían las vidas de los demás. En su bar de Palma, los clientes le hablaban sabiendo que él, mientras tanto, pensaba en otra cosa. Aquélla era su manera de escucharlos y a ellos no parecía importarles. A la noche siguiente volvían a estar allí contando la misma historia que los había llevado una vez más hasta aquella barra. Por lo general, la gente hablaba de sus vidas como si ya hubieran sucedido.

—Pan negro y achicoria, eso es lo que hay —le dijo la gorda de la cantina sirviéndole con evidente desgana.

Benito Buroy contempló con curiosidad el collar de perlas que lucía la mujer por encima del grasiento delantal. Ella advirtió su mirada, pues lo escondió bajo la pechera y le dio la espalda, ofreciéndole su inmenso trasero a modo de desaire.

A Felisa García no le gustaba el recién llegado. Le molestaba su mirada inquisitiva, que más que mirar sacaba provecho de las cosas, y aquel gesto de tensión en una mandíbula casi inexistente, una mandíbula sin barbilla que se mantenía siempre prieta, aunque no por causa de ningún dolor, pensaba Felisa, sino involuntario reflejo de un espíritu cruel. Felisa García estaba convencida de que no se podía esperar nada bueno de aquel hombre, como lo estaba de que en la guerra había cometido atrocidades que a cualquier persona le habrían hecho perder el sueño. Porque, según creía ella, todas las personas, incluso las más decentes, de vez en cuando pierden la cabeza y cometen acciones inconfesables. Es entonces cuando se pone en marcha una sensación de culpa que va creciendo como un tumor de la conciencia y que antes o después las lleva a buscar por sí mismas el castigo. Aquello era lo normal para Felisa García, que se sentía culpable de todo lo que sucedía en cualquier parte o pudiera suceder y fuera de algún modo evitable, como si su cocina, en la que pasaba buena parte de su vida, en lugar de ser un sitio sucio y mal abastecido fuera en realidad el motor secreto del mundo. Por ello, porque se había acostumbrado a convivir con un remordimiento que la iba devorando por dentro, Felisa García reconocía de inmediato a los que nunca iban a sentirse arrepentidos hicieran lo que hiciesen. Sabía muy bien de qué pie cojeaba Benito Buroy. Nada más entrar en la cantina la noche anterior en busca de su cena, le había mirado a los ojos y había visto cómo le afloraba a las pupilas la indiferencia codiciosa del diablo.

Se encerró en sus dominios tremendamente malhumorada por la presencia desagradable de aquel intruso. La gran olla que trajera de Mallorca humeaba sobre el fogón de leña. Al otro lado, sobre un mármol descascarillado, había una caja de judías verdes. La cogió dejando escapar un quejido y la llevó hasta una mesa cubierta con un hule. Se había sentado ya para comenzar a deshebrar la verdura cuando descubrió a su hijo Andrés sentado en una esquina. Tenía las manos en las rodillas y balanceaba el tronco con la mirada perdida en las baldosas.

—¿Qué haces? —le dijo—. ¿Ya estás otra vez en Babia?

Andrés la observó uniendo las cejas, aturdido. Y Felisa García, aunque sintió en el estómago un mordisco que la avisaba de que iba a utilizar a su hijo para desfogarse, continuó sin poder evitarlo:

—¡Eres un inútil, una carga para tu madre! ¡Ya estoy harta! ¡Así nunca llegarás a ninguna parte!

Al muchacho se le abrieron mucho los ojos. Entonces se puso en pie, impulsado por un resorte, y salió de la cocina. Cruzó el bar sin mirar a nadie, dejó a un lado la plaza y se encaminó por el sendero que llevaba a los barracones militares. Andaba deprisa, con una decisión descabellada, agitando los brazos. Así fue costeando la bahía hasta llegar a la altura del campamento. Un grupo de soldados, sorprendidos por su prisa, le gritaron algo que él no se detuvo a escuchar. Se internó por el camino del valle, que se adentraba en la isla por entre campos de olivos, y al llegar a una casona en ruinas, allá donde acababa la senda, comenzó a ascender por la montaña. Subía a tal velocidad que le costaba un gran trabajo sortear los matorrales. Intentaba apartar las ramas de los brezos y los lentiscos manoteando de vez en cuando en el aire, y las ramas le golpeaban agitadas por las ráfagas de viento que anunciaban la tormenta.

Gruñendo mientras avanzaba a trompicones, Andrés llegó a lo alto de la montaña y comenzó a descender por el valle de las voces. Era aquél un lugar angosto y poblado de pinos que conocía bien, pues lo visitaba con frecuencia. Desde allí, en lo más hondo de la vaguada, se oían con toda nitidez, como si una voz de ultratumba se las fuera soplando al lado mismo de los tímpanos, las conversaciones que se mantenían muy lejos, en la plaza del pueblo o en el campamento militar. Tiempo atrás Andrés se asustaba al oírlas y huía creyendo que eran fantasmas, hasta que un día reconoció el inconfundible tono airado de su madre, que reprochaba a su marido lo poco que la ayudaba y le amenazaba con irse a vivir a Mallorca con su hermana. Fue un hallazgo sensacional. Aquel día creyó Andrés haber encontrado el lugar adonde iban a parar las palabras cuando se las llevaba el viento, y comenzó a pasar allí largas horas esperando aquellas mariposas invisibles que, de tan mortecinas, parecían nacer en el interior de su propia cabeza.

Sin embargo, aquella mañana tampoco se detuvo allí. Ascendió una loma despoblada, cubierta de piedras que rodaban bajo sus pies. Se cayó un par de veces hasta que alcanzó, algo magullado pero más decidido que nunca, el camino que conducía al faro de N'Ensiola, el más alejado de los dos que tenía la isla, en el extremo opuesto de la bahía donde se desmoronaba el pueblo. Caminó un rato por entre formaciones rocosas cada vez más abruptas y pronto tuvo el mar a ambos lados. Se internaba ya en el saliente donde se alzaba el faro cuando un trueno, con un breve chasquido ensordecedor, lo detuvo de golpe como si le hubiera golpeado en la nuca. Un rayo iluminó por unos instantes la superficie del mar. Andrés alzó la mirada. Un manto de agua comenzaba a caer sobre él. Llovía con tanta fuerza que las gotas le hacían daño en la frente. Se la cubrió con las manos tentado de huir, de regresar corriendo a la cantina, pero el faro se alzaba delante de él y en sus oídos resonaban todavía los reproches de su madre. Soltó un largo grito para espantar el miedo. Continuó la ascensión resbalando en las piedras, cegado por la tromba de agua. De improviso, cuando más perdido se sentía, se topó con la torre del faro. Abrió los brazos, se pegó a ella y apoyó la mejilla en la piedra helada contemplando con horror la superficie difusa del mar, que había perdido su transparencia y se extendía bajo una bruma sacudida por las ráfagas de viento que, en aquel lugar donde el mundo terminaba, se arremolinaban sin encontrar obstáculos. Sólo entonces, haciendo un último acopio de fuerza y de valor, se dio la vuelta y emprendió el regreso.

Cuando, mucho rato después, llegó por fin a la cantina jadeante y empapado, cubierto de arañazos, con los pantalones rotos y las rodillas sangrando, Felisa García lo esperaba junto a la puerta. No le dijo nada al verlo. Se limitó a cubrirlo con una manta y, cogiéndolo por la cintura, conducirlo por entre las mesas en las que aún se amontonaban los restos de las comidas. Ya en la cocina, la mujer puso un tazón de caldo sobre el hule de su mesa y tomó asiento. Obligó a Andrés a sentarse también, como de niño, en su regazo, y con una esquina de la manta le fue secando la cabeza con mucha suavidad. Andrés, aunque un poco aturdido, comprendió que su madre no iba a enfadarse de nuevo. Cogió el tazón para calentarse las manos, sonriendo con orgullo por haber conseguido llegar, tras un esfuerzo sobrehumano con el que desmentía todo lo que ella le había pronosticado, al lugar más lejano al que podía ir.

Felisa García lo acunaba notando que, bajo el peso de su hijo, se le iban quedando las piernas dormidas.

El capitán Constantino Martínez estaba sentado en la balconada de la Comandancia Militar. En el horizonte, sobre un mar manso y oscuro, se diluían los últimos fuegos del atardecer. Podían parecer muy espectaculares, pensó el militar, pero eran una mariconada de decorado zarzuelero si se los comparaba con los ardores que le atormentaban el estómago. Miró con recelo la bandeja en la que le habían servido la cena, apartada a un lado sobre una banqueta. Pensó que la col era demasiado amarga y que sin duda había entrado en contacto con sus heridas interiores, llagándolas con aquel jugo ácido que desprendía al masticarla. Ya lo había temido él nada más probarla. Demasiado tarde para evitarlo, se lamentaba en aquel momento de haberse dejado llevar por el hambre, aunque también, debía reconocerlo, por su afición por una hortaliza tan poco compatible con los trozos de hierro que guardaba en su cuerpo. Y es que el militar, poco ducho en anatomía, estaba convencido de que la metralla que le entrara por la espalda se le había acabado alojando en las paredes de los intestinos. Lo creía firmemente, sin pararse a considerar que para llegar la metralla hasta allí le habría tenido que destrozar varios órganos vitales, ni que los ardores ya lo torturaban en los años tan lejanos de su juventud, cuando aquella profesora miope y anarquista, no contenta con predicar la disolución de todas las fronteras, lo sacaba al estrado para que señalara en un mapamundi lugares imposibles llamados Osaka, Jerusalén o Petrogrado, convencida de que algún día les serían tan próximos, a ella y a todos sus alumnos extremeños, como, por poner un caso, Villafranca de los Barros. Del caos mundialista de aquella mujer le venían al capitán Constantino Martínez tanto los ardores de estómago como aquella necesidad de vivir en un mundo pequeño y ordenado que desembocaría, no podía ser de otra manera, en su temprana vocación militar.

La barca del Lluent entraba en aquel momento en el puerto. El capitán, desde la balconada de la Comandancia, la contempló con la melancolía postrada con que se ven las cosas desde la enfermedad. Se acarició con aprensión y delicadeza el plexo solar. Luego contempló el paquete de picadura tirado en el suelo pensando que, si le apetecía liarse un cigarro tal como le estaba sucediendo, quizá fuera un síntoma favorable de que su agonía remitía aunque él no acertara a percibirlo. Sí, decididamente, aquélla era una buena señal. Pero al alargar el brazo para coger el paquete vio una silueta inmóvil al otro lado de la balconada y tuvo un pequeño sobresalto que le provocó un nuevo ataque de acidez.

—La col me está matando —dijo el militar al reconocer a Benito Buroy—. En este islote sólo comemos pescado y verduras, pero es mejor así. La carne que nos llega está medio podrida. Resulta imposible saber a qué animal pertenece.

Fiel a su escaso interés por todo lo ajeno, Benito Buroy se mantuvo en silencio. Él también acababa de cenar, en la cantina, con la única compañía de la gorda antipática que no le hablaba ni le miraba nunca a los ojos. Casi un paraíso. Pero luego había llegado un grupo de soldados que se habían puesto a jugar a las cartas y a dar voces, volviéndose hacia él para preguntarle dónde había hecho la guerra, o para pedirle su opinión acerca de algún tema sobre el que estaban discutiendo, o más sencillamente para invitarlo una y otra vez a que se uniera a ellos, como si su presencia apartada les causara un tremendo incomodo. A Benito Buroy los grupos bullangueros le transmitían una insoportable sensación de soledad compartida, por lo que no tardó en salir de la cantina y, a falta de otra opción que no fuera pasear por la plaza a oscuras, regresar a la Comandancia Militar.

—¿Quiere oír algo bonito? —continuó el capitán—. La tormenta de ayer desenterró los muertos del cementerio. Aquí han sido siempre tan vagos que no se molestaban en cavar fosas. Cuatro paletadas por aquello de cumplir, un poco de tierra por encima del cadáver y una lápida tosca, si es que la ponían, apoyada contra el muro. Eso es todo. Luego llueve y se monta una zapatiesta de mil diablos... He tenido que enviar un pelotón para que pusiera un poco de orden en los sepulcros. Han encontrado de todo, hasta una nota manuscrita y el esqueleto de un perro. ¿A quién diablos se le ocurriría enterrar un perro en un camposanto?

Y concluyó, tras removerse en la silla como si le escociera el esfínter:

—Esta maldita col me está matando.

Benito Buroy se acordó de Otto Burmann. Él también se quejaba a menudo del estómago, de dolores reumáticos o arteriales y, en general, de todas esas dolencias que, por no tener una causa visible, le permitían pasar un día entero en su gran cama cubierta de almohadones soltando gemidos ahogados, adoptando posturas trágicas y pidiéndole un poco de consuelo.

—Necesito una lista de todos los residentes —dijo, volviéndose hacia el militar y haciendo caso omiso de lo que éste le había explicado.

—¿De los residentes de dónde? —contestó el otro—. ¿De aquí... de Cabrera? Usted llegó hace dos días, ¿verdad? Pues bien, ¡ya los conoce a todos! Sólo le falta un alemán que anda perdido por el interior de la isla. Pero ya se lo encontrará. De vez en cuando baja por la cantina.

Benito Buroy pensó que tenía suerte. Si el alemán andaba

por el monte sería más fácil deshacerse de él. Preguntó dónde se hallaba exactamente.

—Hace unos días lo vio una patrulla —continuó el militar, que tenía una noche locuaz a pesar de la acidez—. Está en el otro lado de la isla, en una bahía que llaman de la Olla y que tiene un farallón rocoso en el medio. Parece ser que vive en una cueva, allí hay muchas. Lo que yo me pregunto... lo que yo me pregunto es qué pinta aquí un alemán. ¿Qué habrá hecho? Entre nosotros, tengo orden de coserlo a balazos si intenta escapar de la isla, pero a él ni se le ocurre acercarse por el muelle. A pesar de eso revisamos siempre la barca de abastecimiento, por si acaso.

Alzó los brazos doblados por encima del respaldo de la silla, desperezándose, puso los pies sobre la baranda, encendió de nuevo el cigarro, que se le había apagado, y soltó con gran campechanía:

—¡Qué jodidos esos alemanes! ¡Tan envarados! ¡Tendría que haberlo visto hace un par de semanas, cuando Felisa nos hizo la paella!

Había sido aquél, gracias al entusiasmo de la cantinera, un día feliz en una época en la que nadie lo esperaba. Felisa García, revestida de la sabiduría exótica de los que han visto esplendores muy lejanos, llegaba de Mallorca como si hubiera dado la vuelta al mundo recogiendo tesoros y delicias gastronómicas. Aunque regresaba con docilidad a su reclusión en la cocina de la cantina, nunca olvidaría que un caballero como Dios manda, todo un señor de la capital, le había alabado su gusto exquisito. Había cambiado tanto el concepto que tenía de sí misma, y se sentía tan cómoda en su recién descubierta delicadeza, que hasta lavó su bata roñosa y suavizó en lo que pudo los modales de su bronca feminidad. Así, limpia, repeinada y dulce, apareció aquella mañana muy temprano en la cantina. Paco, que nunca se fijaba en ella, se la quedó mirando con asombro y quiso llevársela de nuevo al dormitorio, pero Felisa se lo sacó de encima con un empujón amistoso y le ordenó que hiciera una buena hoguera en la plaza, pues iba a necesitar muchas brasas para su demostración de exquisitez culinaria. A Andrés le pidió que montara una mesa bajo el emparrado en la que pudieran caber todos, y al ver al capitán, que se encaminaba al campamento, salió tras él intentando contonear un poco las caderas, lo justo para no parecer reumática.

—Constantino —le dijo—, hoy no le llevaremos la comida. Vendrá usted a mi casa. Haré la paella que le prometí. Póngase guapo y traiga algo de aperitivo.

Fue de aquella manera como, un día abrasador de mediados de agosto, los cantineros y su hijo Andrés, el Lluent, otro pescador llamado Sebastián que había tenido la suerte de caer por allí, la máxima autoridad militar de la isla de Cabrera y sus prisioneras Leonor y Camila Dot, alzaron los vasos para brindar por un futuro que, todo sea dicho, se presentaba bastante tenebroso. Para mayor perfección de la dicha que Felisa instauraba desde la atalaya del reciente aprecio que sentía por sí misma, aquel día acudió el alemán ermitaño a por su ración de tabaco. Al ver el festejo se quedó parado, con un gesto en el rostro que delataba su deseo repentino de no encontrarse delante de todas aquellas personas que se habían vuelto a mirarlo interrumpiendo las conversaciones. El capitán carraspeó, contrariado por la presencia del alemán. Le habían encargado que lo vigilara, no que tomara copas con él, y Constantino Martínez era un hombre muy puntilloso en el sometimiento al lugar que cada uno ocupa en el mundo. Pero en aquella mierda de islote resultaba verdaderamente difícil mantener las formas.

Por suerte para todos, Felisa García demostró que la autoridad no se teoriza, sino que se practica. Cogió al alemán por el brazo, lo arrastró hasta el emparrado, le puso en la mano un vasito con el fino que había llevado el capitán, y luego se volvió hacia el militar para pedirle que ayudara a Paco a cargar la paella hasta la mesa. El militar, que se había puesto su uniforme más decente en cumplimiento de las órdenes de la cantinera, volvió a obedecerla, aunque con el desánimo del que se ve obligado a limpiar las letrinas.

Un rato después andaban todos algo achispados por el vino, que había corrido con una generosidad impropia del racionamiento, y el pescador Sebastián, al que nadie conocía, miraba a Leonor Dot con indisimulada avidez. Ella, que con gran elegancia había optado por no darse cuenta, escuchaba a Felisa García. La cantinera le había traído de Mallorca brotes de lechuga y le explicaba que tenía que atarlos cuando crecieran para que las hojas interiores se conservaran pálidas. Paco, por su parte, dándose cuenta de que sus reservas de vino iban a irse al carajo, había decidido hacer acopio de él en su propio cuerpo. Desmadejado en la silla, ceceaba incoherencias en dirección a la parra que les daba sombra. El Lluent canturreaba, que era lo suyo. Y el capitán, atrincherado en la marcialidad que nunca le había fallado, soñaba con un mundo pequeño que nada tenía que ver con aquél, tan diminuto y miserable. Soñaba con un mundo pequeño, aunque lo suficientemente grande como para llamarlo patria sin necesidad de recurrir a Osaka, Jerusalén o Petrogrado. Embriagado, soltó un ¡arriba España! y volvió a sumirse en el silencio. Sólo Markus Vogel se mantenía impertérrito. Casi no había probado el vino y, aunque había devorado la paella con un hambre de lobo que ni su educación podía ocultar, no había dicho nada en toda la comida. Parecía estar sentado en aquella mesa por un error que aguantaba por cortesía.

Andrés y Camila hacía rato que se habían desentendido de los demás. La niña había sacado una de sus libretas y enseñaba a Andrés a dibujar personas.

—No le hagas tantos brazos. Parece un pulpo.

Andrés asintió compulsivamente, pero continuó dibujando brazos.

—Ahora parece un erizo —dijo Camila.

Y se volvió hacia el alemán.

—Markus, ¿tú tampoco hablas?

Markus Vogel la miró unos instantes. Camila tuvo la sensación de que algo se paseaba por su cara, pero era la mirada del alemán. Nunca nadie la había mirado con aquel detenimiento, como si en su rostro hubiera infinitos detalles que fuese necesario observar con mucha atención. Normalmente, la gente se miraba sin verse demasiado.

—No tengo nada que decir —contestó por fin el alemán.

—Pues a veces hay que hablar. Si no, no sacarás fuera los pensamientos que te sobran y acabarás como Andrés, que tiene tantos que no sabe cómo ordenarlos.

El alemán sonrió. Fue la única vez que pareció estar cómodo en aquella comida estival. Se inclinó hacia Camila y le acarició suavemente la mejilla. Retiró la mano con cuidado, de la misma forma que se deja un objeto frágil en una vitrina.

—Si hablas —dijo a la niña—, procura que tus palabras sean más interesantes que tu silencio. Pero éste no es un pensamiento mío, es de un filósofo griego. Tienes razón. La próxima vez charlaremos un rato.

Se puso en pie, dispuesto a retirarse sin más demora a su playa desierta. Felisa García desapareció un momento en la cantina y regresó con un paquetito que entregó al alemán sin mucho disimulo. Éste lo guardó en un bolsillo. Agradecido, hizo una leve reverencia.

—Me alegro de haber venido —dijo. Y añadió, de forma sorprendente—: Hoy está usted radiante.

Felisa García no pudo evitar un gemido de satisfacción, pero se recompuso de inmediato. Dándole una palmada en el pecho que habría tumbado a cualquiera menos corpulento que él, le dijo que se largara de una vez a su jodido acantilado. Luego, mientras el alemán se alejaba, volvió a tomar asiento en la mesa, contempló con disgusto a su marido y, mezclando ella también los pensamientos aunque de una forma fácilmente descifrable, exclamó:

—Qué hombre... qué asco.

—¡Arriba España! —insistió el capitán Constantino Martínez, que se sentía obligado a recuperar el mando en su pequeño mundo patrio—. ¡Que se jodan los alemanes!

Leonor Dot se había quedado inmóvil, abrazada a sí misma, en mitad del huerto. Con el amanecer llegaban del mar ráfagas frescas de viento que le alborotaban el cabello, pero la mujer no las notaba ni sentía frío. Tampoco se había entretenido, como cada mañana, contemplando la bahía en el silencio estricto de las primeras horas. Un mechón de pelo se le cruzó en los ojos. Leonor Dot lo recogió detrás de la oreja sin abandonar su aire pensativo. Pocos momentos antes se había despertado, quizá por primera vez desde que llegara a la isla, embargada por algo que no pertenecía al pasado. La había despertado una sensación de plenitud que había ya casi olvidado, la necesidad alegre de desarrollar alguna actividad, y no por el mero hecho de resistir, no por la terquedad que la había estado sosteniendo hasta aquella mañana, sino por satisfacer el ansia impetuosa de acometer empresas por las que merecía la pena levantarse de la cama. Tras vestirse en silencio y detenerse a besar a Camila en la frente, había salido al huerto a ver las lechugas. Había llegado el momento de atarlas como le explicara Felisa el día de la paella.

Regresó a la casa, avivó las brasas del fogón con unas pocas astillas y puso un cazo con agua. Luego cogió unas tiras de tela que tenía ya preparadas y salió de nuevo al huerto. Las zanahorias despuntaban también en el lado más apartado, y por la zona del pozo asomaban las hojas de los nabos y los rábanos. Junto al muro de la casa, unas cañas clavadas en el suelo esperaban a que fueran creciendo las tomateras. Aunque nada podía reprocharse a sí misma, a Leonor Dot la avergonzaba sentirse contenta de estar allí, orgullosa de su trabajo y tranquila de ver a Camila por fin a salvo, después de tanto tiempo. No podía ni quería olvidar los horrores que habían acompañado su vida hasta entonces, pero tampoco podía evitar que en su espíritu aparecieran, como en el huerto en el que tanto había trabajado, algunos brotes orientados al porvenir. Ni la memoria más vívida puede impedir que la vida continúe. Pese a saberlo, Leonor Dot sentía vergüenza de estar contenta aquella mañana, una vergüenza parecida a la que la invadía cuando recordaba los días que siguieron a la muerte de Ricardo. En el hospital, Camila no se había apartado ni un segundo de su madre, pero Leonor no podía recordar la cara de la niña, ni su presencia, ni nada de lo que le dijo su hija durante todo aquel tiempo. Nunca supo de qué vivió Camila hasta que, una madrugada como aquélla, la despertó una enfermera para darle el alta y la policía las detuvo antes de que pudieran siquiera preguntarse qué iban a hacer con sus vidas.

Un rato después, Camila, todavía en camisón, comía queso y leía en el porche. Su madre, que aquella mañana estaba incansable, canturreaba y desbrozaba el terreno delante de la casa. Tras ella se extendía el mar, que el sol iba llenando de transparencias. Camila alzó un momento la mirada y descubrió que la barca de Mallorca entraba en aquel momento en la bahía. Avisó a su madre, pues aquella barca, desde que Felisa García viajara a la capital y estableciera un puente con su cuñado, se había convertido en una caja de sorpresas para la cantinera. El jerarca mallorquín, que no podía tolerar que nadie emparentado con él viviera en el umbral de la pobreza, le enviaba embutidos, garrafas de aceite y grandes hogazas de pan blanco. Y Felisa, agradecida con Leonor Dot por haberle dado el anillo de la Xuxa, compartía con ella los regalos.

Aquella mañana la barca llevaba algo más que paquetes. Descendieron de ella tres hombres que se encaminaron hacia la Comandancia Militar. El que iba en medio llevaba un abrigo a pesar del calor que hacía, y sostenía en la mano una maleta. A su lado se distinguía inconfundible la silueta del comisario.

—Traen a otro desgraciado —dijo Leonor Dot—. Nos quedaremos en casa hasta que se vayan.

De nada iba a servirle esquivar al hombre que las había recluido en Cabrera. Se encontraban allí precisamente porque en aquel lugar no podían rehuir sus visitas. Por otra parte, su ya larga estancia en la isla no implicaba que poco a poco se fuera olvidando de ellas. El comisario no las olvidaba, aunque tampoco tenía un afán excesivo en presionar a Leonor Dot. Sabía que el tiempo acabaría debilitándola. Por su parte, Leonor era consciente de que podía mostrarse todo lo obstinada que quisiera sin incomodar a nadie en absoluto. ¿A quién le importaba un expediente atascado durante meses, durante años incluso? ¿A quién podía importarle que ella y su hija se pudrieran en aquella isla el resto de sus vidas? Desde cierto punto de vista, ¿no debía agradecer que aquel policía no perdiera el interés por su suerte?

Un rato después de llegar la barca, el comisario cruzaba el huerto respirando agitadamente a causa de la ascensión, rodeaba el muro hasta alcanzar el porche y entraba en la casa sin llamar ni anunciarse. Leonor Dot, que fregaba en aquel momento los platos de la noche anterior, alzó la barbilla y lo miró fijamente. El comisario no parecía darse cuenta de que estaba invadiendo la intimidad de otras personas. En realidad sí se daba cuenta, lo consideraba parte de su trabajo. Tomó asiento en una de las sillas, contempló un momento a Camila, que se había quedado quieta a un lado de la habitación, y dio unos golpecitos en la mesa con los nudillos.

—¿Cuándo me firmará esos papeles?

—Son calumnias —contestó Leonor Dot de inmediato—. No les ayudaré a deshonrar la memoria de Ricardo.

—Usted no sabe lo que hacen los maridos a espaldas de sus mujeres.

Calló unos instantes para que su frase insidiosa surtiera efecto. Luego continuó:

—Piénselo bien... Y le diré algo más. Puedo conseguir que usted y su hija se vayan a México. Allí tienen amigos, lo sé. Me han explicado muchas cosas de su pasado.

Leonor Dot se volvió de nuevo hacia la fregadera y se quedó apoyada en la piedra, sin moverse. El comisario se levantó de la silla, fue hasta ella y le cogió los brazos por detrás. La mujer no opuso resistencia. El policía le retenía las muñecas entre sus manos como si fuera a atárselas a la espalda. Pero sólo quería observarlas.

—¡Qué jodida! —exclamó— ¡Pues tenían razón los de Barcelona! Tiene usted suerte, le han quedado bien las cicatrices... Espero que no se vuelva loca aquí y lo intente de nuevo.

Iba a añadir algo más, pero le interrumpió la voz de Camila. Sonaba detrás de él, un aullido a duras penas articulado.

—¡Suéltala...! ¡Te he dicho que la sueltes! ¡Que la sueltes...!

Unos puños pequeños le golpeaban como si un pájaro le aleteara en la espalda. Se encogió de hombros, liberó las manos de Leonor Dot y, tras echar un vistazo a la niña, que había retrocedido y lo miraba con los ojos convertidos en dos grietas feroces, salió de la casa pensando que lo que más le apetecía era tomarse un vinito. No iba él a amargarse viendo cómo la gente enviaba sus vidas a la mierda. Si aquella mujer se empeñaba en darse cabezazos contra las paredes, pues adiós muy buenas y hasta la próxima. No haberse casado con un rojo.

Hacía un día espléndido. Soplaba una brisa de mar que aligeraba un poco el calor, pero el comisario empezaba a estar harto de Cabrera. Cada vez que visitaba la isla constataba que la gente vivía allí sin hacer nada, tumbada como perros a la sombra. Hasta los soldados caían en una molicie degradante contra la que nadie parecía luchar. Daba pena verlos paseando ociosos en torno al campamento, bostezando y rascándose los huevos. De haber estado en manos del comisario, los habría puesto a todos a amurallar aquel peñasco, o a reconstruir el castillo, que buena falta le hacía, o a levantar una gran cruz a los caídos por Dios y por España.

Camino de la cantina se cruzó con Felisa García, que ascendía cargada con una caja.

—¿Adónde coño va? —soltó el comisario—. ¿Es que aquí nadie está donde debe? ¿A quién le pido un vaso de vino?

—A mi marido —contestó la otra sin detenerse—. A estas horas aún está bastante sobrio. ¡Y no se me ponga farruco, joder, que mi hijo es caballero mutilado!

Cuando Felisa llegó a la puerta de Leonor Dot se dio de bruces con Camila, que se había apresurado a vestirse y salía corriendo para ver al hombre que habían traído los policías. La cantinera retuvo a la niña y le ordenó que anduviera con cuidado. Luego, dejándola escabullirse, dio una voz para avisar a Leonor Dot. No hubo respuesta. Al entrar la vio de espaldas junto a la ventana. Depositó con cuidado la caja sobre la mesa, alzó la tapa y sacó una botella.

—Mi cuñado me ha enviado esto. Parece un vino espumoso. Qué raro, ¿verdad? Mi hermana sabe que yo no bebo.

Leonor Dot sacó el pañuelo para sonarse. Luego se acercó a la mesa y cogió la botella. Observó la etiqueta durante unos instantes.

—Es Veuve Clicot —dijo, mirando a la otra mujer con una sonrisa apesadumbrada—... Champagne, Felisa. Se hace en Francia y vale mucho dinero.

—Qué raro... Viene con una nota. Dime qué pone.

Estaba escrita a máquina y firmada a pluma con un alabeo

barroco. Leonor Dot la leyó apretando los labios. Felisa García, que había advertido que algo no iba bien, la miró con preocupación sin atender demasiado a sus palabras.

—Tu cuñado dice que os las bebáis delante de todos y que lo hagáis a su salud. Quiere que sepan que sois de su familia.

La cantinera le había apoyado una mano en el antebrazo. Ahora le acercaba mucho la cara a la mejilla. Tenía el aliento dulzón. Su voz le retumbó a Leonor Dot en el tímpano con el silabeo ronco de la confidencia.

—Tú has probado esta bebida... La conoces, ¿verdad? Te recuerda los tiempos felices...

Leonor Dot volvió a sonreír. Lo hizo con el aire absorto de esos ancianos que ya no se reconocen en sus propios recuerdos.

—¡Pues yo me encargaré de que vuelvas a ser feliz! —clamó Felisa García, sobresaltándola.

Fue hacia la puerta, pero antes de salir se volvió hacia su amiga y abrió ampliamente los brazos, como una soprano en el momento cumbre de un aria.

—¡De momento, ahí tienes esas botellas! ¡Son tuyas! ¡No me des las gracias! ¡Bébetelas!

Benito Buroy llevaba ya cuatro días en la isla y la pistola continuaba escondida bajo el colchón de su cama. Aún no había conseguido ver al alemán al que debía matar, pero aquellos cuatro días sin hacer nada le habían apaciguado la prisa que lo animara en el momento de su llegada. Se había acostumbrado, con una facilidad que le causaba cierta sorpresa, al ritmo lento que parecía regir allí cualquier actividad. También había cambiado su horario de sueño. Por las noches, cuando acabadas las cenas emanaba de la cantina una luz mortecina, y algunos soldados deambulaban en la oscuridad hablando de mujeres etéreas como fantasmas, y las olas, al romper en la playa, hacían rodar las piedras con una suave melodía de castañuelas, y el Lluent canturreaba ante la puerta de su casa balanceándose, a esa hora en que una plácida latencia lo invadía todo, y el capitán encendía su puro en la balconada y poco a poco se iba silenciando el vozarrón de Felisa García como si una lejanía esencial, una lejanía que no atendiera al espacio sino al aislamiento y la soledad, se fuera instalando en la plaza, a esa hora Benito Buroy se sentaba en cualquier parte y, sin que ningún pensamiento viniera a atormentarlo, vacío de ideas y de sentimientos, en pocos minutos se quedaba dormido. Cuando un rato después se despertaba, el capitán ya no estaba en la balconada y en la plaza reinaba un silencio absoluto. Entonces se iba a la cama tambaleándose y se acostaba desnudo, para despertarse de nuevo al cabo de unas horas, poco antes de que empezara a amanecer, con una sensación de bienestar que no sentía desde niño.

Aunque no fuera consciente de ello, Benito Buroy había encontrado lo que tanto había deseado desde que acabara la guerra, un lugar que le permitía vivir apartado de todo, del tiempo y de la historia, un lugar donde la ambición carecía de sentido y donde los recuerdos podían irse difuminando hasta borrarse por completo. Era el sitio más indicado para alguien a quien todo había dejado de interesar. Y, sin embargo, aquella mañana sucedería algo que le recordaría que no había huida posible, que ya nunca le dejarían disfrutar del más pequeño sosiego, y que él mismo, Benito Buroy Frere, no era sino otro depredador llegado a Cabrera para impedir que una persona pudiera escapar de su destino. La guerra civil había acabado hacía más de un año, pero no la persecución incansable del enemigo de la que él formaba parte, le gustara o no.

Aquella mañana se despertó un poco antes de lo habitual. Al ver que no entraba luz por la ventana, se dio la vuelta para continuar durmiendo hasta que comprendió que lo que le había despertado no era la inminencia del amanecer, sino unos ruidos inhabituales en el vestíbulo de la Comandancia. Al poco le llegó el sonido de un motor en el embarcadero y la voz del capitán, que preguntaba si estaban preparados los voluntarios. Benito Buroy se vistió y salió a la plaza. En el muelle, una pareja de la guardia civil escoltaba a un hombre que caminaba con las manos atadas a la espalda. Los seguía un cura que se frotaba los brazos para entrar en calor. El capitán Constantino Martínez hablaba con un sargento bajo la higuera. Varios soldados permanecían firmes junto a ellos. Miraban con curiosidad al detenido que acababa de desembarcar, esperando de él un comportamiento ajeno a lo normal. Pero el hombre caminaba sin apartar la vista del suelo guiado por uno de los guardias, que lo llevaba del codo. Cuando llegaron al lugar donde los militares los esperaban, los civiles entregaron un sobre al capitán.

—Consejo de guerra —dijo uno de ellos—, Tribunal Militar de Palma. El condenado es nativo de Cabrera.

El sacerdote pateó el suelo para calentarse los pies. La travesía por mar lo había dejado aterido. El capitán hizo la señal de la cruz y lo saludó con una reverencia.

—Quizá le apetezca una copita para entrar en calor... —insinuó.

—Qué dice usted, hombre —contestó el cura—. No... Vamos a ello.

Ascendieron por el camino que conducía al castillo. Benito Buroy, que los seguía de lejos, se dio cuenta de que hasta aquel momento nunca se había internado en la isla ni había pisado otro lugar que los alrededores de la plaza. Sobre el horizonte comenzaba a clarear y el paisaje se iba tiñendo de una luz escasa, tan fría que parecía arrastrar consigo la humedad del mar. El terreno era casi yermo, pero flotaba en el aire un intenso olor a romero. Ya en lo alto de la colina dejaron a un lado los paredones del castillo y se encaminaron hacia el interior. Allí, en el arranque de la suave ladera que descendía hasta el mar por la parte opuesta al pueblo, se encontraba el cementerio. Lo rodeaba un muro bajo de piedra y era tan pequeño que pasaba casi inadvertido. Una cancela herrumbrosa cerraba la entrada, pero los guardias civiles no la abrieron. Situaron al hombre contra la parte exterior del muro. El sacerdote, que parecía haber entrado por fin en calor tras el esfuerzo de la ascensión, se acercó a él y lo contempló unos instantes con una impaciencia desprovista de piedad.

—Lo que has hecho es imperdonable —le dijo—, pero el Señor tiene una infinita benevolencia. ¿Quieres confesarte?

Por toda respuesta, el detenido comenzó a sollozar.

—Compórtate como un hombre, coño —soltó el cura—. Te lo preguntaré una vez más... ¿Quieres confesar tus pecados o prefieres irte al infierno con ellos?

El hombre continuó sollozando. Le fallaron las rodillas y buscó apoyo en el brazo del sacerdote.

—¡Déjame! ¡En pie! ¡En pie te he dicho!

El clérigo recostó contra el muro al condenado. Tras comprobar que se sostenía derecho, se alejó de él diciéndole al capitán Constantino Martínez:

—Venga, acabemos.

Benito Buroy, que se había sentado sobre una roca a cierta distancia, vio que los soldados remoloneaban un poco a la hora de formar. No debía de gustarles disparar contra un hombre que lloraba. El sargento los alineó a empujones y les hizo montar las armas. Luego miró a su superior, pero el capitán, que conversaba con el sacerdote, le indicó con la mano que acabara él la faena. El sol despuntaba ya en el horizonte.

Sonó una detonación múltiple, una ráfaga desordenada, y el condenado se desplomó de rodillas. Se mantuvo unos instantes en esa posición. Luego cayó de bruces y dejó escapar un largo lamento. Los soldados, atónitos, lo contemplaban sin bajar los fusiles.

—¡Ridruejo! —gritó el capitán—. ¿No ve que está vivo? ¡Déle de una vez el tiro de gracia!

Avanzó el sargento desenfundando su arma y sonó un último pistoletazo. El cura había contemplado la escena con un gesto de profundo desagrado.

—Cuánto cuesta limpiar España —reflexionó ante el capitán, que asentía en silencio—. En este país metió mano el diablo, y así estamos... Vaya usted bajando, si lo desea. Yo rezaré una oración por el alma de este asesino y luego le aceptaré esa copita.

El militar no se lo hizo repetir dos veces. Mientras el sacerdote ordenaba a los soldados que cavaran la fosa allí mismo, fuera del recinto sagrado por haber rechazado el reo la confesión, se dio la vuelta y emprendió el regreso a la Comandancia. Benito Buroy no se movió de la piedra donde se había sentado hasta que lo tuvo junto a él. Entonces se puso en pie y caminó a su lado.

—Buenos días —murmuró el capitán—. Ya lo ve, aparecen por todas partes. Son como las moscas en verano.

Benito Buroy no contestó al comentario. Caminaba pensando que él también tenía un deber que cumplir. En un par de días regresaría la barca de abastecimiento y tenía que volver en ella a Palma. Pero ni siquiera había visto al alemán.

—El bueno del párroco me ha contado la historia de ese hombre —continuó el militar—. ¿Sabe que aquí en Cabrera se hacía un carbón de primera calidad? Y, ¿sabe quién lo hacía? El tipo al que acabamos de fusilar. Si hubiera seguido con su oficio no le habría pasado nada, pero prefirió irse al Ampurdán a matar curas. Lo pillaron en Barcelona, escondido en un sótano entre las ratas.

—Yo le habría puesto otra vez de carbonero —opinó Benito Buroy sin demasiado entusiasmo—. Algún día tendremos que volver a una vida normal.

—¿Eso cree? ¿Y qué hacemos con el rencor de ese marxista? ¿Voy a entrar en negocios con alguien que me odia y que sólo desea verme muerto? ¿Vamos a dejar que vuelvan todos a casa a seguir conspirando? Si hasta el cardenal Gomá, que era un hombre de Dios y un santo, dijo que la única solución posible era conseguir su exterminio... Mire, mire allá.

El capitán Constantino Martínez señalaba en dirección al mar. A lo lejos, sobre las aguas mansas, se veían dos líneas grises que reverberaban como si fueran a evaporarse.

—¿Los ve usted? Son barcos ingleses. Están ahí para impedirnos comerciar con Italia, y eso es todo por ahora. Pero antes o después acabaremos entrando en guerra. Bastante trabajo tendré entonces defendiendo la isla para controlar además si un comunista está pensando en apuñalarme por la espalda. El peor enemigo está en la retaguardia, amigo mío.

Aceleraron el paso, pues el militar quería dar parte de la presencia de la flota británica. Al llegar a la plaza y ver que ya estaba abierta la puerta de la cantina, Benito Buroy se encaminó hacia allí. Nada más entrar descubrió a Felisa García, que contemplaba el exterior a través de uno de los cristales cubiertos de grasa.

—¿Quién era? —preguntó la mujer—. No he querido mirar.

—Alguien de aquí —contestó Buroy acodándose en la barra—. No me han dicho su nombre... Era carbonero.

Felisa García no apartaba la mirada del cristal, pero no parecía ver el exterior. Apoyó la mano sobre la superficie sucia del vidrio.

—Dentro de un rato mi hijo estará en su silla de ruedas en cualquier esquina de Madrid... Cuando era niño, a menudo me pedía permiso para acompañar a Pascual. Así se llamaba ese hombre, Pascual. A mi hijo le encantaba pasar las noches al raso viendo cómo salía el humo de la carbonera. Aprendió bien el oficio, los niños aprenden rápido... Es un trabajo que podría hacer ahora, si regresara.

Benito Buroy sintió la necesidad sorprendente de decir algo.

—Yo también estuve a punto de ser fusilado... —comenzó, pero se sintió ridículo y dejó la frase a medias.

—Ya veo que usted tuvo más suerte —le contestó la cantinera—. No hace falta que me cuente su vida.

Hacía más de un mes que la viuda de Ricardo Forteza había llegado a la isla con su hija. Algunas noches, cuando Camila ya dormía, Leonor Dot bajaba a la cantina y se quedaba un rato de tertulia. Le gustaba conversar con Felisa junto a la mesa de la cocina, contemplando las estrellas por la ventana, con el rumor de fondo de las voces de los pocos clientes del bar y los golpes secos de las fichas de dominó. En aquella cocina se respiraba un ambiente de caverna cálida y acogedora. También lo eran las palabras de Felisa García que, a solas con su amiga, se entregaba a reflexiones filosóficas de aplastante sencillez. Tras un largo silencio introspectivo, soltaba «todo es tan sencillo y tan complicado, ¿verdad?», o bien «seríamos tan felices si no fuera por las desgracias», o quizá «me alegro de no haber estudiado como tú, Leonor, sería muy triste que supiera todo lo que tú sabes con la vida que llevo». A estas reflexiones Leonor Dot respondía invariablemente con una sonrisa, y entonces Felisa García recuperaba en parte su carácter atronador, daba una palmada en la mesa y exclamaba:

—¡Qué mema soy, caray, si no sé ni pensar! ¡Las ideas se me agolpan unas detrás de otras y acabo diciendo tonterías!

Nunca habría sido capaz de sospechar que Leonor Dot pudiera admirarla, pero había algo en su mirada que llevaba a la cantinera a sentirse próxima a aquella señoritinga, a elucubrar que al fin y al cabo no eran tan distintas y que ella, Felisa García García, a pesar de haberse criado en aquel rincón miserable, podía llegar a hacerse una idea general de lo que era el mundo con sus grandezas y sus miserias. Junto a Leonor Dot, Felisa se veía arrastrada a poner palabras a sus sensaciones, lo que no era tarea fácil. Se había acostumbrado a vivir en un permanente y difuso malestar que, al intentar definirlo en sus largas y lentas tertulias en la cocina, adquiría mil matices insospechados y una riqueza que la dejaba perpleja y hasta a veces un poco mareada. En esas ocasiones intentaba salir de sí misma y hablaba de lo primero que se le ocurría:

—Uno de los soldados, un chico de Logroño que estudia para maestro, me ha dicho que la pimienta la trajeron los árabes del lejano oriente. ¡Qué barbaridad! Si supiera leer, leería libros sobre la pimienta.

—Los libros hablan de todo, Felisa —contestaba Leonor Dot—. Si quieres, te enseño a leer.

Pero la cantinera meneaba la cabeza y decía que no tenía tiempo ni ganas, que cada uno era como era y, de la misma forma que se habría referido a un rasgo físico o a un atributo del carácter imposible de evitar, que ella había nacido analfabeta y que así moriría el día que Dios lo dispusiera.

Una de aquellas noches, tras pasar un rato de plática con Felisa, Leonor Dot salió de la cantina y ascendió lentamente hasta su casa. Había luna llena, tan grande y luminosa que la noche parecía más bien un día mortecino. La tierra reverberaba como si las piedras estuvieran veteadas de metales preciosos, y las sabinas que jalonaban el camino habían cambiado su color verde por un gris blanquecino que las hacía parecer fósiles vegetales. Algunos pájaros cruzaban el cielo alertados por la claridad. Leonor Dot se detuvo a contemplar el mar metálico y brillante, pero al cabo de unos instantes se sintió acariciada por el frío y por aquella sensación de soledad, de desamparo definitivo, que la atacaba en cuanto bajaba un poco la guardia. Se encaminó en silencio hacia la casa pensando que aquella noche le iba a resultar difícil conciliar el sueño. La llave que encontrara Camila estaba puesta en el cerrojo, pero ya nunca la usaban. Empujó la puerta con suavidad.

En un primer instante la sorprendió que la luz de la luna inundara la habitación, pues ella misma había echado las cortinas antes de bajar a la plaza. Casi de inmediato ahogó un gemido y se llevó una mano al pecho. Camila dormía boca abajo, descubierta y con el camisón alzado hasta la cintura. Tenía los pies cruzados, las pantorrillas relajadas y en los muslos las primeras curvas que delataban que pronto sería una mujer. Su culo, como una fruta palidecida, aparecía blanquísimo bajo aquella fosforescencia plateada. Camila dormía protegida por la luna mientras Andrés, de pie junto a la cama, absolutamente inmóvil y boquiabierto, la contemplaba con el gesto de arrobo estupefacto con que se asiste a un milagro.

Leonor Dot avanzó unos pasos antes de reaccionar. Luego, viéndose sacudida por la ira al comprender lo que estaba sucediendo, se lanzó sobre el muchacho y comenzó a golpearlo con las palmas de las manos.

—¡Hijo de puta! ¡Eres un hijo de puta!

Andrés ni se movió ni intentó defenderse. Se limitó a cubrirse la cabeza con los brazos. Camila extendió una mano ciega en busca de la sábana. Su madre, sin dejar de golpearlo, empujó con fuerza a Andrés hacia la puerta.

—¡Vete de aquí! ¡No quiero volver a verte! ¡Vete!

El muchacho obedeció la orden con la actitud demente de una res asustada. Dejó la casa a la carrera, cruzó el camino y se perdió en el monte. Leonor Dot salió detrás de él. Con los puños cerrados y la respiración agitada, soltó una última amenaza que sonó a vidrios rotos en aquella noche tan diurna:

—¡Te mataré si vuelvo a verte!

Regresó a la casa y cerró la puerta con llave. Camila, desentendida por completo de lo que estaba sucediendo, se había tapado y dormía de nuevo. Su madre cubrió la ventana con la manta. Luego se tumbó vestida en su cama. Contra lo que había temido, gracias quizá a haber descargado la soledad y los nervios sobre la espalda del pobre retrasado, no tardó en conciliar el sueño.

A la mañana siguiente se le había pasado la indignación, pero sus gritos nocturnos habían alertado a Felisa García. La cantinera, que había dejado transcurrir la noche en vela esperando en vano oír a su hijo meterse en la cama, esperó a que bajaran a por su desayuno. Se sentó a la mesa con ellas y preguntó qué había sucedido. Leonor Dot se resistía a contárselo, pero Felisa, que barruntaba algo y era incapaz de vivir de espaldas a las malas noticias, le exigió que lo hiciera. Leonor se lo explicó entre sonrisas, disfrazándolo de anécdota sin importancia. Camila bebía en silencio un vaso de leche. Felisa García contemplaba con tristeza a la niña secándose, en un gesto mecánico, las manos en el delantal.

—Perdonadme, perdonadnos a los dos —dijo—. Andrés es incapaz de hacer daño a nadie, pero no sabe controlarse. Dios mío, todo es por mi culpa. Yo fui la que parió a ese muchacho... No ha venido en toda la noche y no sé dónde se esconde.

—No te preocupes, Felisa —intervino la niña en un tono extrañamente dispuesto y feliz—. Yo sé dónde está. Ahora lo traigo.

Cogió un chusco de pan y, mordiéndolo con fruición, salió apresurada de la cantina. Al quedarse solas, las dos mujeres se miraron a los ojos.

—No ha tenido ninguna importancia... —comenzó Leonor Dot.

—Pero es una señal —dijo la otra en un susurro, mirando a un lado y a otro temerosa de ser oída—. Camila contagia alegría y a los hombres les gusta romper las cosas bonitas. Aquí no son todos como Andrés, que no sabe ni sorberse los mocos. Hemos de ir con cuidado, Leonor. Entre las dos la tendremos vigilada.

A aquellas alturas la niña pasaba corriendo por delante de los barracones militares. Poco después dejaba a un lado la casona en ruinas y comenzaba a ascender la loma que la separaba del valle de las voces. Encontró a Andrés sentado en una roca. A la sombra del pinar, todavía no se había evaporado la humedad de la noche. Andrés estaba muy pálido y los brazos le temblaban. Al verla agachó la cabeza hundiendo la mirada en el regazo. Camila se sentó con confianza a su lado. Él se apartó un poco. La niña se entretuvo observando un pájaro que trinaba y saltaba de rama en rama frente a ella.

—Eso no se hace, Andrés —dijo por fin.

Y, tras pensárselo un poco, alzando las piernas para mirarse los zapatos, añadió:

—Quizá algún día te dejaré que me veas... pero te prohíbo que vuelvas a espiarme.

Hoy hemos tenido una gran sorpresa. Acabábamos de llegar a casa después de la comida y ya se había sentado mi madre en el porche dispuesta a dormitar un rato, cuando han golpeado la puerta con suavidad. No era Felisa, pues ella da unas palmotadas que deben de oírse desde Mallorca. Un poco intrigada he ido a abrir, y me he encontrado a Markus con su barba blanca y una indecisión que me ha hecho pensar, tontamente, que se había equivocado de casa. Él ha vuelto a mirarme de esa forma extraña, como si mi cara fuese un mapa, y me ha dicho: «Necesito a alguien para jugar al ajedrez».

Le he pedido que no se quedara en la puerta. Entonces Markus me ha seguido con cuidado, como si llevara los zapatos llenos de barro y le preocupara mancharlo todo. Mi madre se ha puesto un poco nerviosa al verlo plantado a la entrada del porche, con esa forma de estar que tiene él tan complicada. En nuestro piso de Madrid, y también en el de Barcelona, sí sabía mi madre cómo recibir a la gente, y los que llegaban se sentían en seguida cómodos y en confianza. Pero ahora lleva mucho tiempo sola. Al ver a nuestro visitante se ha puesto en pie. Tras dudar un poco, se han dado la mano. «No tengo nada que ofrecerle, aquí no hay nada, nada», se ha disculpado mi madre gesticulando. Y a continuación ha soltado una risita ridícula, sin motivo, y me ha pedido que sacara la otra silla.

Markus ha estado un rato sentado en el porche contemplando la bahía. Luego, nos ha propuesto dar un paseo por la playa. En Cabrera no hay ajedrez pero eso no es un problema para él. Según me ha explicado mientras bajábamos por la ladera cubierta de aladiernos, lo importante son los signos, que están en nuestra cabeza. Lo demás lo encuentras tirado por el suelo. Así que hemos buscado un ajedrez caído en la arena. Los peones eran pequeños cantos redondos, blancos y negros. En cuanto a las piezas mayores, cada uno ha tenido que espabilarse con las suyas. Yo he elegido para las torres dos piedras más grandes que se aguantaban de pie, cáscaras de erizo para los alfiles y unas caracolas para los caballos. La reina era una concha recubierta de nácar, y el rey una chapa de gaseosa que, aunque bastante oxidada, puesta boca arriba recordaba la forma de una corona. Markus no se ha molestado tanto en buscar sus piezas porque paseaba junto a mi madre. Hablaban de las selvas de Baviera, de árboles tan altos como catedrales, y hablaban de París y de Venecia, y de libros y de los diferentes tipos de rosas. Trataban cada tema muy brevemente, picoteando de una tarta tan rica que no les dejaba tiempo para más. A veces estaban en silencio durante un rato, buscando las palabras. Y cuando uno de ellos opinaba acerca de cualquier cosa, el otro le daba siempre la razón. Desde el destierro y después de tantos años infelices, no eran capaces de estropearse el uno al otro los recuerdos.

A mamá le ha ido muy bien ese paseo por la playa. A nuestro regreso le ha enseñado a Markus su huerto. Lo han recorrido con tanto detenimiento, con tanta atención y respeto como si estuvieran visitando un museo. Más tarde, después de que Markus dejara por dos veces que yo le ganara al ajedrez sobre un tablero dibujado a lápiz en la mesa, mamá ha querido abrir una de las botellas de champagne de Felisa. «Es un sacrilegio beberlo caliente —ha dicho mamá—, pero seguro que a Felisa le hará ilusión que hayamos brindado con su Veuve Clicquot. A usted le tiene mucho cariño.» Han estado un buen rato sentados en el porche mientras yo me peleaba con un problema que me ha puesto Markus, un mate en tres jugadas que casi me vuelve loca pero que he logrado resolver.

Al anochecer hemos bajado los tres a la cantina. Markus se ha encerrado en su mundo de signos y casi no ha abierto la boca. Pero ha cenado con nosotras, sentado a nuestra mesa junto a la ventana, y no daba la impresión de haberse equivocado de sitio ni de estar allí por obligación, como el día de la paella. Cuando hemos acabado, mamá ha dicho que era hora de que regresáramos a casa. Yo aún debía estudiar un poco antes de acostarme. Ya era de noche, y a oscuras no se puede andar por el campo. Así que Felisa, amenazándolo con no darle más tabaco, ha obligado a Markus a quedarse con Andrés en el jergón donde dormía su hermano hasta que se fue a la guerra. Él la ha obedecido, como hace siempre. Nunca he visto a nadie que obedezca con tanta facilidad. Pero seguro que mañana, cuando, algo más pronto de lo normal, bajemos a desayunar, ya habrá desaparecido.

Hacía un rato que habían cenado y Camila estaba a la mesa, bajo la luz del lirio de la tulipa, resolviendo unos problemas de matemáticas que le había puesto su madre. Leonor Dot había salido a tomar el fresco, pues era una noche calurosa. Pero entró de nuevo, con los brazos cruzados sobre el pecho y las manos agarradas a los hombros. Leonor Dot hacía aquel gesto cuando se sentía preocupada. Dijo que algo sucedía en el muelle, que se oían voces de alarma.

No pensaron que pudieran estar en peligro, sólo que debían ofrecer su ayuda. Dejaron todo y, sin siquiera cerrar la puerta de la casa, bajaron a la carrera hasta el pueblo. En la plaza había un gran desbarajuste. Felisa había salido a la puerta de la cantina con un garfio enorme en la mano. Insultaba a gritos a Paco, que caminaba pasmado de un lado a otro, los brazos abiertos y la cabeza gacha, como si anduviera buscando algo por el suelo. Camila y su madre fueron hasta la higuera. Las hojas dejaban escapar un suave rumor en la oscuridad. Benito Buroy y los soldados de guardia abandonaban la Comandancia y corrían con lámparas de aceite hacia el muelle, donde estaba amarrada la barca del Lluent. Los siguieron sin entender lo que sucedía. Pero, al llegar, vieron que el capitán sacaba la pistola de la cartuchera, saltaba a bordo y comenzaba a disparar a ciegas contra el agua oscura. Leonor Dot soltó un grito cuando sonaron las detonaciones y se detuvo tapándose la cara con las manos. Camila siguió adelante. El Lluent, completamente empapado y trémulo, hundía un bichero en el agua y tiraba de él con desesperación. Benito Buroy entregó una lámpara a Camila, le pidió que la sostuviera en alto y saltó él también a la barca. El capitán, que había agotado el cargador, chamulló unas cuantas amenazas, lo cambió por otro y continuó disparando al agua. Parecía haberse vuelto loco, pero los demás no le hacían caso. Benito Buroy lo apartó con el hombro para ayudar al Lluent a tirar del bichero. Unos y otros gritaban como si anduvieran enzarzados en una escaramuza con un enemigo invisible. A Camila le palpitaba el corazón con tanta fuerza que tenía la sensación de haberse tragado un sapo.

Entonces alzó más la lámpara y lo vio. La luz indecisa iluminó el costado de la embarcación y también las aguas, negras como la tinta. Había un monstruo adherido al casco. Tenía la piel plateada y era más largo que la barca del Lluent. Estaba boca arriba, con sus grandes fauces abiertas. Sangraba por todas partes. Por el vientre abierto le asomaban los intestinos, que se movían en el agua como una extraña planta de carne.

—¡Dios mío! —dijo Felisa García, que había llegado resoplando hasta donde estaba Camila—. ¡Es el atún más grande que he visto en mi vida! ¡Debe de pesar más de trescientos kilos!

Llevaba todavía el garfio en la mano. Se lo entregó a un soldado y lo empujó con tanta fuerza que a punto estuvo de tirarlo al agua.

—¡Muévete, gilipollas! ¿Qué quieres, que se lo coman las tintoreras?

Entre todos amarraron al monstruo. Cuando lo alzaron la barca se ladeó de tal manera que el agua entró en tromba en la bañera. Pero consiguieron poner el atún a salvo de unos depredadores a los que nadie pudo ver, y que muy probablemente ni siquera habían entrado en el puerto. Benito Buroy soltó una maldición y se miró una mano intentando comprobar, entre tanta sangre, si él también sangraba. Se había cortado con algo. El capitán, visiblemente orgulloso de su hazaña, se guardó la pistola en el cinto. Y el Lluent, extenuado, desembarcó con grandes esfuerzos, caminó unos pasos por el muelle y cayó de bruces. Leonor Dot fue corriendo a ayudarle mientras Felisa García, incapaz de contener sus emociones, gritaba a todos que eran una pandilla de inútiles.

Un rato después el atún se encontraba por fin sobre el muelle, la plaza había recuperado la tranquilidad, Benito Buroy alzaba el brazo con la mano envuelta en un trapo, y la cantinera, ya calmada, palmeaba la espalda del Lluent, que se había quedado sentado en el suelo.

—Llevo todo el día con él —dijo el pescador con voz apagada—. Me ha costado seis horas vencerlo. Ni sé cómo lo he hecho, carajo.

A partir de aquella noche Camila vería el mar con otros ojos. Nunca podría volver a mirarlo sin pensar que en realidad lo que se extendía ante ella no era nada más que un límite. El mar era un mundo que se ocultaba, un lugar con montañas, bosques y gigantes que rompía plácidamente en la orilla escondiendo todos sus secretos. Con razón decía el Lluent que el océano era tan grande que no podían ni siquiera imaginarlo. También decía que, al salir a pescar, se sentía como un ciego que probara suerte lanzando cebos allá donde su vista no alcanzaba. Y aquel día la suerte lo había acompañado. Camila buscó en vano, paseándose con morboso terror por el borde del muelle, las tintoreras que habían acosado al Lluent hasta el puerto.

—¡Haré un guiso con patatas que os vais a cagar en los pantalones! —exclamó Felisa García, olvidando por unos momentos que se había convertido en una mujer elegante a imitación de Leonor Dot—. ¡Ahora, vamos a celebrarlo!

Fueron todos a la cantina. El capitán Constantino Martínez mandó llamar al médico del regimiento, que llegó a la carrera con su botiquín y, sin otra anestesia que unos tragos de orujo, cosió la herida de Benito Buroy. Tuvo que darle cuatro puntos en el dedo índice, que luego vendó de forma aparatosa.

Paco descorchó una botella de vino y brindaron por el Lluent. Fue en aquel preciso instante cuando el capitán Constantino Martínez, tras dar un sorbo de su vaso e ignorando que estaba a punto de hacer el que quizá fuera el acto más justo de su vida, tomó asiento y, con aire relajado, sacó un papel de su bolsillo. Lo desplegó con cuidado sobre una mesa, pues antiguas humedades lo habían apergaminado y amenazaba con romperse. Tras contemplarlo unos instantes como si fuera un jeroglífico o sencillamente una memez, se volvió hacia los presentes.

—Mis hombres lo encontraron en el cementerio después

de la tormenta. Lo firma una tal Dolores Rimbau, pero está escrito en catalán. ¿Hay alguien aquí que lo entienda?

—Es la Xuxa —dijo Felisa—. Se llamaba así, Dolores Rimbau.

Leonor Dot se aproximó a la mesa, apoyó las manos sobre la madera y observó el papel sin tocarlo. Las letras estaban trazadas de forma muy tosca y el tiempo las había borrado casi por completo. Más que leer, era descifrar un criptograma. Todos miraban a Leonor mientras ella movía suavemente los labios como si rezara en silencio.

—Parece un testamento —aclaró por fin—. Va dirigido a un cura, un tal Mosén Dalmau. Dice que quiere que la entierren con su anillo, y que el diablo se llevará a no sé quién... Es que no se entiende...

—Bueno —se apresuró a intervenir Felisa—, ese anillo nunca apareció, así que no pudo cumplirse su deseo. Que descanse en paz la Xuxa. ¡Vamos a abrir otra botella de vino!

El capitán meneó la cabeza en señal de disconformidad y señaló el papel agitando el dedo índice.

—Hay algo más. Habla de una barca... No sé qué pone, pero habla de una barca.

Leonor Dot volvió a sumergirse en el estudio del papel.

—Habla de un tal Nicanor Menéndez, eso parece, Nicanor Menéndez... Y de una barca, es cierto... Que no es suya, que no le pagó su dinero y que quiere que la hundan... ¿Que la hundan?

Alzó el papel para observarlo a la luz de la bombilla. Parpadeó un par de veces y volvió a ponerlo en la mesa.

—Pues sí... Quiere que hundan la barca en la bahía. Y, para estar segura de que lo han hecho, que la entierren también con un trozo de la quilla... Eso es todo. Para acabar, le dice al cura que no se olvide de sus misas.

Hizo con los labios un gesto de extrañeza y se encogió de hombros. Fue entonces cuando el Lluent, que había permanecido alejado de la mesa, avanzó unos pasos con el rostro tan congestionado que parecía que estuviera ahogándose.

—¡Me la regaló a mí! —gritó—. ¡Ahora es mía! ¡Nadie va a hundirla!

El capitán Constantino Martínez lo miró con absoluta perplejidad. Luego se volvió hacia Felisa García. Como ella no dijera nada se encaró con el cantinero, que continuaba con la botella de vino en las manos.

—¿Quién es ese Nicanor? ¿Qué coño sucede aquí?

Se apreció perfectamente en el rostro de Paco que hacía grandes esfuerzos por idear una patraña que pudiera resultar verosímil, pero su cerebro embotado sólo acertó a dictarle la verdad.

—Era el marido de la Xuxa. Un buen día él se vino a vivir aquí, a la casa del pescado, y desde entonces no volvieron a dirigirse la palabra. Yo no sé qué se harían el uno al otro. Cuando la Xuxa murió Nicanor no se molestó ni en ir al entierro. Luego llegó el Lluent y se puso a trabajar con él. Estuvieron juntos varios años. A cambio, Nicanor le dejó la barca. Lo anunció aquí, delante de todos. El día que yo la palme, dijo, la barca será de éste. Y señaló al Lluent.

—Pero la barca no era suya —reflexionó el militar.

Se hizo un molesto silencio. Andrés, que no entendía que la fiesta por haber capturado el atún se hubiera convertido en un velatorio, batió las palmas un par de veces. Luego paseó por todos los presentes una mirada suplicante.

—Esto tiene mal arreglo —murmuró el capitán—. No hay nada más sagrado que el último deseo de un fallecido.

—¿Aunque sólo le mueva el deseo de venganza? —intervino por fin Felisa García—. La Xuxa era una mala mujer, se lo juro por lo más sagrado. Yo la conocía bien.

—Sería lo que usted diga, pero un testamento es un testamento.

La cantinera se plantó delante del militar. Nunca se la

había visto tan dispuesta a defender una idea, ni tan desarmada por no poder hacerlo a gritos. Con todo, se contuvo y, a pesar de que le temblaba la mandíbula, logró hilvanar su razonamiento.

—Nicanor se ganó con creces la propiedad de la barca. Toda su vida trabajó con ella. La Xuxa, en cambio, nunca movió un dedo salvo para hacer daño a los demás. Y quiso seguir haciéndolo después de muerta... Piénselo bien, Constantino. Usted sabe que yo no soy una revolucionaria de ésas. Creo que a cada cual se le ha de dar lo que le pertenece. Pero, en este caso, si lo hiciéramos cometeríamos una terrible injusticia. Y la cometeríamos con el Lluent, que no tiene culpa de nada... Yo no sé qué sentido tiene usted del deber. Tampoco sé si las malas ideas le impiden dormir, como me sucede a mí. No sé si da vueltas y vueltas en la cama con una angustia que le oprime el pecho y le roba el aire. Lo que sí tengo bien claro es que, de estar yo en su lugar, preferiría quedarme en paz con mi conciencia a cumplir los deseos de una arpía.

El capitán hinchó los carrillos, visiblemente incómodo. Meditó unos instantes. Luego cogió su vaso y se puso en pie.

—Felisa —decidió—, coja lo que quiera del atún y haga usted su guiso. Les deseo que lo disfruten. El resto será requisado para la tropa.

Tras apurar el vino y dejar el vaso junto al testamento, abandonó la cantina. Felisa García dejó escapar un suspiro de alivio.

—Fui yo la que descubrió el cadáver de la Xuxa —explicó con la voz quebrada—. En el camino olía a muerto, pero no pensé... Estas cosas no se te ocurren. La llamé. No contestaba y entré en la casa. Estaba tumbada en la cama con las manos sobre el vientre. Parecía dormida de no ser por las moscas... Había dejado la nota sobre la mesa. Supuse que era para el párroco y di por sentado que no podía contener nada bueno. Debí destruirla y Santas Pascuas, pero la escondí en el vestido que le sirvió de mortaja. Quería que enterraran su bilis con ella...

Y concluyó, recuperando de improviso todo su carácter:

—¡Cómo iba a suponer que una jodida tormenta acabaría removiendo las miserias del pasado!

Cogió el infame testamento y le prendió fuego con una cerilla. Así fue como, tras tantos años de utilizarla para arrancar secretos al mar, consiguió el Lluent que la barca que le cediera su antiguo patrón fuera definitivamente suya.

Despuntaba el alba cuando Benito Buroy salió de la Comandancia Militar. Colgado del hombro llevaba un macuto en el que había guardado la pistola, una bota con agua y un mapa de la isla. Aquel día cumplía una semana de estancia en Cabrera. A media mañana llegaría la barca de abastecimiento en la que debía regresar a Mallorca. No tenía demasiadas ganas de volver a Palma y a su vida en el bar, pero tampoco podía elegir. Había llegado la hora de echar tierra de nuevo sobre el expediente depurador que, por mucho que hiciera, brotaba una y otra vez como una mala hierba.

Tomó el camino del castillo para evitar que le vieran desde el campamento militar. Al poco dejaba atrás el cementerio. Tras detenerse en lo alto del promontorio para orientarse con el mapa, decidió bordear la cala Santa María y después internarse en el monte para cruzar la isla por su lado más angosto. Ascendió inmerso en un silencio profundo en el que sólo resonaba el crujido de sus pasos sobre los cantos polvorientos y las ramas quebradas de los coscojales. Al encumbrar las últimas peñas, apoyó las manos sobre las rodillas para recuperar el aliento. Era tal la quietud allí que el bombeo agitado de su corazón parecía capaz de abarcar con su sonido toda la isla. La ladera, salpicada de verde, comenzaba a descender a los pies de Buroy hasta alcanzar una amplia bahía en la que no se veía ninguna edificación. A un lado se levantaba el islote pelado del que le hablara el capitán Constantino Martínez. Frente a aquel islote, en alguna cueva, se escondía Markus Vogel.

Benito Buroy había planeado ir costeando hasta encontrar su guarida, pero poco antes de completar el descenso divisó a lo lejos, en el extremo de un saliente rocoso, la silueta lacónica del alemán sentada frente al mar. Pocos minutos después sonaron sus pasos a espaldas de aquel hombre al que no había visto nunca. A Benito Buroy le extrañó que no se volviera hacia él a pesar de que sin duda lo había oído. Contempló durante unos instantes su melena cana y sus hombros anchos y abatidos. El alemán tenía los antebrazos apoyados sobre las piernas como si acaparase toda su atención algo en el suelo frente a él. En cualquier caso, no parecía interesado en absoluto por aquella inesperada visita. Benito Buroy abrió el macuto, echó un vistazo a la pistola, destapó la bota y bebió un par de tragos. Luego dejó la bota en el suelo.

—Le esperaba —dijo Markus Vogel—. Hace unos días anduvieron unos soldados por aquí. Pensé que los plazos se estaban agotando.

Benito Buroy hizo una mueca de disgusto. Avanzó hasta situarse delante del alemán, pero éste no alzó la mirada. Alargó un dedo largo y huesudo para señalar un pellejo de lagartija sobre una roca.

—En algún momento dejó de moverse y de huir. Entonces las hormigas empezaron su trabajo. Les ha costado dos días vaciarla por completo.

Tras decir esto, Markus Vogel miró de frente al recién llegado.

—Yo tampoco me moveré —le dijo—. Hágalo ya. No me torture.

Benito Buroy metió la mano en el macuto. No pudo reprimir un gesto de dolor al tropezar el vendaje de su herida con la culata del arma. Pese a ello la empuñó, buscando el gatillo con el dedo corazón, pero no llegó a sacarla de su escondite. No se veía con ganas de apuntar a aquel hombre a sangre fría. Pensó que sería menos violento disparar a través de la bolsa, aunque la sola idea le hacía sentirse miserable. El alemán le miraba fijamente, con una entereza que no podría sostener mucho tiempo. Buroy advertía con claridad la tensión que lo dominaba. Se veía obligado a entrelazar los dedos de las manos para que no se viera que le temblaban.

A Buroy le bastaba con apuntar un instante y apretar el gatillo. Alzó un poco la bolsa sin decidirse a sacar la pistola. Fue entonces cuando lo asaltó de nuevo aquella irritación de la que no conseguía zafarse. Era superior a él, un aborrecimiento que le nacía de la sensación de estar equivocándose porque le obligaban a hacerlo, porque ellos podían obligarlo y él tenía que resignarse a aceptarlo. Sin embargo, ¿qué diablos pretendía salvar doblegándose a cometer aquel crimen? ¿Sus largas y tediosas noches en el bar escuchando conversaciones que no le interesaban? ¿La compañía agobiante de Otto Burmann, cada día más perdido y desesperado? ¿Sus encierros con Erica en el lavabo, donde ella se envilecía lloriqueando y lamiéndole la polla?

—Ni sé ni me importa lo que haya hecho —dijo para defenderse de sus pensamientos—, pero tengo que obedecer las órdenes que me han dado.

—Usted no es un pistolero de Falange —contestó el alemán—. Tampoco es militar ni trabaja para la Gestapo. No sé quién es usted.

Benito Buroy alzó un poco más la mano sin sacarla del macuto y acarició con el dedo la superficie cóncava del gatillo. Pero entonces pensó que segundos después estaría completamente solo en aquel lugar frente a un cadáver con un agujero de bala en la frente, y que tendría que regresar por el monte con un sabor amargo en la boca preguntándose quién era él, quién había matado a Markus Vogel, y que en la cantina Felisa García le serviría un plato de lentejas que le resultaría imposible probar siquiera, y que aquella misma noche Erica escupiría su semen a un lado de la taza del retrete pensando ya en su próxima copa de ginebra, y que poco después, en la cama cubierta de almohadones en la que le daba asco y angustia acostarse, Otto Burmann le reprocharía al oído que era un mal hombre acariciándole el vientre con su mano siempre fría, y que las noches eran cada vez más insomnes y más largas, y que una vez más se preguntaría, en algún rincón de la oscuridad, por qué cojones se empeñaba en seguir vivo si vivir era algo que ya había dejado de gustarle.

Al alemán se le habían enrojecido los ojos. Había hecho un gran esfuerzo, pero era evidente que se encontraba al límite de la resistencia.

—Se lo suplico —murmuró, y en su voz quebrada advirtió Buroy que en cualquier momento aquel hombre podía venirse abajo, dejarse caer de bruces, comenzar a llorar—... Me doy la vuelta, si así se lo pongo más fácil.

A Benito Buroy le dolían los puntos de la herida. Empuñar el arma le obligaba a estirar el dedo dentro del vendaje. Pasaban los segundos y cada vez le resultaba más difícil acabar con aquello. Empezó a comprender que ya era demasiado tarde, que había perdido el aplomo o la irreflexión necesarios para hacerlo, que había dejado pasar la ocasión y que debería esperar a una nueva oportunidad. La próxima vez dispararía como siempre lo había hecho, sin plantearse lo que hacía.

—Seguro que me sobran motivos para matarte —exclamó finalmente, retirando el dedo del gatillo—. Seguro que lo tienes bien merecido... Volveré otro día.

Soltó la pistola, se colgó el macuto del hombro, recogió del suelo la bota y se fue de allí sin mirar atrás.

Dejó transcurrir el resto del día vagando por el monte, sin fuerza ni coraje para regresar al puerto y encararse con la barca que debía devolverlo a Mallorca. Cuando por fin se decidió, comenzaba a anochecer. Comprobó desde lo alto que en el muelle no había otra embarcación que la del Lluent. Su transporte debía de haber soltado amarres hacía ya varias horas.

Bajó con desgana los desmontes donde nacía el pueblo. Tenía hambre, pero antes de visitar la cantina fue a la Comandancia Militar a guardar la pistola. El soldado de guardia le dijo al verle que el capitán le esperaba en su despacho. Benito Buroy abrió la puerta.

—¡Hombre! —dijo el militar echándose hacia delante en su butaca, que soltó un largo crujido—. ¡Benditos los ojos! El comisario ha llamado varias veces. Está que trina con usted. Parece ser que le esperaba hoy en Palma.

—No he podido cumplir con el encargo —se excusó difusamente Benito Buroy.

El capitán se puso en pie y se encaminó hacia el archivador para sacar su botella de fino.

—Así que estará una semana más con nosotros. Pues muy bien. Será testigo del lío que se está montando. Vamos a entrar en guerra, amigo mío. Ahora ya se lo puedo asegurar.

Llenó los vasos. Antes de que Benito Buroy pudiera llevárselo siquiera a los labios, vació el suyo de un solo trago.

—El general Kindelán lleva tiempo acorazando las Baleares por miedo a una invasión —continuó el militar—. Y ahora nos toca a nosotros. Esta semana me han de llegar más hombres y piezas de artillería. ¡Hasta un camión, vaya por Dios! He puesto a la tropa a ensanchar la pista que lleva al campamento. ¿Qué se apuesta a que un día de estos tomamos Marruecos?

Benito Buroy se había sentado en una de las sillas y se rascaba reflexivamente la coronilla. Otra guerra. Era de dominio público que Franco iba a alinearse con el Eje para devolver a España el rango de primera potencia que siempre le habían negado los franco británicos. Pero ¿cómo iba a rearmarse un país desgarrado y empobrecido por tres años de guerra civil?

En aquel momento sonó el teléfono en la pared del despacho. El capitán Constantino Martínez se apresuró a descolgarlo.

—Dígame... Sí, soy yo, pásemelo... Un saludo, señor comisario... Aquí lo tiene, ya ha llegado... Naturalmente...

Benito Buroy ya estaba a su lado. El militar le entregó el auricular y fue a llenarse de nuevo el vaso. Buroy cerró los ojos antes de acercarse el aparato al oído.

—¿Se puede saber qué coño haces, gilipollas? —tronó la voz airada del policía.

—Ha habido problemas. Necesito unos días más.

—¡El miércoles que viene te quiero aquí! ¡Aquí! ¡Sin falta! ¡Y con el tipo ese bajo tierra! ¿Me has entendido? ¿Me has entendido, degenerado? ¡Si no estás aquí el miércoles te arrancaré los huevos y te los meteré en la boca!

—Confíe en mí... —comenzó Benito Buroy.

Pero el auricular dejó escapar un estridente chirrido.

—¿Ha acabado la conversación? —preguntó, casi al instante, una voz femenina.

Los paseos en barca habían dado comienzo a mediados de agosto, unas semanas antes de que Benito Buroy llegara a la isla, y antes también de que una tormenta desenterrara a los muertos y con ellos el testamento de la Xuxa, de que Leonor Dot sorprendiera a Andrés espiando a Camila y de que un pelotón de voluntarios fusilara al antiguo carbonero junto a la tapia del cementerio. La idea había surgido en la sobremesa de la paella que preparara Felisa García a su regreso de Mallorca. Markus Vogel ya se había perdido por el monte con su ración de tabaco, y Paco, borracho por completo, roncaba sonoramente con la cabeza desmayada en la silla. Camila, que se aburría, pidió al Lluent que la llevara a dar un paseo en su barca. Y el pescador, que también había abusado del tinto, se puso en pie. Tambaleándose un poco, anunció que iba a llevarla a una cueva marina donde las aguas eran tan claras y tan azules que parecían una infusión de zafiros.

—¡De Cabrera no sale nadie sin mi permiso! —había exclamado el capitán Constantino Martínez despertando de un prolongado ensimismamiento etílico.

—Nadie se va a ir, tranquilo —le contestó de buen humor Felisa García—. ¡Si estáis todos tan bebidos que da pena veros! Pero mañana, cuando el Lluent se haya recuperado, se llevará a estas señoras a dar una vuelta por el mar, faltaría más. Ya va siendo hora de que se refresquen un poco.

A la mañana siguiente, después de que el capitán autorizara la excursión con un gruñido agónico, pues los ardores de la resaca le avivaban los causados por la metralla que se le iba oxidando en las entrañas, el Lluent y sus invitadas salieron por primera vez a navegar. En aquella ocasión el pescador, en cumplimiento de su promesa, las había llevado a una cueva de aguas asombrosamente azules y ecos amortiguados en la que se adivinaban docenas de murciélagos suspendidos de la bóveda de estalactitas. En las semanas siguientes salieron varias veces más, hasta convertir aquellos paseos en una costumbre que mantenía al capitán Constantino Martínez en un inquieto y permanente otear del horizonte. A veces superaban el saliente donde se alzaba el faro y hendían las aguas hacia el sur para ver los acantilados donde batían las olas. Por allí alcanzaban, impulsados por el viento, el segundo faro de la isla, que orientaba sus haces de luz hacia las aguas profundas que llevaban hasta Argel. Otras veces navegaban en dirección contraria, bordeando el castillo y costeando hacia el norte, donde las aguas eran más calmas y se encontraban lugares tranquilos donde echar el ancla. Allí el Lluent enseñaba a Camila a preparar los sedales o a hundir las nasas de mimbre que dejaban luego señaladas con una boya. El pescador hablaba muy poco, pero a veces señalaba una mancha parda en el cielo y decía:

«Un cernícalo. Es bueno, se come las ratas». O se limitaba, sin abrir los labios, a indicar con el dedo un acantilado donde una cabra solitaria hacía equilibrios sobre el vacío.

Leonor Dot tampoco hablaba mucho. Solía acurrucarse en la proa y, dejándose mecer por el vaivén de la barca, se sumía en el mundo atemporal de los recuerdos. A veces, la asaltaban con tal viveza que las voces de Camila y del Lluent se iban apagando, como si poco a poco se fueran alejando de ella, y el calor del sol sobre la cara se transformaba en la presión suave de una mano, o en otra luz y otro calor bajo un sol distinto, o incluso en el frío gélido de una mañana de invierno en una ciudad lejana. Con los ojos cerrados, levemente mareada y adormecida por el balanceo, Leonor Dot vagaba sin cuerpo por un pasado irrecuperable que, a pesar de todo, necesitaba rememorar para continuar sintiéndose viva. A veces los recuerdos le dolían demasiado y entonces, tapándose la cara con las manos, se asombraba de que los horrores de una vida arruinada pudieran desembocar en un rato de paz sobre una barca, bajo el sol benigno de todos los días.

No por eso dejaba Leonor Dot de ser combativa. Durante uno de aquellos paseos en el que habían ido a ver los peñones que asomaban más allá de la isla dels Conills, se puso en pie al divisar a lo lejos la línea brumosa de la costa mallorquina. Parecía tan cercana que daba la falsa impresión de que podía alcanzarse a nado. El Lluent conocía bien aquella derrota surcada de peligrosas corrientes marinas, pues vendía la mayor parte de sus capturas en la colonia de Sant Jordi, que era el puerto más próximo a Cabrera. Leonor Dot se volvió hacia el pescador. Le brillaban las pupilas.

—Lluent —le dijo—, llévenos hasta Mallorca. Diga que hemos saltado al mar y que no ha podido hacer nada por nosotras.

El Lluent puso cara de circunstancias. Luego, tras morderse los labios por dentro como si quisiera arrancárselos, se expresó con meridiana sensatez:

—Si lo hiciera sería yo el que habría tirado su vida por la borda. No se puede desvestir a un santo para vestir a otro. No sabe cuánto lo siento.

Y dicho esto, con la languidez con que se llevan a la práctica las decisiones molestas pero impostergables, asió el timón e hizo virar el laúd de regreso al puerto.

—Eso es cierto —reconoció Leonor Dot con una amplia sonrisa, trastabillando un poco a causa de la maniobra y tomando asiento con torpeza—, tiene usted razón... Pero tenía que intentarlo.

La celebración por la pesca del atún había concluido hacía un buen rato. Paco, alarmado por la rapidez con que menguaban sus reservas de vino, había conseguido salvar una botella escondiéndola detrás del barreño de la basura. Con esa botella, más lo que ya llevaba bebido, había tenido suficiente caldo para acabar el día. A la mañana siguiente llegaba la barca de las provisiones con un nuevo cargamento. No era aquél, pues, un tema que le preocupara en aquellas horas tardías. Pero había otros.

Repantigado en una silla bajo la parra de la cantina, con la camisa abierta por completo para airear la espesa pelambrera de su pecho, observaba la plaza a oscuras y meditaba sobre los graves problemas que le aquejaban. Llevaba unos días desconcertado y molesto por la actitud de Felisa García. Su mujer parecía otra desde que viajara a Mallorca y encontrara allí la protección de su cuñado. Hasta entonces nunca había tomado otras decisiones que no fueran las propias de las tareas domésticas, pero ahora empezaba a mangonearlo todo y a criticarlo a él con mucha más inquina de lo normal. Era cierto, meditaba el cantinero, que Felisa siempre le había gritado, pero se trataba de arrebatos femeninos que cumplía sin dejar de remover el cocido o de pasar el fregajo por el suelo del bar. Y ésa, para Paco, era una actitud positiva. Estaba convencido de que las mujeres debían gritar mucho, pues así sacaban fuera los sinsabores de la maternidad y lo que él llamaba las «ansias mamarias», que no eran otra cosa que más maternidades no resueltas y ya imposibles. Una mujer gritona era para Paco una verdadera mujer. Pero una cosa era dar gritos, proferir amenazas e insultar a su marido desde los fogones, y otra muy distinta callarse como una muerta, mirarlo con desdén y, en la intimidad del lecho conyugal, lamentarse de que la tonta de su hermana hubiera tenido mucha más suerte que ella.

—Todo por un par de cerdos y un rebaño de cabras —murmuraba, tumbada en la cama, con su camisón nuevo de volantes que trajera también de Palma—. Pero ni eso hemos sabido conservar. Qué pensarían mis padres si llegaran a verlo. Doy gracias a Dios de que estén muertos, fíjate en lo que digo... Si hubiera ido a Mallorca a aprender costura con mi hermana, quizá ahora estaría casada con otro potentado... O al menos con un hombre que sirviera para algo.

Paco nunca contestaba a sus reproches, en parte por orgullo y en parte porque a aquellas horas le costaba demasiado articular las palabras. Al poco se quedaba dormido como un bendito, y cuando se despertaba a la mañana siguiente comprobaba con alivio que la vida seguía igual, que Felisa no estaba en la cama y se la oía trajinar por la casa. Entonces se levantaba él también, iba al chamizo donde guardaba alguna botella de vino entre los trastos, bebía un par de tragos para infundirse valor y decidía demostrar aquel día a Felisa García que su marido no era un fracasado, sino un hombre con arrestos y energía sobrados para tomar las riendas y que ella viviera como una reina o, cuando menos, como la tonta de su hermana. A continuación daba algunas vueltas por el bar, salía al patio donde ya no había cerdos ni cabras, se asomaba algo apocado a la cocina y acababa sentándose bajo el emparrado con una gran desazón, pues Felisa se había levantado a las seis de la mañana y ya todo estaba hecho. Allí se lamentaba Paco en silencio de tener una mujer mandona y desquiciada sin darse cuenta de que había dejado la cama sin hacer, que la cantina era un nido de mierda, que la casa tenía varias tejas rotas que filtraban goteras las pocas veces que llovía, que había mil cosas que hacer en general que no fuera lo de cada día, sentarse bajo el emparrado rumiando la manera de servirse un poco de vino de manera que Felisa García pudiera simular que no se daba cuenta.

También le molestaban a Paco las tertulias de su mujer con Leonor Dot. Aquella señora de ciudad era otra mala influencia para ella, que complementaba a su manera el nefasto ascendiente que iba adquiriendo sobre Felisa el marido de su hermana. Si aquél le había despertado el deseo de haber tenido otra vida más opulenta y divertida, las conversaciones con Leonor Dot la llevaban a creer falsamente que ella misma podía ser de otra manera, una mujer sensible y hasta un poco despierta. Algunas noches, siempre después de sus tertulias en la cocina, tras un rato de silencio en la cama con la mirada perdida en el techo, Felisa García abría los labios con una intención bien distinta de la de criticar a su marido. Entonces era mucho peor si cabe, pues se trataba de uno de sus ataques de clarividencia mental.

—La vida —decía— es lo mismo que tener un vertedero de basura delante de las narices y por detrás un valle cubierto de amapolas. Hay que saber mirar las cosas bonitas.

—La vida es una mierda —le contestaba Paco, pues ésa era la única frase que podía articular por muchas copas que llevara encima, y de hecho el eje central, y hasta exclusivo, de su muy limitado pensamiento.

—Hay personas que hacen infelices a las demás —opinaba Felisa, retomando sesgadamente su afición por la reprimenda.

Aquella noche, después de cenar en la cantina, Benito Buroy rompió sus hábitos solitarios y se sentó junto a Paco bajo el emparrado. En el cielo, cuajado de estrellas, se recortaba la silueta de la higuera centenaria. Benito Buroy estaba un tanto meditabundo. Dedicó unos minutos a observarse el dedo vendado que un rato antes le cosiera el médico militar. Habían sido necesarios cuatro puntos para cerrar la herida y se trataba del dedo índice de la mano derecha, el de apretar el gatillo.

La semana que llevaba en Cabrera había pasado volando. Al día siguiente llegaría la barca de abastecimiento sin que Benito Buroy hubiera visto siquiera a Markus Vogel. Se había limitado a esperar a que apareciera por la plaza, sin molestarse en ir a buscarlo a la playa donde lo localizara la patrulla del capitán Constantino Martínez. Pero el alemán no había bajado al pueblo, y de haberlo hecho tampoco habría podido dispararle delante de todos. ¿A qué estaba esperando? ¿A verle la cara a su víctima? Sabía que eso no era recomendable. De hecho, cuando eliminaba a alguien lo hacía deprisa y sin mirarle a los ojos. No quería que los muertos se vengaran de él en sus pesadillas. ¿A qué esperaba pues? ¿A hacerlo en el último momento para no tener que seguir esperando en la cantina como si nada hubiera sucedido, como si no hubiera dejado un cadáver pudriéndose al otro lado de la isla? Si era eso a lo que esperaba, había llegado la hora. Tenía que solucionar aquel asunto a la mañana siguiente si deseaba regresar a Palma en la barca. Y aquello, regresar a Palma, era algo que no podía eludir. Le aterraba pensar en la reacción del comisario en el caso de que desobedeciera sus órdenes. Así pues, se levantaría con el alba y cruzaría la isla en busca del alemán misántropo. Con un poco de suerte estaría de regreso en Palma a tiempo para que Otto Burmann le preparara una tortilla de espárragos.

El cantinero, un tanto sorprendido de que aquel hombre tan reservado se sentara a su lado, lo miró un instante de reojo. Luego, quizá porque el momento se prestaba a ello, y a pesar de que tenía la lengua embotada y aquello le dificultaba la dicción, él también se atrevió a filosofar.

—A las mujeres hay que tratarlas con mano dura —dijo.

Señalando con el pulgar por encima del hombro la cantina donde sonaban las voces apagadas de Felisa y Andrés, se explicó mejor:

—La mía me tiene miedo.

Benito Buroy permaneció callado, pero todos en Cabrera se habían acostumbrado a su silencio y ya nadie esperaba de él ninguna respuesta.

—Miedo, eso es lo que me tiene —insistió Paco, rellenándose el vaso con las últimas gotas de vino—. Me tiene tanto miedo que podría hacer con ella lo que quisiera.

Aquello no se había visto nunca en Cabrera. A media mañana sonó por dos veces el lamento largo y ronco de una sirena, y poco después entraba en la bahía un barco enorme y destartalado que parecía capaz de quebrar la isla y seguir luego su camino por las aguas mansas del verano. Paco, que fue el primero en salir de la cantina para ver el espectáculo, no tardó en comprobar que se trataba de un antiguo pailebote revestido con planchas de hierro. Sobre la cubierta había un movimiento incesante de soldados. Volvió a bramar la sirena y de la chimenea salió una espesa nube de humo negro.

El capitán Constantino Martínez, vestido con su traje de gala y acompañado por cuatro soldados entorchados, salió de la Comandancia Militar y se encaminó con paso decidido hacia el muelle. Pese a que aquel acorazado, que se acercaba lenta y trabajosamente al muelle, dejaba entrever más arrogancia que prosperidad, el capitán lo contemplaba con el orgullo con que se asiste a los despliegues de la madre patria. Por fin, después de tantos meses en vela, de tanto tiempo de callada y disciplinada observancia de un mar infestado de buques enemigos, llegaba la armada nacional con los tan esperados refuerzos.

Benito Buroy, que se entretenía escuchando la radio en la balconada de la Comandancia, observó que Paco se dirigía también hacia el muelle con aire desinhibido y garboso. Felisa García, en cambio, se había quedado a la puerta del bar. Con las manos unidas sobre el pecho, como si rezara, contemplaba todo aquello con la misma preocupación con que, a lo largo de la historia, las buenas cocineras vieran a los jóvenes partir hacia el frente riendo y entonando canciones. Lo peor de los potajes, filosofaba Felisa García con gran aflicción, era que los hombres, después de comerlos, se sentían capaces de todo. Así había sucedido con su hijo mayor, que había partido a la guerra prometiéndole regresar cargado de regalos para ella. Hasta un mantón de Manila le había prometido... Las tragedias, en aquella isla y en cualquier otro lugar, siempre se habían visto precedidas por un gran despliegue de optimismo.

El buque hizo varias maniobras antes de lograr echar los amarres a aquel muelle diminuto. Un rato después, el capitán Constantino Martínez, cuyo estado de ánimo, tan español, se debatía entre el mundano arrojo del conquistador y la cerrazón espiritual de la defensa numantina, realizaba grandes esfuerzos por mantener la marcialidad ante el teniente que comandaba aquella expedición salvadora, pero los ojos le hacían chiribitas al ver todo lo que se estaba descargando de las tripas del mercante disfrazado de destructor. Además de una sección de cincuenta hombres que vendría a reforzar a la tropa bajo su mando, frente a él se apilaban un montón de cajas de madera rotuladas en alemán que contenían, según le fueron explicando, dos cañones de defensa costera que serían instalados en la bocana de la bahía, varias ametralladoras y gran cantidad de munición. Los marinos habían descargado también veinte o treinta barriles, y en aquel momento se disponían a bajar al muelle un camión de color polvoriento con un enorme depósito adosado tras la cabina.

—Está preparado para funcionar con gasógeno —aclaró el teniente del navío—. Si nos cortan el suministro de gasolina podrán hacerlo andar con carbón.

—Caray —exclamó el capitán Constantino Martínez—, son ustedes muy previsores. Con tantos barriles de combustible y lo pequeña que es la isla no hará falta el gasógeno durante años.

—Los barriles no son para el camión —contestó el otro imprimiendo a su voz un cierto tono de misterio—. Me gustaría hablar con usted en su despacho.

Camila, que había bajado para ver el despliegue de tropas, se cruzó en la plaza con los dos militares. En el muelle, los infantes recién desembarcados, al verse libres de la oficialidad, se habían relajado y conversaban en corrillos. Pero un cabo los hizo formar y se los llevó a paso ligero hacia los barracones. Camila se quedó sola frente al camión estacionado entre las cajas de madera y los bidones. Se acercó al vehículo y apoyó una mano en uno de los faros. Sonó entonces un silbido. La niña retiró asustada la mano y buscó con la mirada a su alrededor sin darse cuenta de que un marino, desde la cubierta del barco, la invitaba con gestos a subir a bordo. Paco, cerca de él, conversaba con otros miembros de la tripulación. El cantinero había abierto los brazos en círculo y los giraba con energía a un lado y a otro, como si les estuviera explicando la manera de preparar el bacalao al pil-pil o de bailar el minué. Probablemente, aunque Camila tampoco se diera cuenta, escenificaba la rotación de un cañón antiaéreo.

—¡Camila!

Felisa García la llamaba desde la playa estrecha que separaba el muelle de la cantina.

—¡Ven a desayunar! ¡Hale, corre, que me tienes harta!

La niña resopló con fastidio, acarició de nuevo el faro, que le dejó los dedos pringados de un polvo grasiento, y obedeció sin darse mucha prisa. Mientras, Leonor Dot, desde la puerta del bar, contemplaba con desagrado el barco inmenso atracado a espaldas de su hija.

El falso acorazado largó amarras poco después, en cuanto hubo concluido la reunión de los mandos militares en el despacho de la Comandancia. El capitán Constantino Martínez había regresado al muelle, tras aquella reunión, sumido en un hosco y lúgubre silencio. No parecía que le hubieran dado buenas noticias. Llamó a gritos a Paco para que bajara de una vez a tierra, y se despidió del teniente llevándose con desgana la mano a la gorra. El teniente estuvo claramente tentado de hacer algún comentario, pero le devolvió el saludo con una amplia sonrisa y, sin más, se encaminó hacia la pasarela.

—¿Qué le pasa a usted? —dijo Paco, alzando la voz para vencer el bramido de la sirena del barco—. Parece que le haya atacado un dolor de muelas.

El capitán Constantino Martínez le dirigió una mirada turbia. Estaba completamente abatido.

—Nunca en mi vida había hecho un ridículo tan grande —murmuró—. Me traen un camión y yo no tengo carretera. El marino ese ha tenido que tomar asiento para no caerse de la risa... Y mira que lo avisé, una y mil veces les dije que se dieran prisa, que llegaría el camión y no tendría por dónde echarlo a rodar. ¡Si esos imbéciles se hubieran apresurado un poco...!

Un grupo de soldados llegaba en aquel momento del campamento. El capitán los había mandado llamar. Al mando estaba un sargento que se cuadró con evidente zozobra. Dirigió una mirada preocupada hacia Paco, que se encogió de hombros y se volvió para observar cómo se alejaba el barco.

—Óigame bien, Ridruejo —soltó el capitán—. Tiene dos días para acabar de ensanchar el camino. Si no lo hace en dos días tiraré sus galones a las letrinas.

—A sus órdenes, mi capitán. Lo que usted diga... pero eso es imposible. No tenemos casi utensilios. Lo hacemos con las manos, como quien dice.

—¡Pues le doy el tiempo mínimo posible, pero ni un día más! ¡Ni un día! ¿Dónde está el conductor del camión?

Uno de los soldados dio un paso al frente. Era un hombre enjuto, con las manos embadurnadas de grasa y un pelo desgreñado más largo de lo reglamentario. Vestía un uniforme de trabajo con tantos lamparones que parecía de camuflaje.

—Tendrá que aparcar el camión en la plaza —le dijo el capitán—. Los demás, que lleven las cajas al edificio del pescado. En cuanto sea posible montaremos las armas y las trasladaremos a sus emplazamientos... ¡Y pensar que la seguridad de Mallorca depende en buena parte de nosotros! ¡Que Dios nos ayude!

A aquellas alturas, la cantina se había quedado vacía y los pocos civiles de Cabrera se habían congregado en el muelle. Felisa García, cogida del brazo de Leonor Dot, miraba a su marido con inquina, como si él fuera el culpable de aquel despliegue armamentístico. Benito Buroy, con la actitud desocupada de un paseante, estudiaba la grafía germana impresa en las cajas. Y Camila y Andrés se asomaban a las ventanillas del camión para ver los asientos destripados y el tablier lleno de abolladuras en el que había una imagen de la Virgen del Pilar. El conductor los apartó para subir a la cabina. Tras acomodarse en el asiento, accionó una clavija y sonó un largo chirrido. El camión tuvo un par de sacudidas pero volvió a quedar inmóvil y en silencio. El hombre probó de nuevo. Al rechinar el motor apretó el acelerador provocando una serie de explosiones que pareció el inicio de una tamborrada. Con glorioso despilfarro de estertores y estampidos, el vehículo se puso en marcha y avanzó unos metros.

Andrés, asustado por el estruendo, había salido corriendo hacia la plaza.

—¡Quiero subir! —gritó Camila, agarrada aún a la ventanilla—. ¡Por favor, quiero subir!

El capitán Constantino Martínez miró asombrado a la niña.

—Pero... si no puede ir a ningún lado —objetó, bastante provisto de razón.

—Déjala, Constantino —intervino Felisa García—. La pobre no tiene nada con qué distraerse.

El militar, desconcertado y molesto por aquella invasión del estamento civil en los sagrados temas castrenses, hinchó el pecho y tiró con energía de los bajos de su guerrera. La cantinera lo miraba de tal manera que el hombre temió, sin embargo, que su negativa pudiera provocar un incidente.

—Bueno, bueno —aceptó, dirigiéndose al conductor—. Dé unas vueltas a la plaza. Así se calentará el motor, que por lo que veo buena falta le hace.

El soldado estiró el brazo para abrir la puerta del acompañante. Camila subió al camión con la agilidad de una ardilla. Le impresionó lo grande que era el interior. El techo quedaba muy por encima de su cabeza, y para tocar el salpicadero tenía que echarse hacia delante y poner los pies en el suelo. Además, a excepción de la tapicería raída del asiento, todo era extremadamente metálico y frío. Cuando el camión echó a andar, y a falta de otro lugar más mullido, se agarró con fuerza al borde del cristal de la ventanilla.

El vehículo salió del muelle y se adentró en la plaza levantando una polvareda. El conductor, que no tenía muchas opciones, resolvió dar la vuelta a la higuera. Al completar el círculo se vio envuelto en la nube que él mismo había creado, pero no se detuvo. Dio otra vuelta, y otra, renqueando al modo de una vieja atracción de feria. Camila, que ya había ganado confianza, se cogió con fuerza al marco de la ventanilla, asomó la cabeza y se puso a reír. Se reía con tantas ganas que llenó la plaza, la isla entera de regocijo, y todos los que la miraban, Felisa García y Leonor Dot, Benito Buroy, el cantinero y hasta el capitán Constantino Martínez se sintieron extrañamente felices, como si la risa de Camila, su cara radiante que al pasar frente a ellos se adivinaba por entre el velo de polvo, el gozo contagioso de aquel carrusel improvisado fueran, durante unos instantes mágicos, lo más importante y lo único que mereciera ser contemplado en este mundo.

—¡Qué niña! —gritó Felisa García—. ¡Es que me la comería!

Alargó los brazos hacia ella deseando, desde la distancia, atrapar aquella explosión de júbilo y estrecharla contra sus pechos generosos. Leonor Dot, a su lado, sintió que se le erizaba el vello de la nuca. Pero Camila no las veía. Se limitaba a dejarse embriagar por el vértigo de la rotación y a disfrutar de la risa.

Bajo el emparrado en el que su padre acostumbraba emborracharse, Andrés, inmóvil por completo, insoportablemente invisible, gemía de forma casi inaudible intentando llamar la atención de todos ellos para que le permitieran, a él también, subirse a la alegría.

La llegada de septiembre había cubierto el horizonte de nubes bajas y densas, como si Cabrera se alzara en un lago rodeado por una tierra lejana de algodones plomizos. Aunque de día continuaba haciendo mucho calor, al atardecer soplaba una brisa de escalofríos y la superficie del mar se encrespaba como si la hicieran bullir enormes bancos de peces. Al Lluent no le gustaba aquel clima inestable. Se pasaba largo rato contemplando el cielo en la sospecha de que le escondía algo, y luego, sin que nadie salvo él pudiera advertir ninguna diferencia que justificase una decisión u otra, fruncía el ceño y salía a pescar, o maldecía en voz baja y amarraba mejor la barca para que no la golpearan contra el espigón las sacudidas del viento y de las olas.

El Lluent no solía equivocarse al predecir el tiempo, pero, a pesar de ello, en más de una ocasión había tenido que hacer noche en la colonia de Sant Jordi por no poder regresar a Cabrera, y alguna vez que otra se había visto sorprendido en alta mar por una tormenta que se desataba de repente sin aviso. Decididamente, al pescador no le gustaba aquel mes en el que las nubes se formaban en lo alto como por ensalmo, surgidas de la nada, bramando a veces y descargando súbitos aguaceros, o manteniéndose quietas allí, ronroneando convertidas en inmensas gatas incorpóreas, inexplicablemente quietas e inactivas. Su antiguo patrón, Nicanor Menéndez, le había enseñado a desconfiar de ellas. Con la barca a la deriva en la soledad expectante de las aguas, la vela desarbolada y la isla tan lejana que había que forzar la vista para divisar su silueta brumosa, le decía:

—El mar y el cielo son caprichosos porque son muy grandes. Míralo, mira a tu alrededor. Hay mar por todas partes, no se acaba nunca... Y fíjate en nosotros. ¿Qué somos nosotros? Una menudencia, eso es. No daríamos ni para un poco de sustancia. Aquí hay demasiado caldo para tan poca carne.

Entonces señalaba al perro que correteaba por la barca deteniéndose a menudo, el rabo enhiesto y el hocico inquieto, extremadamente atento a todo lo que no podía verse.

—Él sí sabe cuándo va a haber tormenta. Si se pone a aullar como un condenado, no lo dudes. Vuelve a puerto tan rápido como puedas.

Otros pescadores se veían también sorprendidos, en aquellos meses de septiembre, por los caprichos del cielo y del mar. A veces entraban en la bahía a lomos de la espuma y alcanzaban el muelle jadeantes y empapados. Así sucedió al anochecer de aquel día en que Camila consiguiera dar un largo paseo en un camión que no iba a ninguna parte. A media tarde el cielo se había cubierto y había comenzado a sonar un aullido permanente, un triste lamento. Un rato después el mar parecía hervir con las entrañas más frías que nunca. Paco, que se encontraba bajo el emparrado, vio aparecer una barcaza ventruda y cenicienta. En un costado, con letras grandes y descuidadas, llevaba escrito su nombre: *Margarita*. Dio una voz al Lluent, que jugaba dentro al dominó con unos soldados.

—Mala cosa —dijo el pescador tras asomarse a la puerta y echar un vistazo—. Son pescadores de marrajo. No esperes nada bueno de ellos.

Eran tres hombres de aspecto hosco y desaseado. Cuando entraron en el bar habían empezado a servirse las cenas. Benito Buroy estaba solo en una mesa, y Leonor Dot y Camila en su lugar habitual junto a la ventana. Los recién llegados se plantaron frente a la barra. Uno de ellos la golpeó con el puño cerrado. Paco entró con paso vacilante y se situó al otro lado del mostrador.

—Orujo —le dijo el hombre—. Hay que joderse con el tiempo. Me cago en esta mierda de oficio, y en esta mierda de sitio y en todo. ¡Me cago en Dios, hostia!

—No es buena la noche —congenió el cantinero—. Quizá querréis comer algo.

—¡Tú saca la botella y vete a que te den por el culo! ¡Y nos invitas, mariconazo, que no estamos aquí por gusto! Si al menos tuvieras algunas putas...

Se volvió hacia la sala.

—Porque, ¿hay putas aquí, o no las hay?

Los otros le rieron la gracia mientras Paco se apresuraba a poner sobre el mármol una botella y tres vasos. En la cantina se había hecho un silencio profundo. Se oía tan sólo el ruido de los cubiertos y, en el exterior, el lamento lúgubre del viento. Leonor Dot y Camila comían sin levantar la vista del plato. Entonces sonó el chasquido de una ficha de dominó al golpear con fuerza la mesa y la voz del Lluent que dijo de forma bien clara:

—Cinco doble. Quien tenga cojones para meterse conmigo, que lo diga.

Tras dirigirle una mirada desganada, el que llevaba la voz cantante se volvió de nuevo hacia la barra y vació de un trago su vaso de orujo. Otro de los marrajeros, el más joven, hizo ademán de encararse con el Lluent, pero el tercero de ellos, de edad avanzada, corpulento y estrábico, lo retuvo por el brazo. El Lluent continuó hablando sin levantarse de la mesa y sin molestarse en mirarlos. Parecía dirigirse a los soldados que, muy incómodos, ponían todo su empeño en atender al juego.

—Coged el orujo y salid de aquí. No os invita Paco, os invito yo. En mi casa hay leña para encender un fuego. Hay mantas en el arcón, podéis acostaros en el suelo. Yo iré más tarde.

Dos de los marrajeros agarraron la botella y los vasos y se encaminaron hacia la puerta. Pero el joven se revolvió con cólera.

—¿Es que vamos a hacerle caso? ¿Vamos a hacer caso a este malparido?

El bizco, desde la entrada del local, le hizo un gesto con la cabeza. Luego, viendo que el joven no se movía, regresó sobre sus pasos, lo apresó por el cuello del impermeable y lo arrastró hasta sacarlo del local. Antes de salir él también se volvió hacia el pescador.

—Lluent —dijo—, un día de estos tendrás un disgusto.

Sus voces se fueron apagando a medida que cruzaban la plaza. En la cantina se respiró un ambiente de alivio pero también de malestar. Aunque todos continuaban con lo mismo que hacían antes de la llegada de aquellos hombres, parecían incapaces de desembarazarse de la sensación de peligro, de humillación.

Camila dejó los cubiertos apoyados en el plato, se levantó de la mesa y fue hasta el Lluent. Posó una mano sobre el antebrazo del pescador.

—¿Vas a dormir con ellos? —le preguntó con un hilo de voz.

El Lluent contempló la mano suave, los dedos largos de la niña. Luego la miró a los ojos y esbozó una sonrisa que apareció como una grieta en sus labios resecos.

—Peor es dormir solo —contestó.

Felisa está triste porque hoy han fusilado en el cementerio a un hombre que de niño jugaba con ella. A veces, cuando veo cuánto maltrata la vida a las personas, me da por pensar que a mí también me maltratará, que me pasarán cosas terribles como a mamá, o que yo misma haré otras de las que tendré que arrepentirme y con las que quizá cargue para siempre en la conciencia. Supongo que es fácil equivocarse, perder el camino o dejarse vencer por el cansancio, tirarlo todo por la borda, vamos. Debe de ser muy tentador cuando una lleva mucho tiempo viviendo y empieza a comprobar que no sucede casi nada de todo aquello que esperaba. Eso dice mamá, que cuando eres joven te ves capaz de abrazar el mundo entero, y que a medida que pasan las décadas vas abarcando menos con los brazos, a algunas personas queridas, y que al final te basta con abrazarte a la almohada en las noches largas de insomnio. Felisa, con sus pensamientos extraños, viene a decir lo mismo aunque de otra manera. Dice que el futuro es mejor tenerlo por delante, que así todo es más bonito.

Recuerdo una noche en la que papá llegó a casa muy, pero que muy mal. En aquella época siempre estaba preocupado o molesto por cosas de las que no quería hablar, pero aquella noche rompió su silencio. Para cenar había lentejas con chorizo y yo las odiaba. En cualquier otra ocasión me habría quejado, y estaba a punto de hacerlo, pero papá, tras sentarse a la mesa sin saludarnos siquiera, se había quedado con la cuchara vacía a medio camino entre el plato y la boca, tan inmóvil que daba miedo mirarlo. Mamá, comprendiendo que pasaba algo malo, tampoco comía. Esperaba. Parecía que los tres odiáramos las lentejas. Entonces papá dejó con mucho cuidado la cuchara sobre el guiso, como si pusiera una barca de papel en el agua de un estanque, y sin dejar de observarla atentamente dijo: «Ayer mataron a Pepe. Me ha llegado una nota del frente».

Mamá dijo «Dios mío», se levantó y abrazó a papá por la espalda apoyando la mejilla en su pelo.

Pepe era el hermano de papá, el único que tenía. No se llevaban muy bien porque era anarquista, pero se habían criado juntos y siempre se habían ido visitando aunque fuera para continuar sus interminables peleas. Tenían miedo de no conocerse si dejaban de verse. Recuerdo a Pepe sentado en el salón de casa riéndose y soltando palabrotas para que no viéramos la incomodidad que sentía, y a mi padre mirándolo en silencio, sufriendo por no saber qué decirle. Mamá y yo, durante aquellas visitas que tantas veces acababan a gritos, suplicábamos al cielo que no bebieran mucho, que no hablaran, que se limitaran a estar juntos un rato, a darse luego un abrazo y a irse cada uno por su lado queriéndose a su manera, un poco por obligación y un poco por respeto al recuerdo de la infancia que habían pasado juntos.

Por eso estaba papá tan mal aquella noche, porque habían matado a su hermano. Yo, que entonces era muy niña, empecé a comer lentejas para ponerle las cosas más fáciles. Pero papá no me veía. Dijo: «Lo peor es que todo ha sido para nada. Tanto sacrificio, tanta sangre... para nada. Pasaremos a la historia por habernos ido a la mierda en un esfuerzo inútil».

Mamá, con esa voz firme aunque muy dulce que utiliza en los momentos difíciles, le explicó que Pepe había muerto por defender sus ideas y que aquello debía bastarnos. Pero papá no estaba únicamente apenado por la noticia o cansado de ver que todo se volvía en su contra. Sabía muy bien lo que estaba diciendo, lo había pensado. «Si te juegas el pellejo ha de ser para llegar a alguna parte —dijo—. Y si por culpa de eso te sacan de este mundo a balazos, ha de valer la pena lo que dejes atrás. No puede ser que hayamos destrozado todo lo que queríamos para que este jodido país siga siendo lo que era, peor de lo que era. Mira a la niña.» Me señalaba con el dedo. A mí me dio un vuelco el corazón porque comprendí que papá acababa de descubrir que ya no podía darme nada. «No hemos sabido defender su futuro», dijo.

Lo recuerdo como si fuera ahora. Se quedó mirándome de esa forma triste como miran los hombres derrotados. Yo tenía ganas de llorar, pero me contuve apretando los labios, porque llorar me parece una forma demasiado fácil de resolver los problemas. Le sostuve la mirada y noté que papá, aunque no se movía, recuperaba lentamente su manera normal de ser. «Camila —me dijo por fin—, voy a intentar que te vayas de España. A los Estados Unidos, si puedo, o a México. Esto se hunde, cariño, y he de ponerte a salvo... No sé si puedes entenderlo.»

No. No podía porque era muy niña y un poco estúpida, pero dije que sí con la cabeza intentando que no vieran el miedo que me daba viajar sola a países tan lejanos. Bueno, mi padre no podría hacer lo que me dijo. Pocos días después desapareció para siempre, y yo no viajé a ningún sitio.

—Constantino —dijo Felisa García—, he venido a ofrecerle una solución a un problema que usted todavía no sabe que tiene.

El militar, sentado en su butaca, miró a la mujer con poco entusiasmo. Pues claro que tenía problemas, meditaba, y por supuesto que se le plantearían otros nuevos, cientos de ellos, pero no por eso había que andar adelantándolos. Todo aquello de lo que no tenía noticia no estaba bajo su responsabilidad, y en eso el capitán Constantino Martínez, acostumbrado a una vida entera en el ejército, era muy estricto. Los escalafones superiores estaban para algo. Ellos debían decidir en qué medida cualquier cosa era o no un problema y si le tocaba a él solventarlo. Mientras tanto, el supuesto problema, sencillamente, no existía. En ello radicaba la tranquilidad de espíritu que le proporcionaba la lógica castrense, y no era cosa de andar subvirtiéndola. Así que, sólo por miedo a la cantinera, señaló las sillas situadas al otro lado de su mesa de despacho.

—Siéntese, mujer. Pero preferiría que me hablara de sus problemas y no de los míos. Si está en mi mano, será un placer echarle... esa mano. Ya me entiende.

—Yo también los tengo, Constantino, claro que sí —comenzó Felisa García tras sentarse con el gruñido habitual con que acostumbraba llamar al orden a sus articulaciones—. Y le ayudo con la esperanza de ayudarme también a mí misma. Verá usted, la semana pasada fusilaron a Pascual. Yo no tuve valor para asomarme y no sabe cuánto me arrepiento. Hacía mucho tiempo que no veía a Pascual. Era nuestro carbonero, un hombre muy tranquilo y también una buena persona.

El capitán empezaba a sentirse verdaderamente irritado. A cualquier otro lo habría despachado con cajas destempladas, pero ante Felisa García se limitó a hacer crujir su butaca con un movimiento de impaciencia.

—Es un poco tarde para interceder por él —ironizó—. Le aseguro, de todas maneras, que hizo méritos suficientes para no merecer que usted se preocupe. Dejémosle descansar en paz.

La cantinera no iba a bajarse del burro. A Pascual lo había conocido bien porque se había criado con ella, y sabía que si había cometido alguna atrocidad en el frente habría sido sin duda por obedecer una orden. Porque Pascual era tan asustadizo como una oveja y tan ignorante que no sabía ni dónde estaba el Mediterráneo, que lo rodeaba por todas partes.

—Cada día rezo por su alma —insistió—. Poquito, porque tengo muchas ocupaciones, pero rezo... El caso es que mi hijo, no Andrés, sino el otro, aprendió el oficio con él. Le encantaba pasar las noches con Pascual junto a la carbonera.

—¿Y eso, en qué me concierne?

—No sea cazurro, Constantino. Y perdóneme... pero tiene usted un camión que funciona a gasógeno y en esta isla ya no hay nadie que haga carbón. Mi hijo, aunque inválido, es un hombre responsable. Con la ayuda de un par de soldados podría preparar todo el carbón necesario para poner en marcha el camión, y de paso para calentarnos en invierno y cocinar con un poco más de comodidad. Sólo tendría usted que conseguir que regresara a Cabrera.

El capitán enarcó las cejas y tamborileó en la mesa con las yemas de los dedos.

—No es mala idea —contestó—, debo reconocerlo. Ahora está en Madrid, ¿no es cierto?

—Sí. Y no quiere volver. Pero digo yo que ustedes podrán convencerlo... por las buenas, naturalmente, que el pobre bastante ha sufrido ya por España.

—Y su marido, ¿qué opina? ¿Está de acuerdo con usted?

Felisa García alzó las manos hacia el techo lleno de grietas como si invocara una autoridad divina.

—Mi marido no tiene opiniones. Debería usted saberlo, Constantino.

El militar soltó una risotada. Se le había pasado el malhumor. Abrió un cajón de su escritorio, sacó un purito y lo encendió, diciéndose que sus heridas interiores podían irse a paseo. La verdad era que Felisa García tenía razón. Cabrera debía ser capaz de abastecerse por sí misma si, tal como se pronosticaba, llegaban tiempos peores. Los submarinos alemanes ya surcaban aquellas aguas rastreando los convoyes británicos. Aunque la guerra se desarrollara en el mar, había que estar preparados para dar cobijo a unos y rechazar a otros si se hacía necesario. Y el teniente de la marina que le trajo el camión le había avisado de que no iban a volver por allí en bastante tiempo.

—Veré lo que se puede hacer... Pero me deberá usted un jamón, por lo menos.

—Delo por hecho. Se lo pediré a mi cuñado.

Cuando salió a la plaza, Felisa García avanzó unos pasos para buscar la sombra de la higuera, y se quedó allí retorciéndose las manos con la mirada perdida en el mar. No estaba segura de lo que acababa de hacer, pero tenía la impresión de que el mundo se desordenaba cada vez más y que había que intentar evitarlo. Si algo tenía claro Felisa García era que los países debían permanecer donde estaban, con sus fronteras tan bien dibujadas en los mapas que daba gusto verlos cada uno de un color distinto, y que los vecinos debían saludarse con respeto en lugar de andar matándose entre sí, y que los hijos debían buscar una mujer o regresar con sus padres y no andar mendigando en la capital. Todo debía estar en su sitio, porque era la única manera de que cada uno supiera dónde aposentar el culo. Así de sencillo. ¿Qué pintaba su hijo, que hasta que fuera a la guerra no había salido de Cabrera más que unas pocas veces para visitar a su tía en Palma, vendiendo cupones en una esquina de Madrid? ¿Iba a ser feliz allí? ¿No iba a encontrarse con que poco a poco regresaba la normalidad a la capital mientras él continuaba en su esquina cada vez más desplazado y maltrecho, incómodo recuerdo de unos tiempos que nadie querría rememorar? Para Felisa García, la vida no tenía sentido si un hijo no disponía de un lugar en el que resguardarse cuando todo le iba mal.

«Las brújulas no deberían señalar el norte, sino la casa de cada uno», se dijo a la sombra de la higuera.

Y en el pensamiento encontró una vez más la tranquilidad. Tan contenta estaba de haber sabido resumir sus ideas confusas en una sola frase nítida y bien planteada, que en lugar de encaminarse hacia la cantina fue a ver a Leonor Dot. Su amiga, que se hallaba en el huerto, se le ofreció de inmediato cuando la vio entrar resollando con fuerza y pidiendo su ayuda. Felisa quería que escribiera en un papel la frase que se le había ocurrido.

—Es muy bonita —le dijo Leonor Dot, tras cumplir su deseo y alzar el papel para leerla de nuevo.

Felisa García dudó un poco, pero no iba a permitir que nada la arredrase cuando ya había tomado una decisión.

—¡Pues ya estoy harta! —exclamó—. ¡Yo quiero escribir esas cosas! ¿De qué me sirven en la cabeza? ¡Con la edad, se me ha convertido en un trastero y no encuentro nada de lo que necesito!

Leonor la miró con cariño y la cogió por los hombros.

—Claro que sí, Felisa. Yo te enseñaré. Podrás leer y escribir lo que quieras.

—Pero que no me cueste mucho —concluyó la cantinera, observando con resquemor el papel en el que Leonor Dot había plasmado su pensamiento sobre las brújulas.

Tras la visita que hiciera a Leonor Dot y a Camila, Markus Vogel no había vuelto a bajar al pueblo. Pero aquella mañana lo hizo, empujado por la ansiedad en la que vivía desde que Benito Buroy irrumpiera, tres días atrás, en su retiro de ermitaño. El alemán no podía soportar la espera del anunciado regreso de su asesino, y a todas horas creía detectarlo en el chasquido de una rama, en el aleteo de algún pájaro o en el gorgoteo de una ola filtrándose por entre los cantos de la playa. A ratos se sorprendía a sí mismo escondiéndose entre las rocas con la excusa de buscar un poco de sombra, encogiendo las piernas y agachando la cabeza, o echando a correr de improviso, el corazón desbocado, como un venado ante la sospecha de una presencia extraña. Pero Markus Vogel no se consideraba un cobarde. Tampoco era el tipo de hombre capaz de acostumbrarse a vivir huyendo. Debía admitir que la causa de su ofuscado comportamiento podía ser que llevara demasiado tiempo apartado del contacto con la gente. Cada vez le suponía un mayor esfuerzo convivir consigo mismo, reconocerse en las venas de las manos, en sus cicatrices y lunares, en sus hábitos y hasta en sus recuerdos, como si alguien ajeno a él fuera ocupando más y más parcelas de su cuerpo y de su pensamiento. Hablar en voz alta, que hasta no hacía mucho le servía para centrarse, le parecía ahora una conducta de locos, por lo que se obstinaba en un silencio inmutable que él mismo no podía soportar. La amenaza que significaba Buroy, la certidumbre de que antes o después regresaría para matarlo, había acabado por desbaratar el precario equilibrio que hasta entonces lo había mantenido en pie.

El caso es que Markus Vogel apareció por el pueblo con un aspecto más extraviado de lo habitual. Parecía un viajero que hubiera estado fuera mucho tiempo y que se sintiera desorientado por los cambios que había habido en el pueblo. Y alguno se había producido, en efecto. El camión aparcado delante de la Comandancia parecía esperar pacientemente a que le mostraran algún lugar por donde fuera posible echar a rodar; los frutos comenzaban a madurar en la higuera, que desprendía un olor profundo al deslizarse el viento por entre sus hojas grandes como abanicos; y Paco, además de dejarse perilla, lucía en el cuello una gruesa cadena dorada. Cualquiera que no lo conociera lo habría tomado por un corsario turco que hubiera sobrevivido milagrosamente al paso de los siglos. Aquella mañana se encontraba a un lado de la playa, sentado sobre una de las primeras rocas que cimentaban el muelle, descamando un besugo y limpiándolo en el mar.

Markus Vogel se detuvo junto a los bidones alineados a espaldas del cantinero. Intentó mover uno por saber si estaba lleno. Luego se aproximó al borde del muelle y contempló el campamento militar que se alzaba a lo lejos, en la parte de la bahía más resguardada del mar abierto. A lo largo de la costa se veían grupos de soldados que trabajaban en la pista que conducía hasta allí.

—Yo creía que era gasóleo para los faros —comentó Paco señalando los bidones con el cuchillo—, pero eso no es posible. Por tierra no habría manera de llevarlos. Vaya usted a saber para qué los quieren.

Cualquiera que no fuera el cantinero habría advertido, por la manera de mirarle el alemán, que él sí sabía para qué querían los bidones. Pero Paco se limitó a menear la cabeza, y de un tajo abrió el vientre del besugo. Le sacó las tripas y las tiró al mar. Al instante una nube de pececillos rodearon los despojos.

—¡Qué cabrones! ¿Los ve? ¿Ve cómo saltan? Así son las cosas en esta mierda de vida. Si algo te va mal, allá van todos a sacar tajada.

—Usted se comerá el resto —observó lacónico Markus Vogel.

Regresó a la plaza. Tras echar un vistazo a la balconada desierta, se entretuvo observando el camión frente a la Comandancia. Pero el soldado de guardia le hizo un gesto de rechazo con la mano y el alemán se alejó hacia la cantina. Al entrar se encontró con Benito Buroy, sentado a una mesa hojeando un periódico. No había nadie más. Markus Vogel se detuvo en seco notando que se le aceleraba el pulso. Reflexionó unos instantes y, sin saber qué hacer, retrocedió de espaldas hasta la puerta.

Benito Buroy alzó las cejas sorprendido de ver al ermitaño en el bar. Miró con inquietud hacia la cocina, deseando instintivamente que saliera Felisa García. No llevaba consigo la pistola. Sin atreverse a moverse de la silla, se maldijo por el exceso de confianza con que había actuado. Hasta aquel momento no se le había ocurrido que el alemán pudiera atacar primero.

Los dos hombres se contemplaron en silencio. La sensación de peligro fue despejándose poco a poco hasta convertirse en una tensión que iba ganando intensidad, como un chirrido que les lastimara los tímpanos pero que no pudieran acallar.

—Busco a Felisa —dijo Markus Vogel, reaccionando el primero.

Había hablado para buscar refugio detrás de las palabras, pero también para ahuyentar la decepción. En el camino hacia el pueblo se había aferrado a la frágil esperanza de que su perseguidor hubiera abandonado la isla el mismo día en que decidiera no disparar contra él. Parecía evidente, sin embargo, que ninguno de los dos podía elegir otra opción ni cambiar la situación en la que se encontraba. Antes o después aquel hombre intentaría matarlo.

A Benito Buroy no se le escapó la sombra de contrariedad en la cara del alemán. Le tranquilizaba descubrir que Markus Vogel no le andaba buscando para anticipársele, pero temió que sus intenciones pudieran ser incluso más insensatas, que hubiera bajado al pueblo para denunciarle a las autoridades. Desechó aquella idea de inmediato. Markus Vogel no aparentaba ser tan inocente como para crearse falsas esperanzas. Tenía que ser consciente de que corrían tiempos de muerte fácil, y de que en esas condiciones no había nada que denunciar, nadie ante quien hacerlo.

—Me asombra un poco verlo aquí —le contestó.

El alemán asintió suavemente con la cabeza. Pareció sentirse más tranquilo o considerar que, hiciera lo que hiciese, su situación no podía empeorar. Se encaminó hasta la mesa que normalmente ocupaba Leonor Dot, aunque no tomó asiento. Cruzó las manos a la espalda, eludiendo la pringosidad del cristal, y se detuvo a contemplar la plaza. Enmarcado por la ventana se veía a Paco en el muelle, las ramas de la higuera en primer término y al fondo el mar plácido de la bahía. Benito Buroy sospechó que Markus Vogel le daba la espalda para hablar con él. A veces, ignorar a otra persona es la única manera posible de interrogarla.

—¿No piensa irse de Cabrera? —preguntó Markus Vogel, confirmando su sospecha.

Benito Buroy pasó la página del periódico. Aquel ejemplar de *Solidaridad Nacional* había llegado en la última barca de Palma, la que él había dejado marchar tras su fracasada visita al acantilado. En el centro de la portada, con tipos de letra muy superiores a los demás, se leía: «Formidable tempestad de agua y de bombas sobre Inglaterra».

—No puedo hacerlo hasta que no cumpla las órdenes que me han dado —contestó—. Usted lo sabe.

—Sin embargo, no disparó —dijo Markus Vogel, volviéndose por fin.

Se acercó a la mesa y contempló atentamente el dedo herido de Benito Buroy. Ya no lo tenía vendado. Se veían, ennegrecidos, los cuatro puntos de sutura.

—No disparó cuando podía hacerlo, y ahora estoy sobre aviso. Eso se lo pone más difícil...

Buroy no se molestó en responder. Tampoco habría sabido qué decirle. En cambio, el alemán parecía necesitar hablarle, parecía desear explicarse cómo era aquel hombre que, al menos por el momento, le había perdonado la vida. Dijo:

—No sé si usted disfruta con esto o si le molesta... ¿Sabe lo que creo? Que está aquí por obligación, no porque lo considere un deber.

Benito Buroy lo miró con una frialdad absoluta. A veces, él mismo se asombraba de lo poco que le importaban los demás. Que a aquel individuo le hiciera sufrir el saberse perseguido era algo que le dejaba por completo indiferente. También le dejaba indiferente que pudiera albergar la esperanza de que él, Benito Buroy Frere, fuese mejor persona de lo que aparentaba. Hacía ya demasiado tiempo que no se paraba a calibrar el alcance de sus convicciones.

—No se preocupe por mí —le contestó, dejando el periódico abierto sobre la mesa—. El miércoles que viene regresaré a Mallorca.

El alemán asintió en señal de conformidad. A aquellas alturas de sus vidas, los dos eran conscientes de que hay sucesos que pueden darse por hechos antes de producirse, que se vuelven inevitables desde el instante en que sale la orden de un despacho y se moviliza todo lo necesario para cumplirla.

—Ya sabe dónde me encuentro. No pienso esconderme —concluyó Markus Vogel.

Dio la espalda a Buroy para salir de la cantina, pero en aquel momento entraban Leonor Dot y Camila. La niña corrió hacia él con alegría y se lanzó a sus brazos.

—¡Markus! ¡Pensábamos que te habías vuelto invisible! ¡A veces oímos tus pasos, pero salimos al porche y no estás!

Benito Buroy hincó un codo en la mesa. Tomó aire, apoyando la frente en la mano. Su mirada se vio secuestrada por la de Leonor Dot, que se había detenido con ojos inquisitivos y la mandíbula cerrada con fuerza, como si la asaltara una súbita sospecha. Buroy, comprendiendo que la mujer había oído las últimas palabras del alemán, tarareó una melodía insulsa y se enfrascó de nuevo en la lectura de las noticias.

Camila se despertó con la sensación de haberse orinado durante la noche. Tenía los muslos húmedos y el camisón se le pegaba a las piernas. Miró con alarma hacia la otra cama, pero Leonor Dot ya se había levantado. Camila vio en la penumbra las sábanas revueltas y la almohada que se ahuecaba donde su madre había apoyado la cabeza. Se incorporó ligeramente para apartar la cortina. Luego, avergonzada, aventuró una mano y palpó la tela debajo de sus glúteos. Estaba mojada. A Camila le repugnaba la sola idea de que aquello le hubiera sucedido. Entonces, al retirar la mano, descubrió que la tenía manchada de sangre. Era viscosa y se le adhería a las yemas de los dedos. Aunque en un principio se asustó un poco, la tranquilizó que no fuese orina. Se trataba sin duda de lo que su madre le venía anunciando desde hacía tiempo. «Camila —le decía—, cualquier día de estos te bajará la regla. Ya tienes casi trece años pero eres lenta de desarrollo, igual que yo. Mejor, así serás más alta.» Y lo era. Una muesca en el marco de la puerta daba fe de que ya había superado el metro sesenta de estatura. En el tiempo que llevaba en la isla había crecido casi un centímetro, pero mucho más espectaculares eran los cambios que había notado en su cuerpo. Había adelgazado, se le habían alargado los dedos marcando la forma de los nudillos, y los brazos le tropezaban en unas caderas huesudas que antes no estaban allí. También la cara se le había vuelto más angulosa, perfilándosele la mandíbula y los pómulos. Se diría que su esqueleto quería mostrarse a través de la piel o crecía más deprisa que ella. A veces le dolían mucho los tobillos y le daban calambres en las piernas, como si anduviera pisando cables eléctricos. Y además estaban los pechos, que comenzaban a despuntar con timidez y que a Camila le costaba asumir como propios. Por la noche, al meterse en la cama, se los tocaba a través del camisón y le desconcertaba pensar que estarían allí para siempre, pegados a ella, dentro de ella. «A tu edad el cuerpo es una exageración —le decía su madre—, pero no te preocupes. Dentro de poco serás una jovencita guapísima y estarás muy contenta de todo lo que te ha sucedido.»

Camila no estaba muy segura de querer cambiar. Sin embargo lo esperaba con impaciencia. Tenía la sensación de que su persona ocultaba otra distinta, mucho más compleja y sofisticada. Aunque se encontraba bien consigo misma, deseaba enfrentarse a aquella que iba a ser la dueña de su destino y de sus formas, la soberana absoluta de su propia vida. Intuía que en algún momento tendría que renunciar a la comodidad del refugio permanente que le brindaba su madre para empezar a disfrutar de la libertad de hacer siempre lo que quisiera.

Quizá entonces todo fuera mejor para ella. Había empezado a sentirse como un perro cuando los adultos la miraban con ternura. Y le fastidiaba especialmente si era ella misma quien lo provocaba. Por poner un caso, había disfrutado muchísimo dando vueltas a la higuera en el camión del ejército, pero luego había descendido de la cabina sonrojándose. Aunque Felisa no se cansaba de decirle que era un encanto y su madre la abrazaba para olerle el pelo, Camila había sentido el embarazo y el malhumor de haber recaído en un vicio. En su caso era el vicio de la niñez. Quería ser una más entre las mujeres, o cuando menos no sentirse distinta de las demás.

Por eso, desde hacía unas semanas buscaba contener los gestos que consideraba característicos de la infancia. Ya no daba saltos, sino que andaba pausadamente, primero el talón y después la punta, una y otra vez, convertida en una autómata. Se daba cuenta de lo difícil que era aprender a ser mujer y moverse de una forma tan complicada como si fuera lo más natural del mundo. Tampoco aceptaba sus entusiasmos, que le parecían desmesurados e impropios de su nueva edad. Cuando alguien proponía hacer algo que ella deseaba mucho, aunque el vientre le saltara a la boca contestaba «bueno» y miraba hacia otro lado, reflejando un invencible aburrimiento. Le parecía enormemente adulto mostrarse desinteresada. De hecho, había empezado a estar siempre algo melancólica, pues empezaba a considerar pueril el gusto por cualquier cosa que le ofrecieran. El problema estribaba en que casi siempre se sentía atraída por todo, lo que hacía que su melancolía impostada se fuera cimentando en la pesadumbre que le causaba perder, a medida que la iban dejando por imposible, aquella atención que los demás todavía le brindaban y que a ella ya no le servía de nada. «Está en una edad difícil —susurraba su madre—. Dejadla en paz.» Si Camila la oía, se entregaba entonces a la banalidad más absoluta dedicándose a contemplar enfurruñada una esquina de la pared o una nube en el cielo.

—¡Mami! —gritó desde la cama.

Al ver a su madre, que entraba por la puerta que daba al porche, le mostró la mano y proclamó con la voz quebrada por la felicidad que le brindaba aquel momento trágico:

—Creo que ya ha sucedido.

Leonor Dot se sentó en la cama junto a ella. Cogiéndole la cara entre las manos, la miró a los ojos y la besó en la frente.

—Ya eres una mujer, mi pequeña —dijo, sin advertir que caía en un agraviante contrasentido.

—Me duele un poco el vientre —contestó Camila.

Un rato después bajaban cogidas de la mano a la cantina y se encaminaban directamente a la cocina, donde Felisa García vertía agua caliente en un lienzo lleno de achicoria. Las miró un poco sorprendida. Nadie osaba entrar en sus dominios sin pedir antes permiso desde la puerta, y Leonor Dot no sólo no lo había hecho, sino que se había atrevido incluso a cerrarla para quedarse a solas con ella. Camila, muy erguida y con los dedos de las manos entrelazados sobre el estómago, la miraba con una mezcla de satisfacción y de padecimiento.

—¿Qué diablos pasa aquí? —bramó la cantinera—. ¿A qué venís tan misteriosas?

—Necesitaré tela para hacer unos paños —contestó Leonor Dot.

Y, señalando a Camila:

—Le ha venido.

Felisa García soltó el lienzo, que por el peso de la achicoria se hundió en el agua ya filtrada. Dio una sonora palmada dejando que sus manos permanecieran enlazadas y miró a Camila con una alegría infinita.

—¡Vaya con la niñita! ¡Cómo pasa el tiempo, Dios mío! ¿Ya te ha dicho tu madre que en estos días no puedes bañarte, ni lavarte siquiera? ¿Y que no puedes tocar las plantas? ¡Ni te acerques al huerto! Lo dejarías todo mustio... ¡todo! Has de andarte con cuidado... ¡Hasta la mayonesa se cortaría si intentases montarla!

Camila, que no esperaba que convertirse por fin en mujer fuera tan parecido a volverse una leprosa, se frotó las manos contra la falda sintiendo asco de sí misma y miró a su madre con espanto.

—Felisa —intervino ésta—, creo que exageras.

—¿Que exagero? ¿Qué te apuestas a que no exagero?

Fue a la repisa de la ventana, cogió una maceta con una albahaca y se la ofreció a Camila.

—¡A ver si no voy a saber de esto, con la edad que tengo! Toca la planta, niña, tócala bien... Ya verás lo que pasa.

Camila retrocedió un paso y se llevó las manos a la espalda. Le horrorizaba la idea de matar la albahaca. Retraída, casi llorosa, se arrepintió de haber deseado tanto el cambio que se estaba produciendo en ella. Como si un fondo ponzoñoso fuera tomando posesión de sus ideas, comenzó a pensar que convertirse en una adulta era adquirir la capacidad de ensuciar las cosas y de causar el mal.

El tiempo, en apariencia inexorable, se estanca a veces al enfrentarse a la tenacidad de la memoria. Algunas noches, pese a que ya había transcurrido más de un año, Benito Buroy se despertaba en la oscuridad, empapado de sudor, y se daba cuenta de que los sueños se le habían estado asfixiando en el recuerdo de aquellas otras noches en el penal, cuando cualquier ruido le hacía pensar que ya iban a buscarlo para encararlo al pelotón de fusilamiento. En el juicio sumarísimo le había faltado una defensa digna de tal nombre, pero tampoco le habría servido de gran cosa. A fin de cuentas, los magistrados que le juzgaban habían ganado una guerra larga y difícil, una guerra civil, y no podían ni querían ser benévolos. No sólo deseaban poner en evidencia las atrocidades que hubiera cometido Buroy en el campo de batalla, sino también obligarlo a aceptar la paz que instauraban. Para ello, además de castigarlo querían demostrarle que podían volver a hacerlo en cuanto se les antojara, sólo por comprobar que continuaba en el redil. Benito Buroy quizá se librara de una condena a muerte en aquel juicio, pero no de ser para siempre un enemigo descubierto y vigilado. A aquellas alturas ya sabía Buroy que una guerra no resuelve los problemas que la provocaron, sólo los decanta hacia uno de sus lados con la contundencia irreparable con que se desploma un animal abatido. En un rincón de su celda, temblando por haber oído el sonido lejano del cerrojo de una puerta, había comprendido que ante aquellos hombres no cabía el perdón ni el olvido, tampoco la expiación. Había sido derrotado para el resto de su vida.

Así pues, algunas noches se despertaba en su habitación de Cabrera y, sin ver nada pero con los ojos muy abiertos, recordaba aquellas otras noches en el penal. Pese a todo, guardaba una memoria difusa del terror de los primeros días, cuando tanto temía la visita de sus verdugos. El tiempo los había ido emborronando. Mucho más nítidas se le aparecían las otras noches después de aquella en la que, ante un oficial falangista de pelo engominado y gafitas sin montura, famélico y malcarado, insomne según decía, que leía los informes de la policía alzando las cejas y dejando escapar una sonrisita torva como si hojeara fotografías de mujeres desnudas, Benito Buroy cediera ante el temor a la muerte y la certeza de que ya no había salvación en la resistencia ni en el silencio. En una desfallecida remembranza había dado fe de todos los nombres y de todos los hechos que podía recordar. A solas de nuevo en su celda, le resonaban en los oídos las palabras del oficial: «Estás salvando la vida, estás salvando la vida», y la vaga promesa de indulgencia con que había concluido el interrogatorio, y la primera sospecha de que para redimirse no había hecho más que comenzar a alimentar a una fiera que iba a resultar insaciable. Debía pedir perdón, y podían concedérselo siempre que continuara pidiéndolo una y otra vez, una y otra vez. Eso era lo que hacía desde que saliera del penal, y lo que haría cuando le pegara un tiro al alemán para que a él le permitieran vivir un poco más, despertarse por las noches, abrir los ojos en la oscuridad y desear que Otto Burmann, el pobre y desesperado Otto Burmann, se despertara también y le reprochara algo al oído que le provocara el enojo, o la risa, o el desprecio. Que lo rescatara en cualquier caso de sí mismo.

Benito Buroy se despertó y abrió los ojos en la oscuridad, pero Otto Burmann no estaba allí. Sintió que le faltaba el aire. Se incorporó en la cama aguzando el oído con la estéril intención de escuchar algún sonido, algo que le diera un indicio de que se estaba haciendo de día. Pero no hay nada tan invariable como las horas perdidas en el interior de la noche. Buroy sintió la necesidad imperiosa de salir de sí mismo. Se puso en pie, fue hacia la puerta y la abrió. El soldado de guardia dormía en la silla, la cabeza caída. No se movió cuando pasó por su lado y salió a la plaza.

La higuera, contagiada por la inmensidad del firmamento, permanecía absolutamente inmóvil bajo la luz de la luna. Benito Buroy avanzó unos pasos creyéndose solo, pero entonces le llegó un tarareo jadeante desde un extremo de la explanada. Era el Lluent, sentado a la puerta de su casa. Balanceaba el tronco suavemente y hacía girar entre sus dedos, como un rosario, una cuerda atada en círculo. Benito Buroy se le acercó.

—Me alegro de que esté despierto —dijo el pescador—. Voy a necesitar ayuda. Hoy me duele la espalda.

El otro no contestó, pero tampoco se movió de donde estaba. Le venía bien que aquel viejo le ofreciera alguna ocupación que le permitiera distraerse hasta que empezara a amanecer. Ni siquiera se preguntó qué podía desear de él a aquellas horas. Se limitó a encender un cigarro y a volverse de nuevo hacia el mar.

—Vamos —dijo el Lluent poniéndose en pie con desgana—. Los soldados ya han cargado la barca.

Benito Buroy miró hacia el muelle, pero allí no había nadie. Siguió al pescador hasta el laúd. En la cubierta, amarrados con un cabo en torno al mástil, había seis de los bidones que el falso acorazado descargara dos días atrás. El Lluent, que ya había soltado el amarre y lo sostenía entre las manos, le hizo un gesto con la cabeza para que subiera a bordo. Luego saltó tras él y separó la barca del muelle con la ayuda de un remo. Comenzó a bogar con mucha parsimonia hacia la embocadura de la bahía. A la luz de la luna todo se revestía de una apariencia entrevista apenas, mortecina. El mar espejeaba y las casas del pueblo, sobre la ladera de la montaña que se mantenía en una densa oscuridad, parecían a punto de difuminarse y desaparecer. Benito Buroy tiró al mar la colilla de su cigarro.

—A estas horas se levanta la brisa —dijo el pescador.

Guardó los remos e izó la vela. El laúd, tras unos instantes de reposo, comenzó a deslizarse con gran lentitud. Benito Buroy sintió frío cuando salieron a mar abierto. Allí las aguas ya no estaban tan calmas. Se habían levantado unas olas amplias y profundas como lomas, y un viento constante, muy húmedo, hinchaba el trapo imprimiéndoles velocidad. Dejaron a su derecha los peñones que indicaban la derrota de Mallorca y se fueron alejando de Cabrera en dirección a ninguna parte. Al poco rato la isla era una sombra en el horizonte. Benito Buroy tiritaba. El Lluent, por su parte, parecía haberse adormecido al timón. Sin embargo, de vez en cuando alzaba la cabeza para estudiar las estrellas, y finalmente se puso en pie y miró a su alrededor buscando algo en la superficie del mar.

—Es aquí —dijo—. Hágame el favor de sujetar el timón, que yo desataré los bidones.

Benito Buroy se situó en la popa. Había encendido otro cigarro, pero los dedos le temblaban tanto que le costaba un gran esfuerzo llevárselo a los labios. El pescador liberó la carga y se volvió de nuevo hacia su pasajero.

—Hoy me duele la espalda —repitió—. Ayúdeme a tirarlos al mar.

Entre ambos fueron volcando los bidones, que al caer al agua se sumergían para reflotar a los pocos instantes con ansiedad de ahogados, como corchos que soportaran un peso excesivo. Cuando hubieron acabado de descargarlos, el Lluent volvió a gobernar el timón e hizo virar la barca describiendo un amplio círculo. El laúd, liberado de su flete, era mucho más veloz y más frágil. Benito Buroy intentaba localizar los bidones, pero sobresalían tan poco del agua que no tardó en perderlos de vista. Fue entonces cuando aquellas olas mansas, en el lugar impreciso del que ya se estaban alejando, comenzaron a borbotear agitadas por dentro. Benito Buroy retrocedió instintivamente. A punto estuvo de caer de espaldas por el otro costado de la barca cuando vio emerger la torre de un submarino y poco después su lomo inacabable, satinado bajo la luz de la luna.

—Tranquilo —dijo el Lluent—. Son amigos, alemanes. No harán daño a quienes les dan de beber.

Señaló un lugar en el horizonte donde la negritud del cielo comenzaba a transformarse en un azul profundamente oscuro.

—Mire... ya amanece.

Camila se encontraba en el porche fingiendo que hojeaba una revista, pero a duras penas podía contener la risa. Felisa

García había llegado un par de horas atrás hecha un saco de nervios. Aquella tarde, por fin, daban comienzo las clases de alfabetización. Leonor Dot la había hecho sentar a la mesa y había extendido ante ella papeles y un par de lápices. Luego, muy calmada y didáctica, había empezado a explicarle los rudimentos de la escritura. Pero la otra, por muy alta que tuviera su autoestima desde su viaje a Mallorca, y pese a su reciente inclinación por los aforismos de anhelo filosófico, se ponía todo el rato a la defensiva, e incluso agresiva cuando se sentía herida en lo referente al alcance de su inteligencia. Según le diera, regañaba a su maestra por la poca claridad con que explicaba las cosas, o declaraba, golpeando la mesa con la palma de la mano, que por muchas vueltas que le dieran iba a ser incapaz de entender tanto signo misterioso y tanta chorrada. Tras un largo tira y afloja volvían a empezar con las vocales y las sílabas, una y otra vez, siguiendo siempre los mismos pasos y tropezando en las mismas cuestiones impenetrables. A aquellas alturas de la clase, tras dos horas de forcejeo, Leonor Dot había escrito una palabra en un papel y se lo enseñaba a su alumna.

—Léelo, Felisa —oyó Camila que decía su madre—. Haz un esfuerzo, dime qué pone.

—¿Y yo qué sé lo que pone? ¡Vengo aquí para que me enseñes! —replicaba la otra.

—Si ya lo sabes, Felisa. Recuerda: la pe con la a, pa; la te con la a, ta. Y las vocales ya las conoces. ¿Qué he escrito? Léelo.

—...Peateatea... ¿Qué coño es eso?

—Patata, Felisa. Es patata... Voy a preparar tila. Creo que las dos la necesitamos.

—Yo no sirvo para esto, Leonor, y además tú no sabes enseñarme.

—Cargaré mucho la tila. Echaré toda la que me queda.

Aquella primera clase fue un desastre, pero Felisa García,

a pesar de toda su resistencia y derrotismo, aceptó llevarse unos ejercicios para copiarlos por la noche. Así lo hizo, sentada a la mesa de la cocina después de fregar los platos, bostezando y enjugándose las lágrimas con la manga, pues los ojos le lloraban de tanto forzarlos. «A ver si por culpa de esto voy a necesitar gafas», se decía sin ser consciente de que, acostumbrada a ver el mundo a través de un velo, ya las necesitaba desde hacía mucho tiempo. Paco, que sí sabía leer aunque nunca lo hiciera, entró un momento en la cocina e hizo un amago de burlarse de ella, quizá de reprocharle que se distrajera con aquellas tonterías, pero Felisa lo ahuyentó con una mirada furibunda. Copiaba sin saber lo que hacía, con aburrimiento y desgana, el trazo tembloroso y la esperanza por los suelos. Pero, sin que ella se diera cuenta, algo muy sutil comenzaba a hilvanarse en su mente. Recónditas asociaciones iban adquiriendo sentido a base de reiterarse con machacona insistencia. En algún momento empezó a entender sonidos, a pronunciar las sílabas como si éstas le saltaran del papel a los labios. Leía «pa» en voz alta y se quedaba mirando el calendario en el que el papa Pío XII, colgado a un lado de la puerta que daba al bar, bendecía a los que por ella entraban. Decía «pa», pero no repetía aquel sonido para acabar pronunciando «papa» sino que, iluminada por una súbita revelación del entendimiento, concluía haciendo retumbar su vozarrón entre las paredes de la cocina: «patata». ¡Claro que sí: «patata»! Leonor le había dicho, para animarla, que llegaría un momento en que la lectura le resultaría tan fácil como el hecho mismo de hablar, y aquello era lo que le estaba sucediendo con la palabra «patata». La veía en el papel y era ver un dibujo del tubérculo. Felisa García no daba crédito a sus ojos.

Envalentonada, decidió entonces atacar uno de los textos largos y abstrusos que le había preparado Leonor Dot. Estuvo chamullando y maldiciendo un buen rato hasta que, poco a poco, de forma entrecortada y espasmódica, fue pronunciando las sílabas que, en sus labios, más parecían estornudos.

—... Mi... ca... sa... es... ba... ra... ta...

«Mi casa es barata», pensó, con la garganta atenazada por el orgullo de haber sabido descifrar aquellos signos ancestrales. «Qué frase tan estúpida. A mí se me ocurren mucho mejores.»

Era lunes. Benito Buroy llevaba doce días en Cabrera cuando regresó por fin al acantilado donde le esperaba Markus Vogel. Lo hizo sin haberlo planeado, sin casi darse cuenta de cuáles eran sus verdaderas intenciones, tal como a él le gustaba resolver aquellos temas. Había salido de la Comandancia y se encontraba bajo la higuera sin saber a qué dedicar la mañana, cuando de repente, con el resuello acalambrado de quien salta al vacío, regresó a su habitación a por la pistola, salió a caminar y sus pasos le llevaron por el único sendero que conocía, el que pasaba junto al cementerio, bordeaba la cala Santa María y ascendía hacia lo alto de la montaña por laderas de guijarros cortantes y lentiscos enmarañados.

Mientras ascendía descubrió que Andrés le espiaba. Aquello podía convertirse en un contratiempo, pero el muchacho no tardó en cansarse del juego. Buroy vio su espalda, ágil y corcovada como la de una alimaña, alejándose por entre los matorrales. Andrés tomó un sendero que, serpenteando por detrás del pueblo y de los barracones militares, se perdía por el monte en dirección al valle de las voces. Cuando ya estaba lejos soltó un grito que quedó suspendido unos segundos en el aire. No iba a molestar más a Buroy, pero ya le había hecho bastante daño sacándolo de su ensimismamiento. Hasta entonces había caminado sin pensar en nada, enfrascado en la contemplación del suelo. Ahora notaba el peso de la pistola en el bolsillo del pantalón.

Poco después llegaba a lo alto del macizo. Ante él se extendía la bahía de la Olla, con el peñasco clavado en sus aguas transparentes y las infinitas grutas abiertas en los taludes calizos. Se entretuvo un buen rato observando la costa. No había nadie a la vista.

Hasta aquel momento había improvisado y debía seguir haciéndolo. Descendió hasta el saliente rocoso donde la semana anterior se había encontrado con el alemán. El pellejo de la lagartija, momificado por el sol, continuaba junto a la piedra donde estuviera sentado. Un poco más allá, en una hoya protegida del viento, descubrió Buroy restos de una hoguera. Markus Vogel debía de encender fuego a menudo, pues muy cerca había ramas y leños amontonados. Benito Buroy tuvo que reprimir una vaga y desconcertante sensación de intrusión. Pero no era la primera vez que se encontraba en situaciones como aquélla. Sabía cómo enfrentarse a ellas. No podía permitirse las emociones, no debía pensar. Tenía que hacer su trabajo y salir de allí con rapidez. No regresar nunca. Con el paso del tiempo las heridas de la memoria cicatrizan y van perdiendo importancia. El olvido es un músculo que se ejercita.

Continuó bajando hasta la playa. Una vez en la arena se situó de espaldas al mar para contemplar las grutas que se abrían en las escarpaduras. A simple vista no había ninguna señal que delatase la presencia de Markus Vogel, pero era allí donde se había escondido todos aquellos meses. Benito Buroy se sintió estremecido por un soplo de inquietud. Cabía la posibilidad de que el alemán hubiera buscado un nuevo escondite, pero él estaba convencido de que continuaba allí, esperándole, tal como había dicho que haría. Probablemente estuviera acechándole en aquel momento desde la oscuridad de su guarida, espiando sus movimientos por la playa y preparándose para defenderse en el caso improbable de que acertara a dar con él. O quizá ya le había tendido una emboscada y sólo esperaba verlo caer en ella.

El rumor de una ola le hizo volverse asustado hacia el mar. De inmediato comprendió que era una idea absurda. El alemán no iba a salir de las aguas para atacarle. Se sintió ridículo, pero sacó la pistola del bolsillo y le quitó el seguro. Recorrió con la mirada las cuevas en busca de un destello, de un movimiento. Aunque no podía evitar que un calambre desasosegante se le pasease por la columna vertebral, le tranquilizaba pensar que Markus Vogel no iba armado. De todas maneras, ¿de qué le servía a él la pistola, si al otro le bastaba con permanecer oculto hasta que se cansara de buscarlo?

—¡Juraste que no te esconderías! —gritó con todas sus fuerzas. Un eco lejano le devolvió sus palabras.

Era inútil retarlo. ¿Por qué razón iba a salir de su escondite? ¿Para dejarse matar? Al no dispararle cuando debía le había dado la oportunidad de ponerse a salvo. Y aunque la isla era pequeña, también era lo bastante tortuosa para que Markus Vogel lo eludiera indefinidamente. Benito Buroy podía regresar al pueblo y esperar a que apareciese por allí derrotado por la soledad, o por la dieta exclusiva de pescado o la carencia de tabaco. Podía también recorrer la isla cada día, sin descanso, confiando en que antes o después el azar o un descuido le llevaran a descubrir su escondite. O pedirle al capitán, con cualquier excusa, que saliera el ejército a buscarlo. Una vez en el pueblo ya no se le volvería a escabullir. Se le ocurrían diversas maneras de intentar cazar al alemán, aunque ninguna le parecía convincente. Porque, por muchas vueltas que le diera, lo único cierto era que había regresado al lugar donde se encontrara por primera vez con Markus Vogel para reconocerse a sí mismo que allí, en aquella isla miserable, por fin había acabado para él la guerra. En algún momento tenía que alcanzarle en toda su plenitud la derrota que sufriera en el frente del Ebro cuando lo encontraron al fondo de una trinchera, temblando de frío y de miedo. Se había desnudado para mostrarse más vulnerable, para que no disparasen contra él.

—¡Te encontraré! —gritó de nuevo, en un último esfuerzo por defenderse—. ¡No tengo prisa!

En su vida había aventurado una mentira tan poco consistente. Dos días después llegaría la barca que debía transportarlo a Palma, y el comisario le esperaba en su despacho en cuanto pisara tierra. Pero Benito Buroy no podía cumplir sus órdenes, ni podía regresar a Mallorca ni buscar ninguna otra salida. Él mismo se había negado la posibilidad de hacerlo. Sabía que el comisario no iba a perdonárselo ni a ser misericorde. Sabía también que, algunos días después, cuando él ya estuviera de regreso en el penal, o fusilado, alguien con menos escrúpulos desembarcaría en Cabrera y se encargaría de Markus Vogel. Solo en aquella playa, observado quizá por aquel ermitaño llegado de tan lejos, se vio sorprendido por una insólita identificación con él. Tuvo la sensación, que no pudo reprimir, de que se hundían juntos en el mismo pozo sin fondo, en el mismo abismo.

El hombre que le espiaba desde alguna de aquellas cuevas, que se escondía traicionando la palabra que le diera en la cantina, aquel al que sólo había visto en un par de ocasiones y con el que, en circunstancias normales, jamás se habría cruzado, se había convertido en su compañero en la desgracia. Los dos carecían de alternativas. Los dos estaban muertos.

La carretera estaría acabada la víspera del día en que sobrevolara Cabrera el avión de guerra alemán, y justo a tiempo para que la barca de las provisiones, que por ser miércoles llegaba aquella mañana desde Palma, pudiera trasladar su contenido a la plataforma del camión. El capitán Constantino Martínez estaba exultante.

—Se acabó eso de llevar las cajas sobre la espalda —dijo ante los pocos asistentes a aquel acto memorable—. A partir de ahora esta isla es un lugar civilizado. ¡Viva Franco! ¡Arriba España!

Una vez completado el trasiego de abastecimientos, el capitán, sentado junto al conductor con los ojos brillantes y la frente perlada de sudor, dio orden de que el vehículo se pusiera en marcha. Pero Leonor Dot, que llegaba de la cantina con Andrés cogido de la mano, lo impidió con un gesto de apremio. El militar, bastante molesto, asomó la cabeza por la ventanilla.

—¿Qué sucede ahora? —preguntó.

—Quiere ir con usted...

En el rostro del oficial, que era a veces como un libro abierto, se pudo apreciar que ya estaba definitivamente harto de convivir con aquellos cuatro civiles asilvestrados. No le hacía ninguna gracia aparecer por el campamento, en un día de tanta trascendencia para la historia del parque móvil de Cabrera, con un retrasado mental sentado a su lado. Renegó en voz baja, jurándose insistir en la petición de un destino en la península en cuanto concluyera la guerra y con ella el papel crucial que le habían asignado en la defensa del archipiélago. Luego, tras mirar unos instantes a Andrés, que, dominado por una timidez amedrentada, mantenía la cabeza gacha ofreciéndole su coronilla de pelos ralos, señaló la carga que se amontonaba en la caja del camión por detrás del enorme depósito de gasógeno.

—Bueno, que suba... ¡Y que se agarre con fuerza, que esto no es el paseo de la Castellana! ¡Estamos en zona militar, señora, y no en un parque de atracciones!

Andrés, guiado por Leonor Dot, ascendió con dificultad a la plataforma y se sentó con las piernas colgando y las dos manos aferradas al lateral del vehículo. Cuando éste empezó a rodar, el muchacho puso cara de velocidad como si lo que viera fuera en exceso vertiginoso o estuviera a punto de estrellarse de espaldas. El camión cruzó la plaza levantando su nube de polvo habitual y se alejó traqueteando por las muchas piedras que cubrían la pista. Leonor Dot lo vio avanzar a lo largo de la costa haciendo eses para sortear los baches, y detenerse a los pocos minutos frente a los barracones donde lo esperaba una aglomeración de soldados.

Regresó un rato después, libre de su carga y con Andrés, que no se había movido de la plataforma ni para facilitar que bajaran las cajas, sonriendo de oreja a oreja. Tampoco quiso descender el muchacho cuando el conductor detuvo el camión frente a la Comandancia. Hicieron lo posible por hacerle entrar en razón, y optaron al fin por dejarlo sentado donde estaba, agarrado con encono a las planchas del camión, la sonrisa permanente y la quijada echada hacia delante, como si aun inmóvil anduviera enfrentándose a insensatas velocidades.

Benito Buroy estaba a la sombra de la higuera con las manos en los bolsillos. Llevaba unos días más silencioso de lo habitual, sin encontrar límites al distanciamiento con que intentaba protegerse. A pesar de ello, solía vérsele donde hubiera actividad, curioseando para pasar el rato, y a veces se animaba a jugar al dominó o a las cartas con los soldados.

—Esto no acabará aquí —le dijo el capitán al bajar del camión—. Prolongaremos la carretera por el interior hasta el faro de N'Ensiola, y luego haremos otra que bordee toda la isla. Dentro de un tiempo Cabrera entera será accesible a los vehículos rodados.

Buscó él también la sombra de la higuera, y añadió, sin darse cuenta de que se estaba arrogando las funciones de un pequeño Tiberio:

—Dentro de unos años, esta isla será tan bella como Capri.

A Benito Buroy le extrañó aquella referencia cosmopolita en alguien que no había salido nunca de España, pero lo cierto era que el capitán Constantino Martínez, que no sentía un gran aprecio por los alemanes, era sin embargo un italianista furibundo y gran admirador tanto del imperio romano como de Mussolini. Aquel extremeño, para el que la vida tenía la extensión de un patio de armas, creía a pesar de ello que en Italia la vegetación era toda exuberante y los edificios oficiales tan grandes que entrar en ellos cortaba la respiración, y estaba seguro de que, con Franco, España entera se cubriría de pesadas y esplendorosas glicinias, y hasta el prodigioso Valle de los Caídos, cuyas obras habían ya empezado, con el tiempo parecería una aproximación, muy meritoria pero empequeñecida y primeriza, a la arquitectura monumental que cubriría todo el suelo de su patria. El capitán no sabía ni le interesaba dónde pudieran estar Osaka, Jerusalén o Petrogrado, pero hablaba de la región del Lazio como si estuviera refiriéndose a su casa.

Aquella mañana, apoyado en la higuera, dejó de soñar al pasear la mirada por el horizonte y darse cuenta de que la barca de aprovisionamiento ya había partido en dirección a Mallorca. Miró algo sorprendido a Benito Buroy, que permanecía a su lado liándose un cigarro.

—No se ha ido usted —constató—. El comisario se subirá por las paredes.

—La herida me ha impedido cumplir con mi trabajo —contestó Buroy. Y añadió, ladino—: Si usted hubiera matado las tintoreras, no habríamos tenido que rescatar el atún y me habría podido marchar en esa barca.

—¡Cómo iba a matarlas, si disparaba a ciegas! ¿Y quién le dice que estaban ahí, si nadie las vio? A ver si todavía voy a tener problemas con la policía de Palma... No me toque las narices, Buroy, porque escribo un informe a Capitanía y me desentiendo de este asunto. Y no se ofenda por lo que le voy a decir, pero lleva dos semanas aquí y no le he visto hacer nada. ¿Qué le han encargado, que escriba en verso la vida de San Ignacio de Loyola?

Benito Buroy lo cogió por un codo para alejarlo de la Comandancia. Fueron hasta la casa del pescado y se apoyaron en el muro de piedras terrosas.

—Yo, en su caso, no haría demasiadas preguntas —le dijo

atemperando la voz—. Puede estar tranquilo, que todo esto no es de su incumbencia. Tengo incluso serias dudas de que en la Capitanía General de Palma estén informados. La orden viene de Madrid.

El capitán, disgustado, meneó la cabeza y dio unas palmaditas en la pared provocando un pequeño desprendimiento de asperones.

—Me tienen hasta la coronilla... Esos de la capital creen que pueden disponer lo que les plazca, y que yo apechugue con todo. ¿Para qué dejé que me llenaran las tripas de metralla, para que en pago por mis heridas me destinaran a este destacamento? ¡Si esto es una mierda de islote, hombre!

Aunque, a causa de la guerra, por aquellos días todo podía cambiar, desde las fronteras de los países hasta la propiedad y el destino de los miles de islas mediterráneas, parecía evidente que, para el capitán Constantino Martínez, una vez desvanecido su sueño de glicinias y capiteles en el tráfago de los problemas cotidianos, Cabrera ya nunca sería Capri.

La decisión de Paco de cambiar su imagen había nacido de un regalo que hiciera a Felisa el potentado mallorquín casado con su hermana. En uno de los paquetes que le enviaba, entre las garrafas de aceite y las hogazas de pan blanco, había un sobre abultado en el que, con su letra alabeada de hombre importante, había escrito en grandes caracteres el nombre de su cuñada. En su interior se encontraba una gruesa cadena de oro que parecía más apropiada para cerrar los portones de un palacio que para colgársela del cuello, y una nota manuscrita que, junto al deseo de plasmar en el papel sus pensamientos filosóficos, iba a acabar de decidir a Felisa García, pocos días después, a pedir a Leonor Dot que la sacara del analfabetismo. La madre de Camila, que se encontraba entre los escasos clientes del bar cuando llegó el paquete, se prestó a leer aquellas líneas.

—Han nombrado gobernador civil al marido de tu hermana. Te envía este collar para que te lo pongas cuando vayas por Palma... Qué porquería de gente. Son ladrones con mal gusto, sólo eso. El collar es espantoso, Felisa.

Hasta aquel momento nunca había dado Leonor Dot su opinión acerca de los personajes que formaban parte del nuevo régimen. Tampoco entraba en sus planes sincerarse de aquel modo tan abrupto, por lo que al acabar de hablar torció el gesto y se mordió los labios temiendo haber ofendido a la cantinera. Pero ésta no hacía otra cosa que observar fijamente los gruesos eslabones dorados.

—¿Sí? —dijo, aterrizando de una nube.

Y casi de inmediato:

—¡Es espantoso! ¡No serviría ni para un perro! ¡Vamos, que ni muerta me lo pongo! ¡El collar de perlas sí es elegante, y no éste!

Leonor Dot continuaba preocupada.

—Perdona si he dicho alguna inconveniencia...

Felisa García extendió las manos con la aparente intención de abrazarla. En realidad adoptaba pose de oradora.

—¡Si yo pienso lo mismo, mujer! Mi cuñado es una bellísima persona, pero no deja de ser un campesino... Le falta estilo, tú ya me entiendes. Aquí somos todos bastante brutos. ¡Acuérdate del anillo de la Xuxa!

Se hizo el silencio en la cantina. Felisa miró a un lado y a otro preguntándose qué sucedía, y entonces cayó en la cuenta.

—¡Cómo vas a recordar ese anillo, si todavía no estabas aquí! Pero, bueno... ¡era grande como una cebolla y no servía para nada! ¡Con este collar, al menos tendré oro para los dientes cuando me haga falta!

El resultado de todo aquello sería que Felisa García metería de nuevo la cadena en el sobre en el que había llegado y lo guardaría en su dormitorio. Al día siguiente, Paco, que no había dado su opinión acerca de las cuestiones referentes al estilo, apareció con la alhaja colgada del cuello. Los gruesos eslabones se enmarañaban con la pelambrera de su pecho. Felisa, que no prestaba mucha atención a su marido, no cayó en la cuenta hasta la hora de comer. Le servía una ensalada en la cantina cuando advirtió los destellos de la joya. Miró hacia lo alto, donde estaba su dormitorio, sin poder explicarse cómo había saltado del cajón de su cómoda al cuello de Paco.

—¿Qué haces con eso? —le gritó—. ¿Quieres parecer un campesino?

Paco la miró con una comprensible perplejidad.

—Los campesinos no llevan collares —razonó—. Lo que quiero es tener más prestancia, que ya me toca, joder. A partir de cierta edad los hombres hemos de adornarnos para ir supliendo las carencias de la salud y la flojera, tú ya me entiendes. Así hacen los generales, los obispos y hasta los reyes. ¿Por qué no he de poder hacerlo yo también?

Felisa García lo miró unos instantes enarcando las cejas. Nunca había visto a su marido intentando explicarse y aquello la desconcertaba. Se fue a la cocina, pero regresó a los pocos instantes secándose las manos en el delantal. Como había gente en el bar se agachó para decirle al oído:

—Si no follas es porque bebes demasiado.

Paco, que sostenía el vaso de vino en la mano, lo dejó instintivamente sobre la mesa. Pero Felisa ya le había dado la espalda y regresaba a sus dominios. El cantinero, al ver cerrarse la puerta de la cocina, soltó un resoplido de indignación. Miró a su alrededor sólo por comprobar que nadie había sido testigo del reproche, pero iba a ser él mismo quien estropeara de inmediato la discreción de que había hecho gala su mujer. Estaba demasiado ofendido para andarse con disimulos. Fue tras ella, abrió la puerta con gran enfado y le espetó a voz en grito:

—¡Y tú ya no ronroneas!

Tras aquella terrible aseveración se dio la vuelta y regresó a la mesa más calmado, pero ahora era Felisa la que iba tras él. Salió a la cantina antes de que Paco hubiera vuelto a sentarse, se plantó ante su mesa y puso los brazos en jarras.

—¿Que no ronroneo? ¿Qué quieres decir con que no ronroneo?

—Pues eso. Antes, cuando ronroneabas en la cama yo ya sabía que tenías el chocho como una esponja. ¡Ahora sólo me das codazos! ¡Y qué codazos! ¡Cualquier noche me romperás una costilla!

—¡Será por lo mal que hueles! ¡Y la esponja de mi coño está ahora en tu barriga! ¡Borracho, más que borracho!

Callaron de repente al hacerse conscientes de que no estaban solos. Se miraron con la misma inquina con que lo habrían hecho de estar citándose para más tarde tras la valla del cementerio, y regresó cada uno a sus actividades, Felisa a la cocina y Paco a su ensalada. Leonor Dot, que esperaba a Camila en la mesa junto a la ventana, pensó que aquel matrimonio hacía aguas y que no tardaría en hundirse. Razones tenía para creerlo, y sin embargo se equivocaba. El amor y el deseo transcurren por caminos muchas veces incomprensibles.

Aquella noche, en lugar de instalarse bajo la parra, Paco remoloneó por el exterior de la casa gruñendo como un oso, dedicado por entero a la febril actividad de no beber. Felisa, a la que no le gustaba ver sufrir a su marido, recogió antes de lo habitual y se acostó sin ponerse el camisón que trajera de Palma. Él entró con cierta timidez, se sentó en la cama y se desnudó rezongando. Luego, con algún apuro, se montó sobre ella. Llevaban tiempo sin hacerlo y estaban en la edad en que los cuerpos empiezan a no reconocerse como propios, por lo que a ambos les extrañó lo prominentes que tenían los vientres. Pero los bajos se acoplaban sin dificultad, tal como siempre había sucedido. Durante el escaso tiempo en que Paco estuvo moviéndose envolvió a Felisa la extraña sensación de que se encontraba de plácida charla con él rememorando los tiempos pasados. No sintió nada más que eso, pero para ella ya fue bastante. Aquella noche no decía Paco que la vida era una mierda ni tenía ella la necesidad de apartarlo de sí con un codazo. Luego, cuando él se descabalgó con la dificultad de quien baja de un muro, se vio incapaz Felisa de conciliar el sueño. Aunque tuviera los labios cerrados seguía hablando con Paco de cuando los chicos eran pequeños y corrían por el campo que parecían liebres, y de más tiempo atrás, mucho antes de la guerra, cuando fueron a Mallorca de viaje de novios y vivieron durante una semana como auténticos señores, paseando por las calles y comiendo en una fonda con mantel a cuadros, y de lo guapo que estaba él en aquella época, que parecía un galán de cine. Permaneció Felisa García en vela toda la noche pensando que las miserias de la edad entierran los buenos recuerdos, hasta que las primeras luces del alba la sacaron de la cama y la devolvieron a sus tareas cotidianas.

El cantinero, por su parte, vivió a su manera aquel reencuentro fugaz con su mujer. Se quedó dormido de inmediato y, entre ronquido y ronquido, anduvo soñando que era Millán Astray a lomos de un caballo pardo paseándose por los campos de batalla cubiertos de cadáveres. Al despertarse a la mañana siguiente, complacido tanto por la hazaña de su aún no extinta virilidad como por los ecos legionarios que le habían velado durante la noche, salió apresuradamente de la cama. Sin tiempo casi para atarse los pantalones, corrió a celebrarlo a escondidas con un buen trago de vino.

Hace un par de semanas, durante una de nuestras salidas en barca, el Lluent nos llevó a ver el faro. Fue al regresar de un paseo por el sur de la costa, una zona que a mí no me gusta porque los acantilados caen a pico, se precipitan en el agua formando inmensos paredones, y el mar bate contra ellos con la perseverancia y el desaliento de un animal enjaulado. Siempre me he negado a bañarme en esas aguas que parecen precipitarse hacia la profundidad, que te contagian su desesperanza y al mismo tiempo te llaman con voces que te resuenan dentro del pecho, aguas oscuras y trías como las del mar abierto. Cuando navegamos por ellas, me agarro al mástil y me quedo allí, en el centro de la barca, lo más lejos posible del mar.

Por eso me alegré ese día cuando, al superar un saliente de rocas muy negras, la bahía se abrió a nuestra derecha y el mar cambió al instante de color, se volvió verde y transparente. Pero el Lluent, en lugar de internarse en dirección al puerto, siguió costeando hasta alcanzar el pequeño atracadero donde las lanchas llegadas de Mallorca desembarcan el combustible para el faro. Amarró la barca a aquel pequeño espigón y nos propuso ascender por las escaleras que llevan hasta lo más alto de la escarpadura.

Mamá dijo que era una idea estupenda, pero yo no lo tenía tan claro. Se me hizo un nudo en la garganta al mirar hacia lo alto. A veces, no siempre, me entra un vértigo que me paraliza el cuerpo entero, y aquellas escaleras tan rudimentarias, que a tramos ascendían hacia un lado y otros en dirección contraria sin decidirse a encontrar el camino, parecían empeñadas en alcanzar las nubes. Más tarde descubrí que no era tan grave, pues el Lluent me daba su mano encallecida y era como si una rama robusta fuera tirando de mí y manteniéndome siempre a salvo. Mamá, que ascendía por delante de nosotros, se volvía a veces y se reía de mi cara de susto. Y cuando por fin alcanzó la base del faro soltó un gritito de asombro y nos hizo un gesto de apremio con las manos.

Todavía no habían puesto el cañón y no había soldados en aquel lugar. Desde allí se veía la bahía entera, el pueblo en uno de sus costados y sobre él, imponentes y arruinados, los muros del castillo. Yo no me decidía a avanzar hasta el extremo de la plataforma y me mantenía con la espalda pegada a la pared rugosa del faro. Me molestaba muchísimo no ser capaz de controlarme como mamá, pero las piernas se negaban a obedecerme.

—No hemos llegado —dijo el Lluent, sacando del bolsillo una llave grande y oxidada.

Abrió la puerta del edificio y nos invitó a pasar. Yo me quedé boquiabierta al ver que allí dentro había un jergón con un colchón de paja destripado en una de las puntas, un fogón de leña igual al que había en nuestra casa, y una mesa con dos sillas idénticas a las que tenía el capitán Constantino en su despacho. Había también una sola ventana protegida con una reja. Me dio un poco de angustia descubrir que desde ella no se alcanzaba a ver ni un pedazo de tierra, sólo el cielo y el mar.

—Durante un tiempo viví aquí —dijo el Lluent—. Vamos a subir.

Tras una puerta de madera arrancaban los peldaños, que iban girando a medida que ascendían. Llegamos finalmente a una habitacioncita de cristal tan pequeña que a duras penas cabíamos los tres. En su centro se encontraba el recipiente para el petróleo y las lentes, como enormes culos de botella. Un balcón, protegido con una barandilla que a mí me pareció fragilísima, daba toda la vuelta por el exterior. El Lluent descorrió una aldaba y un aire muy fresco nos acarició las caras. El pescador y mamá salieron y se acodaron confiados en la barandilla. Yo me quedé tras ellos con el corazón latiéndome enloquecidamente.

—Dios mío —dijo mamá al ver el pueblo desde allí—, en qué mundo tan pequeño vivimos.

—Más allá es grande —le respondió el Lluent señalando con el mentón el mar que se extendía a su izquierda—. También lo es la vida. Es demasiado larga, la vida.

Calló el pescador, pero de haber continuado hablando yo

no habría podido escucharle. Intentaba inútilmente avanzar hacia ellos. Parecía que los pies se me hubieran fundido con el suelo y era incapaz de abrir los puños, que se aferraban al marco de la puerta sin que yo se lo ordenara. Tenía la certeza angustiosa de que si me soltaba se me llevaría el viento o se desplomaría el balcón. Me daba muchísima rabia, tanta rabia que se me revolvían las tripas, pero el corazón me bombeaba con fuerza empujándome hacia dentro, impidiéndome avanzar un solo paso. Finalmente, indignada conmigo misma, desistí de salir al exterior. El Lluent se había dado la vuelta y me miraba sin comprender lo que me sucedía. Parecía abstraído en sus pensamientos. Mi madre le miraba con una sonrisa lánguida en los labios.

—Es demasiado larga, la vida —repitió el Lluent—. Al final, lo único importante es no morir avergonzándonos de lo que hicimos, y no es fácil. Yo ya no lo voy a conseguir.

—Hay que saber perdonarse, Lluent. A veces nos agraviamos a nosotros mismos, pero luego volvemos a ser los de antes. Le pasa a todo el mundo.

Yo no entendía que pudieran hablar tranquilamente apoyados en aquella barandilla tan endeble. El vacío no les daba miedo, no formaba parte de ellos. Por suerte, el Lluent alzó la cabeza y las fosas nasales se le dilataron como si percibiera algún olor llegado de muy lejos.

—Vámonos —dijo—. El capitán se estará poniendo nervioso.

Bajé hasta la barca tan humillada por el vértigo que me temblaban las mandíbulas. Fue durante la travesía hasta el puerto cuando comprendí que debía controlar mis miedos si quería dejar de ser una niña. Y es que ya no lo soy. No soy la que llegó a esta isla. Aquella Camila es ahora para mí una extraña, o no, no una extraña, sino una amiga a la que hace mucho tiempo que no veo y me pregunto cómo será ahora, cómo soy yo en realidad. Así que hoy mismo empezaré a luchar contra el miedo. Andrés me espera en la cantina para ir a bañarnos. Le pediré que me lleve a algún lugar donde el agua sea muy profunda. Nadaré tranquila y no sufriré pensando que tengo los pies a muchísima distancia del suelo. Tampoco pensaré en las medusas ni en todo lo que pueda haber por debajo de mí. Me limitaré a disfrutar, y no me pondré nerviosa porque sabré que nadar es la única manera que tenemos de volar como los pájaros.

Era la hora de la siesta. Se había instalado en el aire un sopor inmóvil, una torridez de canícula parsimoniosa que dificultaba la respiración y hacía imposible cualquier actividad. Nadie en la isla permanecía al sol, ni siquiera en el campamento militar, que visto desde la plaza tenía la apariencia de un cuartel abandonado. En dirección norte, en lo alto del farallón, los muros del castillo reverberaban como si en su base ardieran fuegos invisibles. La barca de las provisiones había partido hacía rato de regreso a Palma y el ruido de su motor parecía haber fabricado un espeso silencio a medida que se alejaba. En la plaza, Andrés continuaba sentado en la caja del camión, preguntándose de dónde salía tanto silencio. Hasta la higuera, que por lo habitual susurraba con la más liviana brisa, se había transformado en un árbol de piedra. Benito Buroy y el capitán Constantino Martínez habían estado conversando bajo sus ramas, que se abatían con pesadumbre y amenazaban quebrarse sobre ellos. Pero los dos hombres se habían acabado retirando a sus habitaciones de la Comandancia.

Camila estaba en su casa, sentada en una silla a la sombra del porche. Junto a ella, su madre se había dormido tumbada en el suelo sobre una manta. Leía la niña uno de los pocos libros que llevaran en su exilio, una novela que, ambientada en el siglo diecinueve, explicaba las andanzas de un traficante de esclavos llamado Pedro Blanco. En aquel momento Camila navegaba por un mar infestado de tiburones frente a las costas de Sierra Leona. La lectura le escandalizaba la conciencia y le excitaba el espíritu, por lo que, ajena al calor, cambiaba a menudo de postura. Sus pies habían ido deslizándose en torno a las patas de la silla como troncos de parra mientras con su mano libre acariciaba, en un lento movimiento de vaivén, las fibras de anea del asiento.

Un sonido lejano la sacó de su ensimismamiento. Alzó la cabeza y aguzó el oído intentando adivinar qué era aquel rumor apagado que le llegaba a intervalos. Por un momento pensó que no había oído nada en realidad, pero el rumor reapareció más potente que antes y poco después se convertía en un trueno prolongado que rasgaba el aire. Camila se puso en pie, dejó el libro sobre la silla y avanzó hasta el final del porche. Entonces vio el avión que, dejando en el aire una estela de humo negro, aparecía por encima de las montañas y sobrevolaba la bahía. Miró Camila a su madre, que continuaba dormida, y se volvió luego hacia la plaza. Allá a lo lejos Felisa García avanzaba contoneando sus potentes caderas y agitando un abanico en el aire.

La cantinera, que había estado refrescándose a la puerta del bar, advirtió la presencia del avión cuando ya lo tenía prácticamente encima y se llevó las manos a la cabeza creyendo que la casa se desplomaba sobre ella. La sacó de su error la voz de Paco, que había alargado el cuello con tanta energía que casi se cae de la silla.

—¡Joder! ¡Es un Messerschmitt! ¡Y está ardiendo!

Felisa avanzó unos pasos, en parte para saber cuál era la causa real del estruendo y en parte, por si acaso, para protegerse del desplome. Vio entonces el avión que perdía cada vez más altura, sobrevolaba la bahía y se internaba en el mar abierto. El aparato desapareció tras la silueta del castillo. La mujer, con el corazón encogido por la tragedia que se avecinaba, supuso que en cualquier momento el ronroneo del motor se vería interrumpido por una tremenda explosión. Pero el ronroneo no se apagaba, lo que dio a Felisa tiempo para reaccionar. Corrió hacia la Comandancia Militar para ponerlos en alerta. Nadie salía a la puerta del edificio, pero la cantinera vio a Benito Buroy en la balconada cubriéndose los ojos con una mano a modo de visera. Intentó llamar su atención con el abanico.

—¡Avise al capitán! —gritó—. ¡Haga algo, hombre de Dios!

Benito Buroy no se fijaba en ella ni advertía sus voces. Había visto pasar fugazmente el avión por el hueco de la puerta cuando acudía a indagar qué sucedía, pero al salir al balcón el aparato ya había desaparecido tras la loma en la que se asentaba el castillo. Supuso Buroy que estaba dando la vuelta para intentar el aterrizaje en el pequeño valle que se abría a un lado del campamento, y esperó a verlo reaparecer. En efecto, poco después regresaba, aunque tan bajo que la estela de humo acariciaba las aguas mansas de la bahía.

—No llegará —murmuró Benito Buroy.

Casi al instante el avión rozó el agua con la cola, cayó de golpe perdiendo un ala, que alzó sola un vuelo incoherente y breve, y hundió el morro en el mar alcanzando casi la vertical. Luego, muy suavemente, recuperó la horizontalidad girando sobre sí mismo y apuntando al cielo con el ala que conservaba. Así se quedó, flotando en medio de la bahía. Benito Buroy soltó un silbido y miró hacia abajo, a la plaza donde, con el paso irreflexivo del sueño reciente, había irrumpido el capitán Constantino Martínez abrochándose la guerrera y profiriendo gritos.

El militar intentaba dar órdenes al tuntún, sin saber qué era lo que sucedía. Un soldado que salió tras él le señaló el avión inmóvil sobre el mar, pero fue Felisa García, que se acercaba esgrimiendo amenazadoramente el abanico, quien acabó de despejarle la modorra. Había que acudir de inmediato en ayuda del piloto y el único que podía hacerlo era el Lluent. El pescador, que, tras una larga noche de trabajo, había llegado hacía un par de horas de la colonia de Sant Jordi, se encontraba durmiendo en su casa. El capitán envió al soldado a despertarlo y fue él mismo a largar los amarres. Así lo hizo, sin pensárselo dos veces, pero no pudo subirse a la barca porque, liberada de su atadura, se fue apartando del muelle con gran lentitud como una res que no tuviera prisa por salir a pastar. El militar, que por mucho que fuera la máxima autoridad en la isla no dejaba de ser un hombre de tierra adentro, la miró sin entender tamaño despropósito. En aquel momento llegaba el soldado seguido por el Lluent.

—Traiga aquí esa barca —ordenó a su subordinado.

El muchacho vaciló, sin saber cómo obedecerle.

—¡Salte, coño! —aclaró el capitán.

Se tapó las narices el soldado y, tras coger un poco de carrerilla, se lanzó a las aguas. Luego, como no sabía nadar, se puso a bracear de forma aparatosa, pero tuvo la suerte de golpear el costado del laúd con una de las manos. Se aferró a él con tanta ansia que cualquiera habría pensado que intentaba volcarlo. Unos instantes después el Lluent, que carecía de sentido del humor para las cosas del mar, miraba al capitán con la aparente intención de degollarlo mientras aguantaba la embarcación para que el militar pudiera subir a bordo. El soldado se quedó en el muelle en posición de firmes y empapado.

—Vamos, dese prisa —dijo el capitán Constantino Martínez—. Un hombre está a punto de ahogarse.

El Lluent, que no había oído ni visto el avión, difícilmente podía imaginar dónde estaba la urgencia, pero nunca en su vida había pedido aclaraciones y no iba a empezar en aquel momento. Así que saltó a la barca, se puso a los remos y comenzó a bogar.

—Por ahí, por ahí —indicó el capitán señalando vagamente hacia delante.

El militar se había situado en la proa. Agarrado con las dos manos a la parte superior de la roda oteaba preocupado el ala del avión que emergía del agua.

—Ese trasto va a hundirse en cualquier momento. Espero que el piloto haya podido saltar.

El Lluent remaba con fuerza, pero no se molestó en volverse para ver a quién iban a rescatar. Paseaba la mirada por las casas que iban dejando cada vez más lejos, amontonadas en la montaña abrupta entre bancales yermos, los techos hundidos como si hubieran llovido rocas. En una de aquellas casas, la que estaba situada más arriba, descubrió la silueta atenta de Camila.

La niña, erguida en el porche, usaba las manos a modo de prismáticos. Había visto cómo el avión segaba las aguas con la hélice antes de quedar detenido sobre ellas. Tras unos instantes de inmovilidad absoluta, el cristal de la cabina, situado al nivel mismo del mar, se había abierto liberando a un hombre que había comenzado a nadar alejándose del aparato. La barca del Lluent se acercaba a él con lentitud, a golpe de remo. El piloto, al darse cuenta de que acudían en su busca, alzó un brazo y dejó de nadar en dirección a la costa. A aquellas alturas la cabina del avión ya se había hundido y el alerón de cola se despegaba de las aguas mostrando una cruz gamada a modo de despedida. Camila vio cómo la barca se situaba junto al piloto, y al capitán Constantino Martínez que lo ayudaba a subir a bordo. Entonces fue hasta su madre y la despertó sacudiéndola suavemente.

—Mami, un avión se ha estrellado aquí delante. Me voy a la plaza.

Leonor Dot se incorporó sobre los codos, pero Camila ya había salido a la carrera. Se puso en pie la mujer y miró hacia la bahía. No vio nada fuera de lo normal, sólo la barca del Lluent que se acercaba al muelle balanceándose sobre el mar plácido de la siesta. Alzó la mirada hacia el cielo para observar con disgusto la posición del sol. No había cosa que la molestara más que despertarse sudando. Entró en la casa y se lavó la cara en el grifo. Luego se arregló el pelo contemplándose en el pequeño espejo que había sobre él, sacó los morros para ver si tenía agrietados los labios, se los humedeció con la lengua, sostuvo su propia mirada unos instantes en el azogue y se apartó por fin con la sensación extraña de estar separándose de sí misma. Sacudiéndose la falda, salió al camino y fue tras su hija.

Encontró a Felisa García a la puerta de la cantina.

—¿Qué sucede? —le preguntó.

—¿Que qué sucede? ¿De dónde vienes tú?... Ha sido terrible, Leonor. Ha caído un avión lleno de bombas. Hemos estado a punto de volar todos por los aires.

En el muelle había algunos soldados. Paco y Camila estaban con ellos. El cantinero ayudó al Lluent a amarrar la barca mientras la niña se apartaba un poco para observar al piloto accidentado. Era un hombre alto y muy rubio, que saltó a tierra observando con evidente desolación el lugar al que había llegado. Dijo algo en alemán al capitán Constantino García, pero éste se encogió de hombros y llamó a uno de los soldados.

—Que el sargento Ridruejo vaya con un par de hombres a buscar al ermitaño. Necesitamos un intérprete... Venga... venga... ya tendrían que estar en camino.

Paco, que no se perdía un solo detalle, pensó que no tenía que ser tan difícil entenderse. A fin de cuentas, meditaba, el alemán y el español procedían ambos del latín como todos los idiomas de este mundo. Además, el español era un idioma muy comprensible en sí mismo, como atestiguaba cualquiera que tuviera dos dedos de frente. Así que el cantinero se plantó delante del piloto, que contempló con estupefacción su barriga prominente, la cadena de oro que se enmarañaba en la pelambrera de su pecho y, al fin, su cabeza coronada por unos cabellos ralos y desgreñados.

—¡Ha tenido usted suerte! —dijo Paco gritando mucho

para hacerse entender—. ¡La bofetada ha sido de órdago! ¡Una lástima, su aparato! ¡Pero lo importante es que está a salvo en Cabrera!

Terminado su discurso de bienvenida le dio unas amistosas palmaditas en los hombros. De inmediato, al ver que se había mojado las manos, se las secó en los pantalones. El piloto permaneció unos instantes mirándolo fijamente con una absoluta y nada afable seriedad. Luego se volvió hacia el capitán Constantino Martínez. Sin molestarse en esforzarse como Paco, pronunció unas palabras del todo incomprensibles:

—*Ich wäre Ihnen dankbar, wenn Sie mir diesen Idioten vom Halse schafften und mir erlauben würden mich umzuziehen.*

Debía de ser razonable lo que decía porque el capitán, aun sin haber entendido nada, se puso de inmediato en movimiento. Señaló el edificio desde el que Benito Buroy los contemplaba acodado en la balconada.

—Sígame a la Comandancia. Tendrá usted que secarse... y habrá que dar parte a las autoridades.

Un rato después Constantino Martínez, de pie junto al teléfono de pared, informaba de lo sucedido a la Capitanía General de Palma. El piloto, sentado junto a la mesa con una toalla en torno a la cintura y el torso desnudo, paladeaba un sorbo de fino. Al acabar la conversación, el militar tomó asiento en su butaca. Miró al accidentado sin poder evitar cierta sensación de inferioridad ante aquel hombre tan grande y tan rubio. Era una situación que le molestaba enormemente, pero el alemán, recuperado del susto y más relajado, no parecía advertirlo. Esbozó una leve sonrisa alzando el vaso.

—*Köstlich!... Ich bedanke mich für Ihre Gastfreundschaft und für die Schnelligkeit mit der Sie mir zur Hilfe gekommen sind.*

El capitán supuso con razón que su invitado alababa la bebida. Se echó hacia atrás en la butaca haciéndola crujir.

No sabía dónde poner las manos, así que las cruzó sobre el vientre. Se sentía tan incómodo que se decidió a hablar aunque fuera consciente de que el otro no iba a entenderle.

—Es fino de Málaga, un vino típico de aquí... En España también tenemos cosas buenas, no vaya usted a pensar.

El alemán volvió a sonreír al tiempo que inclinaba levemente la cabeza en un gesto de gratitud. Se veía que era un hombre elegante, quizá un ricachón que se entretenía coleccionando medallas de guerra. El capitán Constantino Martínez se sentía zafio ante él, zafio y miserable. Estaba seguro de que aquel individuo tenía una mujer bellísima y una gran mansión por donde corrían niños rubios de mejillas rubicundas. También, por qué no, una amante en Berlín, una cabaretera muy racial y muy morena que cubriría esos deseos sucios que tienen todos los hombres. Sí, no cabía la menor duda. La vida de aquel alemán era un campo de rosas, mientras él se pudría en Cabrera a la espera de un destino más digno. Aquella idea lo sublevaba.

—¿No estaban bien como estaban? —pronunció, con la sola intención de sentirse menos apocado por aquel hombre que a fin de cuentas estaba en sus manos—. Ay, Señor, en qué lío van a meternos.

—*Danke!, Danke!* —repetía el otro.

Fue entonces cuando, al alzar el vaso para apurar su contenido, el piloto alemán descubrió la cara radiante de Camila por el lado exterior de la ventana. La niña dio un respingo al verse sorprendida y salió corriendo hacia la cantina. Leonor Dot estaba en la barra del bar con una taza de achicoria entre las manos. Felisa García, al otro lado del mármol, vio entrar a Camila como un torbellino. Quiso decirle algo, pero la niña la interrumpió con un grito jadeante:

—¡Es guapísimo! ¡Parece un príncipe!

La cantinera alzó las cejas y se volvió hacia Leonor Dot meneando la cabeza.

—Si ya lo decía yo, que a esta jovencita le falta compañía.

—Soy yo, Benito. Soy Otto, o lo que queda de él.

Un soldado había ido a la cantina a avisar a Benito Buroy de que tenía una llamada. Éste acudió a la Comandancia pensando que se trataba del comisario. El capitán Constantino Martínez y el aviador alemán bebían fino en el despacho y se miraban sin saber qué decirse. El militar hizo un gesto de apremio a Buroy para que cogiera el auricular que colgaba de la pared. Le obedeció, esperando oír los gritos del policía, pero en lugar de eso había sonado un gemido apagado. A Otto Burmann le temblaba la voz y la tenía extraña. Parecía hablar con la cara pegada a una almohada.

—¿Cómo has conseguido este teléfono? —preguntó Benito Buroy.

—Yo no sé a qué te dedicas, pero ya me tienes harto. Eres un malnacido. Un día de estos me tiro por la ventana. Te lo juro por lo más sagrado, me tiro y se acabó.

Benito Buroy cerró los ojos. En aquellas dos semanas se había acostumbrado a vivir sin Otto Burmann y empezaba a sentirlo como un extraño. A su regreso a Palma tendría que buscar un piso y un trabajo distintos, cambiar de compañía. Eso en el caso, cada vez más improbable, de que el comisario no lo devolviera al penal de Burgos y le permitiera reemprender su vida.

—Ahora estoy ocupado —le dijo, intentando que su voz no reflejara ninguna intimidad.

Y de inmediato añadió, estropeando su distanciamiento:

—¿Qué coño quieres?

Al otro lado de la línea volvió a sonar un gemido. De todas las cosas que no era y que sin embargo conformaban su manera de ser, donde más cómodo se sentía Otto Burmann era en el papel de animal abandonado.

—Ha sido espantoso, Benito. El comisario ha estado aquí con varios policías. Es un energúmeno. Me ha llamado de todo, maricón y de todo, no te lo puedes imaginar. Luego han empezado a destrozar el bar, tiraban las botellas al suelo y golpeaban las sillas y las mesas contra las paredes. Ha dicho que quedaba precintado por atentar contra la moral, y que si el miércoles que viene no regresas irá él a buscarte... Pero eso no ha sido lo peor, Benito.

—¿Aún hay más?

—Me ha pegado. Tengo la nariz llena de algodones porque no se me corta la hemorragia. No me atrevo ni a mirarme en el espejo. Debo de estar horrible, y todo por tu culpa, que ya me tienes harto.

Benito Buroy chasqueó la lengua y miró al suelo con preocupación. Era absurdo esperar que fueran a perdonarle que no matara a Markus Vogel. Jamás podría volver a su vida anterior.

—Lo siento, Otto. He tenido problemas. Y el comisario es un hijo de puta, ya lo sabes.

—Será lo que sea, pero eres tú el que lo traes por aquí. Tú y los líos que os lleváis, que me da miedo imaginar lo que andáis tramando. Porque la gente normal como yo no entiende toda esa chulería y esa maldad. Sois malos, y tú eres tan malo como él, de eso estoy seguro. Me pregunto qué será lo que hace feliz a alguien que sólo sabe repartir hostias e insultar a los demás. ¿A ti qué te hace feliz, Benito?

Otto Burmann no esperó demasiado una respuesta que de todas maneras, y él lo sabía, nunca iba a llegar.

—Quiero que sepas que a mí me hacía feliz estar contigo —continuó—. Así de sencillas son las cosas para la gente decente... Pero ahora todo me da igual, no se puede seguir vivo a cualquier precio. Me han destrozado el negocio, estoy monstruoso con esta nariz hinchada y me siento tan humillado que voy acabar con todo de una puta vez.

Benito Buroy pensó que muy mal debía de andar él por la vida si Otto Burmann, la persona más desesperada que conocía, se consideraba un hombre normal y decente a su lado. Por si aquello fuera poco, él no sólo no encontraba la manera de rebatírselo sino que estaba de acuerdo. Se sintió insoportablemente a disgusto consigo mismo. En cualquier caso, qué más daba. En cuestión de días estaría muerto o encerrado de nuevo en un penal. Pensó que debía convencer a Otto Burmann de que lo mejor para él era regresar a Alemania. Pero no en aquel momento.

—No hagas tonterías, te lo suplico. El miércoles que viene estaré de nuevo en Palma. Te haré la cena. Todo volverá a ser como antes, no te preocupes. Y el bar lo reconstruiremos, le hacía falta un buen repaso.

Se hizo un largo silencio. Benito Buroy se sintió inquieto.

—¿Otto?

—Perdona, me estaba secando la sangre... ¿Has dicho que harás la cena? Pero si tú nunca has cogido una sartén... No puedes ni imaginar lo bonito que es cocinar para la gente a la que quieres.

El sargento Ridruejo llegó con Markus Vogel cuando ya empezaba a anochecer. El ermitaño sabía que no podía esconderse de los soldados, pues eran suficientes para rastrear la isla entera y encontrarlo en pocas horas. Por lo tanto, al oír las voces había salido de su cueva pensando que llegaba el momento de enfrentarse a su destino. El sargento se había negado a decirle para qué lo reclamaban en Comandancia, lo que parecía el peor de los indicios. Muy probablemente los hubiera enviado Benito Buroy, y si era así, si el comandante del destacamento colaboraba con el hombre que debía matarlo, Markus Vogel podía darse por acabado. Hasta aquel momento los militares se habían mostrado con él, si no cordiales, cuando menos lo bastante desinteresados para dejarlo en paz. Eso era lo mejor que podía pasarle. En el fondo, que los españoles lo hubieran recluido allí no dejaba de ser un regalo inesperado. Estaba harto de la vida que llevaba. Cuando lo detuvieron, cuatro meses atrás, ya no sabía ni quién era en realidad ni qué hacía saliendo del hotel Palace de Madrid junto a una mujer enjoyada que podía ser también cualquier cosa. Andaba perdido desde hacía demasiado tiempo, limitándose a mantenerse a salvo de unos y de otros. En aquella época en la capital le resultaba imposible conciliar el sueño, y en cambio en Cabrera dormía perfectamente. Si por un milagro salía de allí con vida se instalaría para siempre en una de aquellas islas. Plantaría cañas junto a la ventana de su dormitorio, y tendría una alberca en el jardín y un muro alto que lo separase del exterior. Del exterior en su sentido más amplio. Nunca más volvería a Alemania.

En esto pensaba Markus Vogel cuando el sargento Ridruejo y él llegaron al edificio de la Comandancia Militar. El capitán, que los esperaba en su despacho, se puso en pie al verlos.

—Gracias, Ridruejo, puede retirarse... Y a usted he de pedirle un favor. Un piloto alemán ha caído con su avión en esta isla. Felizmente ha salido ileso del accidente, pero ahora necesito un intérprete... Está en la cantina esperándonos. Le propongo que cenemos con él.

—Será un placer ayudarle —contestó Markus Vogel descubriendo con alivio que sus temores eran infundados. El militar no colaboraba con Buroy. A pesar de ello, y aunque fuera de manera inconsciente, lo había obligado a meterse en la boca del lobo. Benito Buroy se alegraría de verlo en el pueblo.

El piloto estaba sentado en el porche con un vaso de vino entre las manos. Tenía cara de impaciencia y no era de extrañar, pues Paco, espatarrado a su lado, debía de llevar un buen rato de agradable cháchara con él. Por la familiaridad con que lo trataba no cabía la menor duda de que el cantinero lo consideraba ya un buen amigo.

—¡Mire! —le gritó—. ¡Aquí vienen! ¡Por fin podrá meterse un buen potaje entre pecho y espalda! ¡Hoy hay garbanzos! ¡Gar... ban... zos!

El capitán Constantino Martínez se detuvo ante ellos. Sin saber muy bien qué hacer, a modo de presentación extendió las manos hacia los dos germanos. Éstos se saludaron con brevedad tras levantarse el piloto de su asiento. Luego esperaron recibir indicaciones. Naturalmente, Paco intervino mucho antes de que el capitán se hubiera dado cuenta siquiera de que se esperaba de él que oficiara de anfitrión.

—¡Es simpático, éste! ¡Parece que hable con una patata en la boca, pero tiene buen estar! ¡Hace compañía!

—No es necesario que grite —insinuó Markus Vogel—. Nosotros le entendemos y a él no va a servirle de mucho.

—¡Pues a mí...! Pues a mí me ha entendido todo. Se llama Germán... Pasen, les prepararé una mesa.

Markus Vogel vio al entrar a Benito Buroy sentado al fondo del local. Se puso de espaldas a él. Cenaron los tres hombres, muy incómodo el capitán Constantino Martínez pues el intérprete, lejos de cumplir con su cometido, se enzarzó en una larga conversación con el piloto accidentado sin traducir al español ni una sola de sus frases. A veces alzaban la voz como si discutieran, y entonces el capitán, que estaba de cara a la pared, se volvía hacia los demás clientes del bar pidiendo ayuda con la mirada. Pero allí nadie podía hacer nada por él y así transcurrió la cena, con los dos hombres enfrascados en lo que aparentaba ser un muy razonado desencuentro y el resto de los presentes silenciosos y atentos a lo que no podían entender.

Finalmente, antes de acabar su potaje, Markus Vogel se puso en pie.

—Perdóneme, capitán. Creo que este caballero y yo tenemos opiniones demasiado diferentes acerca de casi todos los temas. A veces, hablar una misma lengua hace todavía más difícil la comunicación... Es el teniente Hermann Schmidt, de la Luftwaffe. Ha sido alcanzado por los ingleses. Pide ser repatriado de inmediato en cumplimiento de los acuerdos firmados entre nuestros dos países. También pide que el delegado aéreo del consulado alemán en Mallorca se haga cargo de su avión.

—Eso es imposible. El avión ha de quedar retenido y de hecho ya lo está bastante, por el momento.

—Me limito a comunicarle sus deseos. Ahora, si usted me autoriza, me gustaría mucho cambiarme a otra mesa.

El capitán lo miró con alarma, como si Markus Vogel le estuviera dejando plantado en un baile en el que no conociera a nadie. Sin embargo, el orgullo castrense lo ayudó a sobreponerse de inmediato.

—Váyase adonde quiera, siempre que no salga de la isla —repuso, fastidiado.

Su poco voluntarioso intérprete fue hasta la mesa que ocupaban Leonor Dot y Camila. Éstas habían acabado ya de cenar.

—Si les apetece, las reto a un dominó.

A Camila se le llenó la cara de alegría, pero se reprimió de inmediato.

—Hará falta otra persona —contestó poniéndose en pie con aparente desgana—. Voy a ver si le apetece al Lluent.

La niña fue a la barra, donde el pescador se bajaba una copa de orujo. Mientras tanto el ermitaño se sentaba a la mesa junto a Leonor Dot, que lo recibió con una sonrisa. Sonó en el exterior una fuerte ráfaga de viento y a continuación retumbó en el bar la voz estentórea del capitán Constantino Martínez, que parecía haberse decidido, él también, a hacerse entender a gritos.

—¡Habrá que tener paciencia! ¿Me entiende, Germán? ¡Pa... cien... cia!

La principal diferencia entre la estupidez y la inteligencia es que esta última no se contagia, pensó Markus Vogel. Debió de reflejársele el pensamiento en la cara porque Leonor Dot, con una facilidad de la que no disfrutaba desde hacía mucho tiempo, se echó a reír.

Debía resignarse a esperar una semana en aquel lugar perdido en el que ni siquiera podía conversar con los lugareños. Tampoco era que tuviera excesivas ganas de hacerlo, pues sentía un escaso interés por aquellas gentes y sólo deseaba regresar a Berlín para reincorporarse cuanto antes, a ser posible en la conquista de Inglaterra. Desde que rompiera con sus padres por causa de la política, Hermann Schmidt era un hombre sin familia dedicado en exclusiva a su carrera militar. Se consideraba una persona honesta y con las ideas claras. Creía sinceramente que resultaba posible construir una nueva Alemania aria, poderosa como nunca debía haber dejado de serlo y libre de mercachifles y degenerados. Y si luchaba por ello no era por una cuestión estrictamente altruista o patriótica. En sus planes entraba tener algún día mujer e hijos, pero no iba a hacerlo sin preparar antes el mundo en el que debían vivir. Nada molestaba más a Hermann Schmidt que el desorden y la arbitrariedad, y ésas eran precisamente las características del mundo en el que había nacido. Su infancia había transcurrido junto a un padre débil de carácter que dejó hundir su empresa de componentes eléctricos mientras escuchaba la música de Schubert o de Mahler, y una madre con los nervios siempre alterados que no soportaba el ruido ni la luz. Pero él era distinto. Desde pequeño le gustaba tomar decisiones, mejor cuanto más radicales. Le tranquilizaba pensar que podía solucionar cualquier problema para siempre. Aquélla era su máxima: los problemas debían solucionarse de manera que no volvieran a aparecer. Cualquier otra postura no era sino hipocresía o dejadez disfrazadas de lucha permanente, como los amagos de su padre por aliviar la crisis crónica de su empresa o el gesto cansino de su madre al emprender cualquier actividad. En una ocasión, de adolescente, había tenido una bronca violentísima con ella, que por aquel entonces no padecía ninguna enfermedad pero llevaba dos días sin levantarse de la cama. Le dijo que con mujeres así Alemania estaría siempre en decadencia. «No sé cómo deseas vivir tú —le había contestado su madre sin apartar la cara de la almohada, sin molestarse en mirarlo—, pero no me interesa. Me da pereza sólo pensarlo.» Veinte años después de aquel incidente, Hermann Schmidt no se había convertido en una mala persona, pero había adquirido un concepto exagerado de los sacrificios que estaba dispuesto a asumir para sí mismo y a imponer a los demás. Sobre todo a éstos, pues si de algo no le cabía la menor duda era de que él formaba parte de los elegidos que acabarían habitando aquel mundo que a su madre le daba tanta pereza imaginar.

En vista de las pocas alternativas que le brindaba su estancia en Cabrera, aquella mañana decidió salir a dar un paseo por el monte. El calor en aquella isla era insoportable y la vegetación tan escasa que le ensombrecía el ánimo, pero no estaba dispuesto a dormitar bajo un emparrado como hacían todos allí. Ascendió el camino del castillo para ver la ruina de sus paredones. Llegó con la camisa pegada al cuerpo a causa del sudor y las mangas empapadas de tanto secarse con ellas la frente. En lo alto de una torre que aún permanecía en pie vio a dos soldados que conversaban sin prestar ninguna atención al amplio horizonte que se abría ante ellos. Tampoco habían visto a Hermann Schmidt pese a que éste en ningún momento había hecho nada por ocultar su presencia. Sus voces le llegaban con una leve resonancia, como si hablaran en el interior de un lugar cerrado.

No había edificios al otro lado de la bahía, sólo un faro viejo y cuarteado que a la luz del día parecía incapaz de proyectar ninguna luz. Al pie del acantilado que soportaba los muros semiderruidos del castillo, el mar era tan transparente que se apreciaban con toda claridad las rocas y las algas de su fondo. Hermann Schmidt buscó con la mirada la silueta de su avión, pero no pudo localizarla. Allí se quedaría, hundido en las aguas, hasta que los suyos acudieran a recuperarlo. Todo en aquella isla parecía asentarse en un tiempo pasado que ya nunca volvería y del que no quedaba casi nada, si acaso los restos de los que habían llegado allí sin desearlo y que, igual que haría él en cuanto lo recogiera aquella maldita barca, habían continuado su camino a la menor oportunidad.

Fue al darse la vuelta para regresar a la plaza cuando descubrió el pequeño cementerio en la ladera opuesta a la bahía. Vio también la silueta de Andrés agazapada tras el tronco torturado de una sabina. Al advertir que el piloto miraba en su dirección, el hijo de la cantinera escondió la cabeza dejando al aire la espalda.

Hermann Schmidt fue bordeando los muros del castillo en dirección al camposanto. Al llegar a sus proximidades se detuvo en un lugar donde la tierra había sido removida recientemente. Aquello era sin duda una tumba. Aunque no había ninguna inscripción sobre ella, alguien había dejado un ramo de flores ya mustias. Al alemán le habría bastado con mirar por encima del muro para abarcar todo el cementerio, pero empujó la cancela y avanzó unos pasos sorprendiéndose de encontrarlo en un estado tan deplorable. Parecía que lo hubieran arado con un descuido difícil de entender. El perejil crecía por todas partes mezclado con las malas hierbas. Algunas lápidas y cruces talladas en piedra, muy toscas, aparecían tiradas por el suelo o apoyadas contra las paredes. Habría resultado imposible identificar las tumbas. Entre los terrones resecos asomaban huesos largos, blancos y astillados como las maderas que han estado mucho tiempo en el mar.

Hermann Schmidt salió del cementerio y se encaminó hacia la parte posterior.

Andrés aprovechó que lo perdía de vista para acercarse a la cancela. Apoyó la espalda contra las piedras del muro. Con mucho cuidado, luchando por acallar su respiración agitada, avanzó hasta la esquina por donde había desaparecido el alemán. Se inmovilizó para escuchar si algún sonido delataba la presencia de aquel hombre. El silencio era tan espeso que no oía los pájaros ni el mar, sólo sus propios jadeos. Poco a poco asomó la cabeza. Pero antes de que tuviera tiempo para ver nada sintió un golpe en la nuca, como si una piedra se hubiera desprendido del muro. Era la mano del piloto que lo cogía por el cogote y lo obligaba a hincar las rodillas en tierra. Una voz potente y muy alterada sonó en lo alto. Sin duda lo amenazaba, pero Andrés no supo entenderla.

Dejó escapar un gemido bovino. Por el rabillo del ojo había visto que el otro llevaba un palo en la mano. Al muchacho se le inundó la boca de saliva, un borboteo de babas que intentó escupir sin conseguirlo. Aquel hervor se le adhería a los labios y lo abrasaba mezclado con los ácidos de su estómago. Volvió a gemir mientras el hombre continuaba gritándole y amenazándolo con el palo. Entonces, acompañado por una violenta arcada, dejó escapar un vómito abundante de color azafrán y se sintió mejor, se sintió liviano como una pluma, vacío de temores y más tranquilo. Una indiferencia extrema le nublaba el pensamiento.

La mano que lo acogotaba dejó de hacerlo. El alemán había dejado escapar una exclamación de repugnancia. Andrés se había quedado a cuatro patas con la mirada fija en el suelo cubierto de vómito. Se miraba los pulgares manchados.

Hermann Schmidt no se explicaba que no saliera a la carrera aprovechando que lo había dejado libre. Pero el muchacho era incapaz de reaccionar. Creía que iba a ser apaleado durante el resto de su vida y esperaba con espanto y resignación el primer bastonazo.

El piloto no pudo soportarlo más. Alzó el pie, apoyó la suela de su bota contra el costado de Andrés y lo hizo rodar. Entonces sí reaccionó el hijo de la cantinera. Tanteó con las manos buscando el suelo, que le daba vueltas, y se puso en pie con un espanto que le electrizaba los brazos. Miró a su alrededor con la atención espasmódica de los ciegos y echó a correr por la ladera en dirección al mar.

Hermann Schmidt, con el palo todavía en la mano, vio cómo se alejaba tropezando y resbalando sobre las piedras. Aquello no le gustaba, no era un buen presagio. Se sintió invadido por un profundo desánimo. Tiró el palo a un lado y se apoyó en el muro como si se estuviera quedando sin fuerzas.

Benito Buroy se estaba acostumbrando a vivir de forma intrascendente. Pasaba los días sin prestar a sus actos más atención que la necesaria para atarse los cordones de los zapatos, con la única preocupación, que intentaba apartar de sí para no dejarse vencer por el fatalismo, de saber que agotaba sus últimas jornadas en la isla. Porque si algo estaba claro, tras la salvaje irrupción del comisario en su bar de Palma, era que no iba a aceptarle más prórrogas. Por otra parte, aunque su estancia en Cabrera lo había distanciado de Otto hasta el punto de resultarle inconcebible imaginarlo siquiera con aquel delantal de colores chillones preparando uno de sus platos y peleándose con la vecina, tampoco deseaba que por su culpa le hicieran más daño. Nada podía librar a Buroy de regresar a Palma en la siguiente barca. Pero hasta ese día quedaba todavía una semana entera con sus horas paralizadas como anguilas muertas.

A veces levantaba el colchón de su cama y observaba la pistola durante un rato que se le hacía interminable. Arrodillado, con los dedos hundidos en el colchón, se sentía asaltado por recuerdos que creía haber borrado para siempre. Cerraba los ojos y se veía a sí mismo disparando a ciegas a las sombras que huían por un bosque de Teruel en medio de la noche, abatiéndolas por la espalda y gritando de júbilo. Se veía entrando en un bar de los suburbios de Barcelona, acercándose a una mesa en la que se jugaba al mus, y descerrajándole un tiro en la frente a un anciano al que había identificado por un angioma en la mejilla. Se veía sacando a una mujer por la fuerza de su casa, inmovilizándola contra la pared en el rellano de la escalera, la respiración de ella acoplada a la suya, los temblores de su pánico mezclándose con el aroma de su cabello, mientras en el interior se oían gritos y disparos. Se veía en todo lo que él había sido, sin acabar de reconocerse, como si le hubieran cambiado la memoria por la de otro hombre.

De esta manera dejaba transcurrir los días que, en la inmovilidad de Cabrera, se volvían eternos y a la vez fugitivos. Allí podía permitirse el lujo de dedicarse a asuntos de los que no quedaría memoria, el lujo de creer que él no era aquel hombre incapaz de olvidar su pasado. En esas condiciones, dedicaba todas sus energías a resolver problemas que en una situación normal le habrían parecido insignificantes. Por poner un caso, el tema de la ropa, que no era nimio ni banal, pues había llegado a la isla con dos mudas y llevaba allí más de dos semanas. El capitán Constantino Martínez le había ofrecido el lavadero del campamento, pero sólo lo había usado en una ocasión algunos días después de su llegada. Las aguas turbias de aquel pilón, tan pobremente renovadas, le habían provocado una repugnancia invencible. Más tarde descubrió que era mucho mejor orear la ropa sucia en las ramas de la higuera. Lo hacía por las noches, cuando la plaza se sumía en un silencio roto únicamente por el canturreo titubeante del Lluent, y la recogía al levantarse de la cama antes de amanecer. Por algún extraño sortilegio la higuera perfumaba y planchaba sus prendas, que al agitarse despedían un olor de pureza vegetal. Con su ropa de aromas de savia había acompañado un par de veces más al Lluent a echar bidones a las olas. A Benito Buroy le gustaba pensar que alimentaba a las fieras de la historia desde aquella isla perdida, desde ningún lugar, desde su nueva existencia de hombre mediocre y sin recuerdos.

Lo malo era que empezaba a disfrutar de aquella vida inane. Incluso le había cogido cierta afición a las comidas. Felisa García ya no le miraba como a un intruso, gracias sobre todo al episodio de las flores. Aquella mañana en que subieron al cementerio Benito Buroy se había atrevido, por primera vez después de tanto tiempo y gracias quizá a haber renunciado a sí mismo, a verter un juicio moral. Desde entonces la cantinera lo miraba con la expresión de quien descubre un movimiento insólito en una habitación vacía. No le demostraba cariño, claro que no, pero se plantaba ante él y lo observaba atentamente fijando la vista, como si Benito Buroy estuviera muy lejos y le costara divisarlo. El resultado, no podía ser de otra manera, fue que aumentaron las raciones de sus comidas y en sus potajes empezaron a aparecer tropezones apetitosos. Benito Buroy se dejó vencer entonces por la tentación, inédita en él, de empezar a creer que no era tan incordiante llevarse bien con la gente. Saludaba al pasar y esbozaba una media sonrisa cuando le miraban, como si no escondiera debajo del colchón una pistola con la que habría matado a un hombre de haber conseguido localizarlo. Pero lo cierto era que todos allí habían perdido una guerra, o habían perdido mucho en la guerra o habían sacado bien poco de ella, lo que no eran sino distintas manifestaciones de una misma derrota, y Benito Buroy empezaba a sentirse a gusto con aquellos fracasados, empezaba a sentirse como en casa.

Animado quizá en exceso, aquella noche se atrevió a dar

un paso que dejó a los demás y hasta a sí mismo desconcertados por completo. Había cenado en la cantina, solo en su mesa de siempre. Junto a la ventana estaban Leonor Dot y su hija. De pronto entró el capitán Constantino Martínez acompañado por el aviador alemán, y tras ellos Markus Vogel. Allí estaba, delante mismo de sus narices, el hombre al que no podía encontrar. Pero se hallaban en territorio neutral y el ermitaño lo sabía. Avanzó con aparente tranquilidad por entre las mesas, y hasta se permitió la licencia de saludarlo con la cabeza antes de darle la espalda y tomar asiento. Comieron juntos los tres hombres, entregados los alemanes a un tenso conciliábulo. Hablaban en su idioma, pero resultaba evidente que no se ponían de acuerdo. El capitán, visiblemente incómodo por no entender lo que decían, jugueteaba con su vaso y murmuraba en tono amenazador: «Habrá que hacer algo con toda esta gente, habrá que hacer algo». Lo decía tan sólo para ser oído y no ver menoscabada su autoridad, pues no sabía cómo salirse de la encerrona. El que lo hizo fue Markus Vogel poniéndose en pie de improviso. Informó al capitán de las peticiones del piloto accidentado y pidió permiso para retirarse. Una vez autorizado, y tras dirigir una mirada esquiva a Benito Buroy, fue hasta la mesa de Leonor Dot y su hija y les propuso jugar al dominó. Buroy, atrincherado en su implacable soledad, vio cómo la niña iba a la barra a proponerle al Lluent que se uniera a ellos para completar las dos parejas. Pero el pescador la miró con ojos empantanados, farfulló una frase incoherente y alargó una mano de dedos trémulos para darle unas palmaditas en el hombro. Aquella noche había bebido más de lo habitual y los perfumes de burdeles olvidados le embotaban el entendimiento.

Benito Buroy, sin pensar lo que hacía, se puso en pie y se acercó a la mesa de los frustrados jugadores.

—Yo puedo cubrir la vacante —les propuso—, si me dan ustedes su permiso.

Markus Vogel lo miró con sorpresa pero asintió con la cabeza. Leonor Dot, sin embargo, reaccionó con la tirantez de quien, lleno de certidumbres macabras, no puede hacer nada por evitar que se cumplan. Removió las fichas como si hubiera perdido algo entre ellas y lo buscara con rabia. Benito Buroy, desde que aquella mujer lo sorprendiera en su conversación con Markus Vogel, tenía la sospecha de que sabía que había llegado a Cabrera para asesinar al alemán. No se dejó intimidar por ello.

—¿Puedo? —insistió, cogiendo el respaldo de la silla vacía.

Camila, que tras su fracasada incursión había vuelto a sentarse, puso cara de infinita resignación.

—Bueno —contestó—, pero yo voy con Markus.

Benito Buroy ocupó el lugar que le correspondía frente a Leonor Dot. Intentó cruzar una mirada con ella. La mujer había acabado de remover las fichas. Con el pelo caído sobre la frente cogía las suyas con gestos compulsivos, arrastrándolas con las yemas de los dedos como si manejara brasas y le quemaran. Buroy se sirvió también y comprobó que tenía el seis doble. Llevado por el instinto acomodaticio que regía su nueva vida intrascendente, le habló a su compañera de partida. Le dijo:

—Saldremos de ésta, no se preocupe.

Al oír aquello Leonor Dot alzó por fin la mirada y se enfrentó a la de él. Ambos la sostuvieron durante unos segundos, la del pistolero amigable, intrigada la de ella, hasta que Benito Buroy depositó sobre la mesa la ficha que iniciaba el juego.

—¡Vaya mierda! —soltó la niña—. No tengo seises.

—Camila... —la reprendió su madre sin alzar la voz.

—Es que es injusto.

—Muchas cosas lo son... Roba y no te quejes.

Leonor Dot y Benito Buroy perdieron tres partidas seguidas, pero ella estaba abstraída y él también se había ido distanciando del juego. La aparición milagrosa de Markus Vogel, el tenerlo sentado a su lado, hizo revivir poco a poco en su interior al miserable que era en realidad, al desdichado que se había desnudado en el fondo de una trinchera, dispuesto siempre a lo que fuera para no pagar por su derrota un precio todavía más alto. A medida que transcurría la velada comprendió que debía admitir su cobardía, que nada podría impedirle aprovechar una oportunidad de salvarse, por pequeña que fuera, y más si le caía del cielo. Para qué iba a pensar otra cosa. Salió el primero de la cantina y se encaminó hacia la Comandancia Militar decidido a cumplir con su obligación. No volvería a tener a Markus Vogel al alcance de la mano. Tampoco podía echarle atrás el miedo a los recuerdos, la posibilidad de no reconocerse en ellos. Llevaba casi toda la vida sin reconocerse en nada, y su salvación era más importante que los problemas de conciencia. Su salvación, pero también la obligatoriedad de seguir siendo él, pues ni el comisario, ni Otto Burmann ni nadie que le conociera iba a admitir que se convirtiera en una persona distinta, una persona mediocre sin heridas en la memoria.

Fue a su cuarto y rescató la pistola de debajo del colchón. Por pura rutina, extrajo el cargador y comprobó las balas antes de guardarla bajo el cinturón. Salió a la plaza. Tras dudar un poco, rodeó el edificio de la Comandancia y buscó un lugar donde acomodarse al abrigo del desmonte. Tomó asiento en una roca y se recostó en el tronco de un pino. Desde aquel lugar podía controlar la puerta de la cantina sin que se advirtiera su presencia. Antes o después, Markus Vogel debería salir de allí para regresar a su escondite, y aquélla sería su única oportunidad para seguirlo hasta un lugar donde no hubiera testigos.

Pasó un rato sin que nadie asomara por la plaza. Desde la cantina le llegaba rumor de voces. La claridad que salía por la puerta se difuminaba en la negrura impenetrable sin llegar a iluminar otra cosa que el suelo pedregoso. Benito Buroy intentaba no pensar, pero el miedo a amodorrarse le impedía dejar la mente en blanco. Fue poco después de ver salir al Lluent tambaleándose y canturreando cuando se hizo consciente del engaño en que había hecho caer a Leonor Dot. Una y otra vez le resonaba en la cabeza la frase con que había querido tranquilizarla antes de empezar la partida, «saldremos de ésta, no se preocupe», y veía de nuevo la mirada de ella, incrédula pero expectante, y no sabía, porque las palabras son escurridizas como peces, si él mismo lo había dicho refiriéndose estrictamente al juego, o si pretendía enviarle un velado mensaje de confianza, o si lo único que deseaba era caerle un poco mejor para poder empezar la partida. En cualquier caso, podía ser que hubiera cometido el desliz de insinuar a Leonor Dot que no haría lo que lo había llevado hasta allí. Así parecía haberlo entendido la mujer. Y aquello sucedía precisamente la noche en que iba a matar a Markus Vogel, pues era su última oportunidad y se le había agotado el tiempo eterno de la isla.

«La semana que viene estarás en Palma —se dijo—, no pienses en otra cosa.»

La espera se le hizo interminable. Leonor Dot y Camila salieron tarde de la cantina y tomaron el camino de su casa cogidas de la mano. Algo después se retiraron los soldados que cada noche jugaban a las cartas. Paco se asomó a la puerta y se desperezó con la mirada perdida. Unos minutos más tarde comenzaron a apagarse las luces. Benito Buroy soltó una exclamación de rabia. Salió de su escondite y cruzó la plaza a grandes zancadas. Cuando entró en la cantina se encontró con Felisa García, que ascendía la escalera de su domicilio con las manos en los riñones. No había nadie más en el bar.

—¿Qué hace aquí? —le dijo la cantinera—. ¿No ve que hemos cerrado?

Buroy no contestó. Miró un instante hacia lo alto de la escalera y salió de nuevo a la plaza. Dejó transcurrir el resto de la noche rondando por los alrededores, desesperado ante la posibilidad de que Markus Vogel aprovechase la oscuridad para escapar. Acabó instalándose en un lugar elevado desde el que abarcaba con la vista todo el edificio. Al amanecer, aterido por el frío que le había ido calando hasta los huesos, oyó ruidos en la cantina. Poco después entraba de nuevo en el bar, donde Felisa García preparaba achicoria para los soldados de la guardia. Ellos eran los primeros en aparecer por allí, cuando acababan su turno.

—¿Es que usted no duerme? —le saludó la mujer.

—Necesito algo caliente —murmuró, dejándose caer en una silla.

Habría estado dispuesto a continuar esperando el tiempo que hiciera falta, pero sabía que era inútil. La noche anterior, apostado tras el edificio de la Comandancia, había sido un iluso pensando que Leonor Dot hubiera podido llegar a depositar alguna confianza en él. No era falsa expectativa lo que había en su mirada cuando él quiso tranquilizarla, sino suspicacia mezclada con indefensión. Ni ella ni nadie habría creído jamás que Benito Buroy pudiera ser distinto de como era, ni libre de elegir sus acciones. Todos allí habían vivido una guerra muy larga y estaban acostumbrados a protegerse de los demás.

Markus Vogel había desaparecido.

A mamá no le gustó que yo estuviera ayer con Hermann. Empiezo a pensar que se está volviendo un poquito amargada. Anda siempre inquieta y ve peligros donde no los hay. Últimamente hasta le ha dado por mirar con angustia por la ventana restregándose las manos, como esas viejas que de tanto esperar malas noticias parece que las desean. Antes me dejaba ir sola a cualquier parte, pero ahora quiere saber dónde estoy en todo momento y me obliga a llevar a Andrés de escudero cuando me voy a bañar, con lo fastidioso que se pone espiándome. Si salgo a ver a Felisa sin decirle nada aparece mamá al poco rato por la cantina preguntando muy excitada: «¿Dónde está la niña, dónde está la niña?», como si pudiera estar muy lejos, vaya, que aquí no hay adónde ir. La culpa fue mía por pelearme con ella y decirle que Hermann me parecía el hombre más guapo del mundo. Tiene unos ojos de un azul verdoso que parecen el mar del mediodía, y unas manos grandes y blancas, manos de pianista. Yo a la gente la reconozco por los ojos y por las manos. Felisa, por ejemplo, te mira sospechando que vas a hacer algo muy, pero que muy reprobable, pero en el fondo es confiada. La delatan sus manos gordezuelas, tan húmedas y rosáceas. En realidad te mira así porque piensa que va a tener que ser ella quien arregle tus estropicios. El Lluent te mira sin verte, pero te busca con sus dedos ásperos y sólo entonces, cuando te toca, está ya seguro de que no eres una alucinación o un espejismo. Benito es distinto. Él te mira sin importarle si estás o no ahí, pero sus manos pequeñas y desagradables, de muñeca de porcelana, juguetean siempre con algo como si el simple hecho de verte le impidiera estar tranquilo. Papá no podía ser malo porque miraba con docilidad y cogía las cosas con cuidado. Era un hombre muy fuerte y cuando se enfadaba daba miedo, pero precisamente por eso veías con claridad que intentaba no hacer daño a los demás ni romper nada, que había escogido utilizar toda esa fuerza para proteger a los suyos. A Hermann le sucede lo mismo. A veces, cuando se queda abstraído vagando en sus pensamientos, se le escapa un gesto de malestar o extrañeza, pero eso debe de ser normal en un soldado que acaba de tener un gravísimo accidente tan lejos de su casa. Yo misma me enfurruño a menudo cuando me da por pensar que nunca podré salir de Cabrera, y eso no me convierte en una mala persona.

Además, conmigo se le van los recuerdos desagradables o lo que sea que le hace estar tan a disgusto. Al verme se le alegra el rostro y me saluda con una profunda inclinación de la cabeza, como si yo fuera una gran dama que acabara de entrar en un baile. Hermann es el único que no ha intentado nunca darme palmaditas en la cabeza, que es algo que odio. Bueno, Andrés tampoco, pero ése no cuenta y más vale que no lo intente, porque con lo bruto que es me hundiría el cráneo.

Puede ser que mamá esté un poco celosa de mí, no lo sé. Pero es muy rara esa manía que le ha dado de vigilarme. Parece que le molesta que yo quiera estar sola o relacionarme con la gente al margen de ella. A veces se pasa dos o tres días tratándome igual que a una desconocida, pero luego se me abraza de repente y me huele el pelo y se pone a llorar. Yo creo que sufrió demasiado con lo de papá y que no sabe lo que quiere, que ya nada la puede satisfacer. Seguramente por eso sufre por mí, porque le gustaría evitar que yo pasara por todo lo que ha pasado ella. Pero el resultado es que no me deja ni respirar.

Ayer mismo se comportó de una forma tan tonta que me va a costar mucho tiempo perdonarla. Yo había ido a la cantina y me encontré a Hermann sentado solo a una mesa. En Cabrera todos le evitan porque no sabe hablar español y se sienten incómodos a su lado. Yo no. Hablar no es tan importante y la demostración es que Hermann me saludó como siempre, con esa sonrisa que me da palpitaciones, y yo le contesté haciendo una reverencia pues estábamos solos y no me daba apuro que me vieran. Él entonces me hizo un gesto con la mano para que me acercara, sacó una de sus piernas debajo de la mesa y se dio unas palmaditas en la rodilla. Me senté sobre ella intentando que no se diera cuenta de que temblaba un poco, pero sólo un poco, y nos miramos como si en realidad ya hubiéramos estado hablando largo rato y nos tuviéramos mucha confianza. Yo creo que hay personas a las que ves una vez y tienes la sensación de que las conoces desde siempre.

Hermann se llevó una mano a la cazadora y sacó una cartera que abrió sobre la mesa. Era una cartera negra de piel de lagarto bastante gastada, como si la llevara. Debía de llevarla con él desde hacía mucho tiempo. De su interior sacó dos fotos. Me mostró la primera dando unos golpecitos sobre ella con la yema del dedo índice. Se veía a un niño muy repeinado con un pantalón con peto y un avión de juguete en la mano. Tenía las cejas hundidas y los labios hacia fuera como si estuviera imitando el sonido de un motor. «Hermann», dijo Hermann, y se puso a reír. Le hacía mucha gracia encontrarse consigo mismo después de tantos años. Luego apartó aquélla y me enseñó la otra foto. Era de una casa grande con la fachada cubierta por una enredadera. Junto a la puerta había un hombre y una mujer. Aunque no hacían ningún gesto en especial y sus caras eran bastante insípidas, daba la impresión de que para ellos era un momento importante. «Jakob, Maria», dijo Hermann, y añadió algunas palabras muy dulces que no me importó no comprender, pues me había puesto una mano sobre el hombro y fue como si se hubiera parado allí un animal cálido y amistoso, un animal que en cualquier momento podría rozarme el cuello y ponerme la piel de gallina. Yo sólo deseaba que aquello sucediera, que el animal se moviera un poco y notar su calidez en el cuello, pero en aquel momento todo se vino abajo.

—¡Camila! —tronó la voz de Felisa—. ¡Ven para acá inmediatamente!

Al volverme la vi en la puerta de la cocina, pero no tuve tiempo de decir nada porque Felisa ya estaba a mi lado y me arrastraba de un brazo. Fue tan rápido que ni siquiera pude quejarme del daño que me hacía. Me sacó a la plaza y comenzó a llamar a gritos a mamá, que no tardó en llegar junto a nosotras sofocada y con mirada de loca. Yo no entendía nada. Felisa le cuchicheó algo al oído y no soltó mi brazo hasta que mamá me lo hubo cogido, como si les diera miedo que quisiera escaparme. Nada de eso. Estaba demasiado asustada incluso para hablar.

—¿Tú eres tonta? ¿Es que eres tonta? —me gritaba mi madre mientras subíamos a casa. Y no paraba de gritar—: ¿Es que eres tonta?

Cuando llegamos se calmó un poco. Se veía que hacía esfuerzos por ordenar sus pensamientos. Me obligó a sentarme en la cama, dio unas vueltas por la habitación retorciéndose las manos y por fin se arrodilló en el suelo frente a mí. Me cogió la cara y me besó en la frente. Luego me explicó, conteniendo la voz y con una sonrisa forzada, que yo ya no era una niña, que me estaba convirtiendo en una jovencita muy atractiva y que debía tener cuidado con ciertos hombres. No pude evitar un gesto de cansancio, de lección aprendida, que puso a mamá más nerviosa. Pero se contuvo de nuevo y me miró con lástima apretando los labios. Mamá tenía razón y yo pensaba lo mismo, pero se equivocaba con Hermann. No puede ser malo alguien que te mira con los ojos del mar y tiene manos de pianista.

Felisa García no podía dormir desde el día en que pidiera al capitán Constantino Martínez que obligara a volver a su hijo de Madrid para ocupar el puesto del carbonero. En cuanto apagaba la luz y cerraba los ojos, la mala conciencia se le agigantaba como un bulbo grande que empezara a echar yemas dentro de su cabeza. La causa no era haber intercedido por su hijo, que le parecía lo más natural, sino la poca atención que se había prestado al carbonero fusilado. Nadie se había molestado en visitar la tumba de Pascual, y su ánima debía de vagar por el monte maldiciendo a sus olvidadizos vecinos. En especial a ella, a Felisa García, que se había criado con él y a la que no le había faltado tiempo para sacar provecho de su desgracia. La cantinera estaba convencida de que de nada iban a servir sus oraciones por el alma de aquel hombre si le faltaba el valor para honrar su cuerpo. Abría los ojos en la oscuridad del dormitorio y veía a Pascual ingrávido entre las vigas del techo, con los pelos alborotados por un viento que soplaba sólo para él, hablándole muy enfadado y señalándola con un dedo acusador. Aunque no podía oír nada de lo que decía, estaba segura de que la insultaba por ser tan desagradecida.

Tras dos noches de insomnio decidió tomar cartas en el asunto. Si no por ella, debía hacerlo por Pascual, pues lo que estaba sucediendo era una auténtica injusticia. Esperó desde el alba a que Andrés apareciera por la cocina. Cuando por fin lo hizo, le obligó a beber apresuradamente un vaso de leche, le entregó un capacho y lo envió al monte a por todas las flores que pudiera reunir. El muchacho, que para los menesteres singulares iba sobrado de entusiasmo, regresó convertido en una alegoría de la primavera. Felisa García pudo confeccionar un ramo tan grande que había que cogerlo con los dos brazos. Con aquel ramo apareció en el bar, donde se encontraban todos sus clientes porque era la hora del desayuno.

—Andrés y yo vamos a llevar flores a la tumba de Pascual —proclamó Felisa García tras su camuflaje de pétalos—. Nos gustaría no estar solos para que la ceremonia fuera más lucida... ¡Paco, tú te vienes!

Su marido salió de detrás de la barra con cara de no entender nada, mientras Leonor Dot, haciendo un gesto de apremio a Camila, se situaba junto a Felisa. El Lluent, que acababa de llegar de la colonia de Sant Jordi y se estaba tomando un orujo antes de acostarse, dudó unos instantes, pero acabó sumándose a la iniciativa después de levantarse de la silla y sopesar la fuerza de sus piernas con un par de flexiones casi imperceptibles.

Para sorpresa de todos, Benito Buroy apuró de un trago el

contenido de su taza y se unió a ellos. Lo hizo como quien se pone en una cola en la que no conoce a nadie, aunque con su actitud dejaba claro que se disponía a acompañarlos al cementerio. Felisa García lo miró dejando claro que para ella se estaba infiltrando en un asunto que no le concernía, pero le entregó el ramo cuando, tras rechazar los intentos de Leonor Dot por quitárselo de las manos, se ofreció él para llevarlo. Así salieron del bar, en una comitiva hermanada en torno a la firme determinación de la cantinera.

El capitán Constantino Martínez tuvo la mala suerte de encontrarse con ellos delante de la Comandancia Militar. Se los quedó mirando de hito en hito, algo perplejo por aquella procesión que tomaba el sendero del castillo, hasta que su espíritu castrense se vio herido por la sospecha de una actividad subversiva, cuando no de una algarada en toda regla. Los adelantó con paso rápido y se interpuso en su camino.

—¿Adónde creen que van? —dijo—. ¿Qué significa esto?

Felisa García reemprendió el ascenso cogiéndose con una mano la falda y manoteando con la otra en el aire.

—Vamos a despedir a Pascual. Apártate, Constantino.

El militar la obedeció con presteza, pero estaba realmente escandalizado.

—¡Era un rojo, un asesino! ¿Saben a cuántos hombres mató? ¿Lo saben?

Permaneció unos instantes en silencio, pues acababa de darse cuenta de que él tampoco lo sabía.

—¡A muchísimos! ¡Y ni siquiera aceptó la confesión! ¡No merece su respeto, Felisa!

La cantinera, que ya había ascendido unos metros por encima de donde se encontraba el capitán, se volvió para contemplarlo con infinito agotamiento.

—Sólo quiero llevarle unas flores para poder dormir en paz... Creo que no es para tanto.

Fue entonces cuando, para sorpresa de todos, hablaron

ellas, las flores. Benito Buroy, que sostenía el ramo como si se abrazara a un árbol, se atrevió a dar su opinión del asunto, lo que era realmente extraordinario.

—La justicia es venganza —dijo—, y se basta a sí misma. No es de buenos cristianos continuar humillando a un hombre que ya ha tenido su castigo.

Se hizo un silencio debido tanto a la sorpresa por oírlo hablar como a la reflexión en la que todos hubieron de sumirse para entender sus palabras. Felisa García se prometió a sí misma que en cuanto regresara a casa intentaría escribir aquella frase tan filosófica para comentarla más tarde con su profesora. Quizá con su ayuda podría entenderla en toda su profundidad.

—¡Tiene razón! —concluyó provisionalmente—. ¡Y usted debería venir también, Constantino!

—¿Yo? —se sorprendió el militar. Y añadió a la defensiva—: ¿Precisamente hoy, que empezamos a instalar los cañones?

—Una autoridad le vendría muy bien a la ceremonia... —intervino Leonor Dot.

—Además, no nos va a ver nadie —dijo Camila, que iba de la mano de su madre—. Aquí nadie ve lo que hacemos.

—Lo veo yo, señorita, que para eso soy el que manda en esta isla... —el capitán Constantino Martínez parecía haber encontrado una excusa para complacer a Felisa García sin desdecirse de su opinión sobre el antiguo carbonero—. En fin, alguien tendrá que poner orden en esta insensatez. Vamos a ver en qué consiste.

El cielo había amanecido cubierto de nubes plomizas que destacaban la blancura de las gaviotas en lo alto. Camila seguía su vuelo con la mirada. De vez en cuando daba un traspié y se agarraba con más fuerza a la mano de su madre. Subieron en silencio hasta el camposanto. En el exterior, a unos metros de la cancela, un túmulo de tierra removida indicaba el lugar donde había sido enterrado el carbonero. Se situaron en torno a la tumba y miraron todos a Felisa García. A la pobre mujer se le había encogido el corazón al ver en qué condiciones había acabado la vida desdichada de Pascual, y además no había pensado que tendría que decir unas palabras. Buscó al capitán con una mirada agónica, pero éste hizo un gesto con la mano con el que quería indicar que bastante hacía con permitirles estar allí. Entonces la mujer tragó saliva, liberó a Benito Buroy del ramo y se lo dio a Andrés.

—Venga, hijo, ponlo ahí encima.

El muchacho lo depositó con gran cuidado sobre el montículo. Como si al hacerlo hubiera dado a la sepultura anónima un rostro donde reconocer al fusilado, a Felisa García se le dulcificó el gesto. Contempló fijamente el ramo de flores y se aclaró la garganta antes de hablar.

—Yo no sé lo que hiciste, Pascual —dijo—, pero fuera lo que fuese tú eras incapaz de algo así. Eso lo sé yo, que cuidaba contigo las cabras de mis padres... Es posible que a todos nos toque enfrentarnos antes o después a lo que no somos, a ti también. A veces pienso que la vida es demasiado larga para nuestro poco entendimiento, o quizá es que hemos de caer hasta lo más bajo para poder levantarnos de nuevo en el más allá. Esperemos que el Señor sea benevolente contigo... Eso es todo. Descansa en paz, Pascual, y no sigas haciendo tonterías, amén.

Sólo el Lluent la acompañó en la señal de la cruz. Andrés los imitó pensándose mucho cada movimiento de la mano, como si resolviera un complicado rompecabezas. Se le iluminó el rostro y lo repitió más deprisa.

—Bueno, pues ya está —dijo el capitán Constantino Martínez—. Me voy, que tengo mucho que hacer... Y ustedes no se queden aquí. Vamos, circulen.

Tomaron todos el camino de regreso a la plaza. Andrés, un poco rezagado, dedicó todo el descenso a hacer la señal de la cruz cada vez más deprisa, como un poseso. Cuando, ya en la cantina, Felisa García se encerró en sus dominios, el muchacho fue tras ella y lo repitió de nuevo para que lo viera. A continuación soltó una risa que pareció una súplica. Felisa García cogió su cabeza y la estrechó contra sus enormes tetas. Hasta aquel momento, a pesar de que su madre, cuando era niño, se lo había intentado enseñar todas las noches, Andrés no había sido capaz de completar la cruz sobre su cuerpo.

El chamizo de los trastos había sido en el pasado la porqueriza y todavía conservaba en su interior un ambiente de vida enclaustrada. El suelo de tierra despedía un olor penetrante, extrañamente dulce y acre al mismo tiempo, y en la parte inferior de las paredes se veían restos de humedades que ni el calor del verano podía acabar de secar. Del techo, por entre los palos de los que colgaran los embutidos, se mecían los restos de telarañas hechos jirones. Allí todo se enmohecía, pero era el lugar favorito de Paco porque su mujer no entraba jamás. Era ahí donde guardaba sus botellas de vino, escondidas tras los aperos y herramientas que nunca utilizaba. Aquél era su santuario.

Aunque llevaba años sin empuñar un martillo o una azada, Paco nunca entraba en el cuchitril sin antes restregarse las manos y subirse los pantalones con energía, tal como haría cualquier persona que se dispusiera a acometer un duro trabajo. Así lo hizo aquella mañana, convencido, aunque vagamente, de que de una vez por todas iba a demostrar a Felisa quién mandaba en la casa. Echó un vistazo a los cachivaches que se amontonaban contra las paredes buscando entre todo aquel material, como un poeta entre las rimas, la inspiración necesaria para llevar a cabo alguna de las mil chapuzas que tenía pendientes. Pero su fuerza de voluntad se quebró de inmediato ante la fuerza superior de la rutina, y se encaminó a un rincón donde sabía que había un par de botellas todavía sin descorchar. Fue entonces cuando descubrió, casi delante de sus narices, un bulto nuevo bajo una lona.

Si hubiera visto un fantasma no habría reaccionado con tanta alarma. Pegó un brinco, se llevó una mano ansiosa a la cadena que le colgaba del cuello y se quedó contemplando atentamente el descubrimiento. Alguien había entrado en el chamizo cuando él no estaba. Aquello podía ser muy grave. En un primer momento temió por sus reservas de vino, pero no tardó en comprobar que no habían sido saqueadas. Paco, que nunca había tenido miedo a la redundancia porque no sabía lo que era, llegó a la conclusión de que se trataba de una invasión puramente invasiva, y que la causante no podía ser otra que Felisa. Sólo entonces se le ocurrió fisgar debajo de la lona. Lo hizo con la morbosidad de quien, de creer descubiertos sus secretos, pasa a descubrir los de otra persona. También, cabe decirlo, con cierta esperanza de que su mujer, llevada por su bendita inocencia, hubiera escondido allí un nuevo cargamento de vino o de licores.

Lo que vio lo dejó atónito. Había una caja grande llena de largas guirnaldas de banderitas de España, suficientes para entoldar de patriotismo las pocas calles de Cabrera. En otra caja descubrió paquetes de serpentinas y confeti. Y en una tercera un tocadiscos americano, de formas aerodinámicas y marca Philips, junto a ocho o diez grabaciones de Estrellita Castro, Carlos Gardel, Tino Rossi o la Orquesta típica Morando.

El cantinero llevaba tiempo sospechando que su mujer le ocultaba ciertos aspectos de su vida, pero nunca había pensado que pudieran ser de tanta envergadura. Dejó caer la lona pensando que todo había sido por culpa de los días que había pasado en Mallorca con su hermana. Si ya lo sabía él, si ya sabía que una mujer no podía andar sola por el mundo. ¿Dónde se había visto que un marido se quedara en casa mientras su señora viajaba comprando vajillas y lámparas y otros objetos de lujo? ¿Con qué dinero había comprado todo aquello?

Con el de su cuñado, claro está, un putero al que le gustaban las faldas más que a un niño los caramelos. Y que si luego le enviaba aceite, y pan blanco... ¿Por qué le iba a hacer regalos si no era... si no era...? Cegado por los celos se imaginó a Felisa bailando con el potentado, que le decía obscenidades al oído y le despertaba la risa. La imaginó bailando toda la noche como una cría que descubriera la vida en brazos de aquel hombre, y la vio al amanecer, exhausta, poniéndole una mano en el pecho, no puedo más, no puedo mover las piernas, robándole el pañuelo para enjugarse las lágrimas de la risa y desfalleciendo, desfalleciendo en sus brazos. La imaginó agarrándolo por las solapas de la americana, inagotable él, intentando llevarlo hasta la puerta de la sala de baile, vámonos, casi es de día, mi hermana nos va a matar, y el potentado inagotable comprándolo todo para ella, las banderitas que adornaban el local, el tocadiscos, la música, la noche entera para ti, quiero que sea tuya, y Felisa desfallecida porque nunca nadie le había regalado una noche entera con todo su contenido.

—¡Puta! —gritó el cantinero, herido en lo más profundo de su orgullo.

Salió de allí como una tromba, cruzó el bar y apareció en la cocina hecho un basilisco. Felisa García, que llevaba unas cebollas en la mano, lo vio cuando ya lo tenía encima y casi no se enteró del sopapo que la tiró al suelo. El oído que había recibido el golpe comenzó a pitarle, por lo que oyó las palabras de su marido como si fuera a través de un sueño.

—¡He visto todas esas cajas, grandísima puta! ¡Ahora ya sé lo que hacías en Mallorca!

Felisa García, sin moverse de donde estaba, se metió un dedo en el oído intentando destaponarlo, pero el pitido aumentó su intensidad. Le escocía todo aquel lado de la cara como si le hubiera caído aceite hirviendo.

—Son para la fiesta de Camila —dijo—, el martes es su cumpleaños.

Y añadió, intentando incorporarse y descubriendo una punzada alarmante en la cadera:

—No sabía que fueras tan miserable.

Benito Buroy bajó del cementerio con ganas de continuar el paseo. Al sumarse a la ceremonia en memoria del carbonero se había situado en una posición incómoda, pues ahora todos le miraban con deseo de proximidad pero no sabían cómo acercársele ni qué decirle, por lo que pululaban a su alrededor ofreciéndose para que fuera él quien diera el primer paso. Aquello hizo que a Benito Buroy le renacieran el desinterés por los demás y las ganas de estar solo. Una de las cosas que más le molestaban era la sensación de comunidad, de grupo bien avenido, y allí, al pie de la higuera, Felisa García continuaba, tal como había hecho durante todo el descenso, mirándolo por el rabillo del ojo y preguntándose si había ido con ella por frivolidad o si lo había hecho por un sincero deseo de integración. La más peligrosa era sin embargo la niña, que en cualquier momento podía saltarle a los brazos y darle la bienvenida a aquella sociedad de fracasados en la que empezaba a encontrarse tan a gusto.

—Voy a ver eso de los cañones —dijo con un hilo de voz.

El capitán acababa de partir en el camión que lo esperaba frente al edificio de la Comandancia. Benito Buroy, envuelto en la nube de polvo que había levantado el vehículo, tomó el camino que llevaba al campamento. No iba con prisa. Se había propuesto pasar la mañana fuera del pueblo. Regresaría a la hora de comer para recuperar su puesto privilegiado en la mesa de la esquina.

En el campamento reinaba una actividad poco habitual. Grupos de soldados acumulaban cajas bajo el mástil donde ondeaba la bandera, y el sargento Ridruejo partía con una patrulla en dirección al faro. Como la pista acababa en aquellos barracones, el camión se había quedado aparcado en la explanada. Dos asnos famélicos, de patas estremecidas y largos badajos reproductivos, cargaban las pesadas piezas de los cañones. Benito Buroy pidió permiso al sargento para unirse a la comitiva militar. Poco después caminaban bordeando la bahía hasta alcanzar las primeras estribaciones del peñón donde se alzaba el faro.

—¿Aguantarán? —preguntó Benito Buroy al sargento, al ver que los burros se resistían a emprender el ascenso y los soldados tenían que tirar de las riendas y fustigarles las ancas.

—Están acostumbrados, lo que no quiere decir que estén contentos —contestó lacónico el militar.

La cuesta era infinitamente más empinada que la del castillo. En muchos tramos se habían tenido que tallar escalones en la roca, pero eran tan irregulares que resultaba imposible encontrar una cadencia en el ascenso. Las nubes, que un rato antes cubrían el cielo, se habían ido disolviendo como humo llevado por el viento, y el sol pegaba con fuerza. Benito Buroy comenzó a sudar. De vez en cuando se detenía aprovechando que uno de los asnos remoloneaba, o patinaba sobre los cascos y, tras la espantada de los soldados por miedo a verse arrastrados en la caída, lo ayudaban a recuperar la confianza en sus patas. Cuando llegaron a lo alto, los animales estaban tan agotados que el sudor les humeaba en la piel al evaporarse. El capitán Constantino Martínez, que llevaba allí un buen rato, recibió a sus hombres con cara de pocos amigos.

—¿Y el agua? —preguntó—. ¿Dónde está el agua?

Los soldados, que habían empezado a liberar los asnos de su carga, se miraron unos a otros.

—¿Qué agua? —preguntó el sargento Ridruejo.

—¡Para las bestias! ¿Qué queréis, que revienten?

Benito Buroy había buscado la sombra del faro y contemplaba la bahía desde aquel lugar inédito. Al otro lado, los muros de la fortaleza se sostenían en pie con la fragilidad de un castillo de naipes. Más abajo, en un recodo marcado por la silueta del muelle, el pueblo se mostraba en toda su insignificancia.

—¡Pues ahora les dais la del botijo! —resonaba la voz del capitán—. ¡Y tú, vete a por una garrafa! ¡Venga, a paso ligero!... ¿Dónde está el artillero? ¿Dónde se ha metido?

Los soldados habían instalado ya el afuste y no tardaron en acoplarle el cañón. Era un arma pequeña, demasiado humilde para amenazar de forma convincente el horizonte que se extendía inabarcable ante ella. Pero el capitán Constantino Martínez estaba orgulloso de haber logrado emplazarla en aquel lugar tan visible. Se acercó a Benito Buroy y se cruzó de brazos paseando una mirada satisfecha por el mar en calma.

—Ahora ya pueden venir, si quieren. Verán cómo les recibimos.

Benito Buroy localizó una vela diminuta en la lejanía. Debía de ser un barco de pesca. No se veía nada más sobre la amplia extensión de las aguas, pero el capitán, como un borracho que increpara a una multitud indiferente, dirigía hacia allí una mirada retadora. El artillero pidió permiso para probar el arma, no fuera a ser que algo estuviera mal y fallara cuando realmente la necesitaran.

—Está bien —aprobó el capitán—, pero no apunte hacia el pueblo, qué aún va a matarme a algún vecino. Dispare hacia allá, hacia el mar abierto.

Se apartaron un poco mientras el soldado manipulaba. Bramó por fin el cañón y todos, haciéndose visera con las manos, intentaron ver el lugar donde caía el proyectil. Pero nadie pudo conseguirlo.

—¡Caray! —dijo el capitán Constantino Martínez, un poco desconcertado, tras echar con disimulo una mirada fugaz hacia las rocas que había bajo ellos—, este trasto llega muy lejos. ¿No cree usted, Buroy?

El capitán Constantino Martínez fue hasta el muelle acompañado por el aviador alemán. El Lluent, que preparaba los aperos para salir a pescar, los vio venir y se olió lo peor. Ser el dueño de la única barca de la isla tenía ciertos inconvenientes, y el peor de todos eran los servicios que tenía que prestar al ejército. A veces le hacían llevar a las patrullas a aquellos lugares a los que no se podía acceder por tierra para comprobar que no hubiera contrabando o infiltraciones del enemigo. Sólo encontraban bolas de alquitrán y troncos arrastrados hasta allí por las tormentas, pero los soldados, con la excusa de ejercer una estricta vigilancia, le obligaban a quedarse durante horas para ponerse a salvo de otras obligaciones. También estaba el asunto del gasóleo para los submarinos, que le costaba tiempo y dolores de espalda. «Comprenderá que hemos de ayudar a nuestros amigos de una forma discreta —le había dicho el capitán—, no puede ir un mercante español a encontrarse con ellos delante de todo el mundo.» Aquella mañana, al verlos venir por el muelle, el Lluent temió que le hicieran llevar al aviador a Palma, con lo que le echarían a perder dos días de trabajo. Sin embargo, no iba a ser aquél su cometido.

—Buenos días —dijo el militar—. Según he creído entender, el señor Germán desea localizar los restos de su avión para poder sacarlos a flote cuando llegue el momento. No es mala idea y he pensado que podría usted acompañarlo. Llévese algunas boyas para marcar su emplazamiento.

Sin más explicaciones se dio la vuelta y dejó solos a los dos hombres. Como el Lluent continuaba ordenando sus aperos sin mirarle ni darle ninguna indicación, Hermann Schmidt optó por saltar a la barca y sentarse en la proa. Era el mismo lugar donde se instalaba Leonor Dot cuando la sacaba a pasear y acababan los dos llorando, ella a causa de la tristeza y el pescador contagiado por sus lágrimas. Pero con aquel piloto la cosa era bien distinta. Al Lluent no le gustaban los hombres que aparentaban dominar la situación allá donde estuvieran, incluso en los sitios de los que lo ignoraban todo, llevando siempre consigo una forma de vida superior y más ordenada, una forma de vida tan perfecta que podían adaptarla a cualquier lugar e imponérsela a cualquiera. Y aquélla era la forma de comportarse del piloto, que se mostraba siempre algo incómodo, pero también distendido y prepotente, como un general que en mitad de una campaña se viera obligado a sentarse en un taburete destinado a la tropa. No, decididamente aquel hombre no le gustaba al Lluent.

Encontraron el avión con facilidad porque el pescador recordaba el lugar donde había caído. Más les costó localizar el ala que se había desprendido en el choque con el agua. Se hallaba a una distancia considerable, sobre un lecho de algas que la ocultaban en parte. Pusieron las boyas, y ya se disponía el Lluent a regresar a puerto cuando el aviador sacó una pistola del bolsillo de su guerrera. Dijo algo con una sonrisa esquiva y señaló con el cañón del arma la salida de la bahía. No se mostraba amenazador pero sí autoritario. El Lluent pensó que finalmente iba a tener que llevarlo a Palma. Ignoraba que su pasajero jamás habría creído que con aquel barquichuelo se pudiera llegar hasta Mallorca.

Ya en mar abierto el piloto le señaló los acantilados y le hizo un gesto con la mano para que fuera bordeándolos. Extendió los brazos y disparó a una roca de la que saltaron esquirlas. El Lluent tuvo un sobresalto al oír el estampido, pero el alemán le guiñó un ojo acomodándose mejor en la proa. Durante un rato estuvo haciendo puntería con los árboles de la orilla, pero no tardó en cansarse y se quedó con la cara vuelta hacia el sol tarareando en voz baja una canción. Fue entonces, al mirar de nuevo hacia la costa, cuando descubrió una cabra al borde del acantilado. Se incorporó con rapidez, alzó el arma y sonó un nuevo disparo, seguido casi al instante por un grito de alegría del alemán. La cabra, alcanzada en un costado, dio un salto, perdió el equilibrio y cayó al vacío. Se hundió en el mar desapareciendo durante unos segundos, pero reflotó y se puso a patear desesperadamente. El Lluent vio, entre la espuma que hacía con las pezuñas, el hocico que intentaba mantenerse fuera del agua. Maniobró para dirigirse hacia ella, pero el alemán, que había vuelto a recostarse sobre las tablas, hizo un gesto de desinterés con la mano ordenándole que continuara su camino. El Lluent notó que le hervía la sangre. Sin detenerse a considerar lo que hacía, cogió un remo y lo levantó sobre su cabeza amenazando al aviador. Éste se echó a reír.

Continuaba riéndose cuando el pescador hizo virar la barca para regresar a la isla.

Camila estaba sentada a la mesa de la cocina y contemplaba con una sonrisa los trajines de Felisa García, que aquella mañana, como si una nube le encapotara el entendimiento, extraviaba todo cuanto pasaba por sus manos. «Dónde tengo la cabeza —decía la mujer sin parar de moverse a un lado y a otro—, dónde tengo la cabeza.» La niña llevaba un vestido nuevo de algodón, de color rojo cereza, que le había hecho su madre con los restos de la tela con la que Felisa había confeccionado los manteles para la cantina. «¿Qué pasa? ¿No os gustan? —preguntaba la mujer, el día que los estrenó, a su sorprendida clientela—. ¡Comed con cuidado, que no quiero ni una mancha! ¡A ver si voy a tener que arrepentirme!» A Camila le daba un poco de vergüenza ir vestida del mismo color que las mesas, pero ya se estaba acostumbrando a mimetizarse con las telas que guarnecían su vida cotidiana. Leonor Dot le había hecho otro vestido con la gasa blanca de las cortinas que cubrían ahora las ventanas de su casa, y, en previsión de los fríos que ya se anunciaban algunas noches, un tabardo con capucha reciclado de una vieja manta militar. Por otro lado, tampoco tenía Camila más opción que usar aquellas prendas. Las que llevaba consigo cuando llegó a Cabrera estaban descoloridas y se le habían quedado tan pequeñas que se sentía ridícula con ellas.

Andrés, sentado en su rincón de siempre, asentía en silencio mirando unas veces a Camila, otras a su madre. Llevaba una camiseta raída, sin mangas, y un pantalón tan gastado que en las rodillas y en torno a los bolsillos brillaba como el satén. Andrés estaba contento porque Camila había decidido ir a bañarse, y porque su madre, que aquella mañana se comportaba de una forma un poco rara, les preparaba un almuerzo que le inundaba la boca de saliva: bocadillos de panceta envueltos en papel de periódico y un par de manzanas que un instante atrás tenía la mujer en las manos y que ahora no encontraba, pero que se escondían, Andrés las estaba viendo, entre una caja de patatas y la olla grande de preparar los cocidos. Cuando Felisa García, tras maldecirse reiteradamente por su mala cabeza, encontró por fin las manzanas y las echó en el capacho, Andrés soltó un gruñido y asintió con energía, muy contento.

—¿Por qué cojeas? —preguntó Camila a la cantinera—. ¿Te has hecho daño?

—Me he caído —contestó Felisa—. Venga, iros ya, que tenéis que estar de vuelta para la hora de comer.

—De pequeña yo también me caí una vez —prosiguió Camila acercándose a Andrés y cogiéndolo por el brazo para obligarlo a levantarse—. Cojeé durante mucho tiempo, dos días o más. Y cuando me curé continuaba cojeando porque ya no sabía caminar. Aún ahora, por culpa de aquella caída, cuando camino y pienso en lo que hago me tengo que parar porque no sé cómo seguir. Hay cosas que es mejor no pensar cómo las haces.

—Muy listilla estás tú —Felisa García se apoyó en el mármol para descargar su cadera dolorida—. Anda, fuera los dos de aquí, que me distraéis y tengo que preparar la comida.

Salieron a la plaza, Camila con su vestido rojo y Andrés con el capacho. El chaval, que se había preparado para una larga caminata, hundió la cabeza entre los hombros y se dispuso a seguir a la niña, pero ésta se detuvo a los pocos pasos. Se volvió hacia Andrés y lo miró entornando mucho los ojos como si deseara descubrir algo que él escondiera en la mente. Andrés intentó disimular. No le gustaba que le mirasen dentro.

—Hoy vas a ser tú quien elija adónde vamos —dijo Camila—. Quiero que me lleves a un lugar donde el agua sea muy profunda.

A Andrés no le gustó aquella petición. No la entendía. Intuía que había algo malo en la profundidad, algo raro, tan raro como el comportamiento de su madre cuando lloraba y como el de Camila al pedirle que eligiera un lugar profundo donde bañarse. En ocasiones a Andrés le daba miedo lo que pensaban los demás. Le llenaba de ansiedad ver a los otros desorientarse o hacer cosas fuera de lo común, cosas que él no podía comprender pero que le parecían oscuras. Le daba pánico, por ejemplo, ver a su padre sentado bajo la parra hablando a solas, discutiendo en voz baja consigo mismo y retirándose por fin a la cama tropezando con las puertas y murmurando que la vida era una mierda. Le angustiaba no saber qué era lo que le hacía tanto daño a su padre, o que su madre anduviera como perdida secándose la cara con el delantal, o que Camila le mirase con los ojos convertidos en dos grietas inquisitivas. Pensaba Andrés entonces que las personas llevan dentro un enano maligno que a veces las obliga a comportarse de forma extraña. Al muchacho no le gustaba que la gente perdiera la transparencia y por eso mismo no podía soportar que le mirasen dentro, porque estaba seguro de que él también tenía su enano y en ocasiones hasta notaba su presencia, un bulto del tamaño de una rata que le viajaba por los intestinos.

Cargó el capacho a la espalda y tomó el sendero que bordeaba los acantilados. Más allá de la cala a la que iban siempre había otra de difícil acceso. Había que descender con cuidado y no tenía playa, sólo un diminuto banco de arena en la boca de una gruta. La oquedad que se abría en las rocas era amplia cuando se entraba en ella, pero luego se estrechaba y se perdía con ecos de mar en el interior de la isla. A Andrés le espantaba aquel lugar. Sin embargo, era consciente de que aquello era lo que quería Camila, pasar un poco de miedo, y aunque ni lo entendiera ni lo aprobara sabía cómo ofrecérselo. La niña caminaba a su lado sin parar de hablar. Le contaba que su madre estaba un poco celosa de ella, pero que ella lo entendía porque había sufrido mucho en la vida, y que de mayor iba a ser maestra en Barcelona, que era una ciudad tan grande que no habría cabido en aquella isla tan pequeña, y que dos días después sería su cumpleaños, trece años cumpliría. Andrés estaba al tanto de aquello, pues su madre, días atrás, lo había cogido de la mano y lo había llevado al chamizo donde escondía los preparativos para una gran fiesta. Una vez allí, delante de todas aquellas cajas, le había dicho que él iba a ser el encargado de montar las guirnaldas en la plaza, pero que fuera con cuidado porque Camila no podía enterarse. Y el muchacho esperaba aquel momento con tanta impaciencia que, cuando se acordaba de lo que iba a suceder, se le aceleraba el corazón y le faltaba el aire.

Llegaron por fin al lugar donde debían iniciar el descenso a la cala. Camila miró con los ojos muy abiertos la lengua de mar que se adentraba por entre los farallones, de un azul tan oscuro que no permitía ver lo que había en su fondo. Las aguas se agitaban allí con inquietud de vientos inexistentes, lamiendo las rocas y retirándose hasta dejarlas al descubierto. Aquella cala tenía una orientación que les impedía remansarse por completo, lo que le daba al lugar un carácter inhóspito de tierra despoblada. Camila tragó saliva observando a Andrés, que había comenzado el descenso y le tendía una mano para ofrecerle ayuda. Se arrepentía de no haber querido ir a su cala de siempre, pero le faltó humildad para retractarse. Rechazando la oferta del muchacho, se recogió la falda y puso un pie tembloroso en la primera roca. Poco después, con menos esfuerzo de lo esperado, se hallaban en el diminuto banco de arena. Andrés se sentó a un lado dejando el capacho entre sus piernas. Comenzó a rascarse la cabeza con la mirada fija en el suelo. Camila, maravillada por aquel sitio, avanzó unos pasos hacia el interior de la gruta. El mar se filtraba hasta allí creando un lago remansado del que sobresalía un peñasco situado en el centro, como un altar. Más allá, la bóveda se inclinaba y se hundía en las profundidades de la montaña. Camila se volvió y contempló la cala desde dentro de la gruta. Tuvo la sensación de encontrarse en una boca enorme que se dispusiera a engullir un tazón de caldo que la arrastraría hasta las tripas de la tierra, lo que le aceleró el pulso y la hizo salir con grandes prisas simuladas tras una bulliciosa alegría.

—¡Es el mejor escondite del mundo! ¡Voy a bañarme!

Andrés, que no se había movido, soltaba gruñidos y meneaba la cabeza. Sólo alzó la mirada cuando advirtió que la niña se quitaba el vestido rojo, lo extendía con precaución lejos del alcance del agua y depositaba sobre él su reloj de pulsera. Camila llevaba puesto un bañador con faldita y volantes en los hombros. Aquel bañador había llegado como todo desde Palma. Se lo había regalado Felisa García un par de semanas atrás diciéndole que ya era mayorcita y que no podía bañarse en bragas. Cuando se quitaba la ropa y se quedaba cubierta únicamente con aquella prenda, su cuerpo parecía menguar como el de los caracoles cuando los atravesabas con un palillo y los sacabas de sus caparazones. A Andrés le parecía admirable que la niña continuara siendo la misma, tan desprotegida.

Camila le echó un vistazo al dirigirse a la orilla. Se sentía un poco inquieta, pero jamás habría reconocido que le daba seguridad la compañía de Andrés. Fue hasta el final del banco de arena y comprobó que el agua era completamente opaca y se movía con una inexplicable densidad, como una gelatina de un azul muy oscuro. Pero era un agua mansa, ella lo sabía, la misma de siempre aunque más honda y por lo tanto insondable, como el alma. Al avanzar un paso se dio cuenta de que la arena se precipitaba hacia el fondo, que desaparecía bajo sus pies. Se hizo la señal de la cruz para protegerse de las medusas y de sus íntimas inquietudes. Luego, sin tiempo para arrepentirse, tomó aire y se dejó caer de barriga.

La noche anterior Paco se había acostado tan borracho que fue incapaz de desvestirse. Felisa, que había vuelto a ponerse su camisón mallorquín, lo dejó que durmiera tal como se había desplomado en la cama. El hombre pasó la noche roncando, removiéndose con estertores de animal degollado y exhalando por toda la habitación el olor penetrante de su sudor. De madrugada Felisa se levantó para poner en marcha la cantina, y unas horas después, servidos ya los desayunos, encontró a su marido sentado de nuevo bajo la parra con una botella de vino sobre la mesa y el cabeceo derrotado de la embriaguez. Lo miró con desesperanza acariciándose la cadera dolorida. Pero Paco, que había notado su presencia y le había dirigido un vistazo de soslayo, no parecía tener fuerzas para enfrentarse a ella.

—Cuando algo va bien, haces lo que sea para estropearlo —dijo, casi con dulzura, Felisa García—. Siempre ha sido así, desde que nos casamos. No hay peor enemigo que el que tienes en casa... ¿Y sabes qué creo? Que te falta valor para vivir, que un día de estos aparecerás muerto en cualquier rincón, muerto del asco que te das a ti mismo.

—Déjame en paz —farfulló el cantinero.

Entonces, como si una alimaña le hubiera mordido en un tobillo, alzó las piernas con una fuerza increíble y la mesa se le vino encima. La botella que había sobre ella se hizo añicos contra el suelo tras golpearle en el pecho. Felisa retrocedió un paso, asustada. Paco apartó la mesa manoteando con infinita torpeza, se cayó de costado y se puso en pie tambaleándose, los ojos inyectados en sangre. A punto estuvo Felisa García de salir corriendo, pero su marido no hizo ademán de avanzar hacia ella. Se arrancó el collar y lo tiró en dirección a la higuera.

—¡Que me dejes en paz, coño! —gritó sin fijar la mirada en Felisa, incapaz de encontrarla aunque estaba delante de él—. ¡Que me dejes! ¡No te necesito! ¡Vete a tomar por el culo, hija de puta!

Salió a la plaza. Tras algunas indecisiones tomó el camino que llevaba al monte. Felisa García vio cómo se alejaba zigzagueando. «Eso, vete», murmuró para sí misma. Puso en pie la mesa resoplando por el esfuerzo, luego fue a recoger el collar. Se le partía el corazón, pero ya no quería aguantar aquello por más tiempo, no quería seguir viendo cómo su hombre se desmoronaba cada día un poco más, y no quería que la arrastrara con él ni ponerse a salvo sola. Lo que deseaba Felisa García era tener otra vida, ser otra persona quizás, vivir en otro lugar o no haber nacido nunca. Todo ello tan imposible que se le llenó la garganta de lágrimas y se puso a llorar allí mismo, sin disimulo, porque no había nadie a la vista y podía permitirse aquel lujo. Luego, cuando toda su tristeza ya estaba fuera y empapaba el delantal con que se había limpiado la cara, aspiró aire con fuerza y se dispuso a reemprender sus actividades. Para Felisa García la desesperación no era sino un descanso al que se entregaba a ratos y que le limpiaba las entrañas.

Aquella mañana iba a hacer lo que siempre hacía cuando volvía a ser ella misma después de pasear un poco por el universo inaccesible de los deseos. Felisa García regresaba a la realidad como quien se lava las manos. Decía «Ay, Señor», y se encerraba en la cocina a pelar patatas y a preguntarse qué guisaría más adelante, pues aún no lo tenía decidido. Y muchas horas después, al acostarse por la noche, se diría que no había para tanto, que a fin de cuentas tenía una casa donde había criado a sus hijos, la misma casa donde sus padres habían envejecido y se habían reunido con Dios, y que disponía de comida suficiente para alimentar a su familia y argumentos sobrados para saber que los demás la necesitaban. En realidad, pensaría, no encontraba motivos para sentirse infeliz, y si en la oscuridad del dormitorio le volvían las lágrimas las dejaría correr porque allí tampoco la veía nadie, y se diría «Felisa, eres débil, qué le vamos a hacer», hasta que más o menos se quedaría o no dormida.

Así que aquella mañana murmuró «Ay, Señor» con el collar de oro apretado contra el pecho, y regresó a la casa para buscar en la cocina el sentido último de todas las cosas. Un estofado..., se dispuso a filosofar limpiándose las manos en el delantal de las lágrimas, ¿había algo más importante que un estofado? Asomada a la olla que removía para que no se le pegara el guiso, pensó la cantinera que sin duda había cuestiones cargadas de trascendencia, cuestiones terribles incluso, que marcaban para siempre la vida de las personas, pero nada tan imprescindible como un estofado. «Al fin y al cabo todas las personas comen —razonó—, y al comer demuestran lo que son mucho más que cuando piensan. Al comer no se equivocan.» Ahí estaba el meollo de la cuestión. Si finalmente, después de remover Roma con Santiago, los hombres acababan sentándose a comer y sólo entonces sentían que volvían a ser un poco ellos mismos, un poco ellos en una situación normal y relajada, como quien está por fin donde debe estar, ¿por qué se empeñaban en considerar fundamentales todas las barbaridades que hacían allá afuera en nombre de ya no sabían qué ideas o fidelidades? ¿Por qué se empeñaban en ponerlo todo en peligro, si al final sólo deseaban sentarse a comer?

Felisa García removió un poco más el contenido de la olla, la dejó al fuego y preparó unos bocadillos para Camila y Andrés, que iban a darse un baño. Cuando los chicos se hubieron marchado, fue a buscar su recado de escribir, una libreta con las cubiertas manchadas de grasa y un lápiz tan mordisqueado que parecía un tallo seco. Se sentó a la mesa y dedicó un buen rato a sus ejercicios de escritura.

Al mediodía lo tenía todo a punto. Había puesto los manteles nuevos en las mesas del bar y la olla inundaba la cocina de un olor imprescindible. Su pequeño imperio estaba listo para el regreso a la normalidad, pero Leonor Dot apareció antes que nadie con inquietudes en las que la cantinera, preocupada por otros asuntos, no había aún reparado.

—¿Los has visto? —preguntó la recién llegada—. ¿No han regresado todavía?

Felisa García cayó entonces en la cuenta de que Camila y Andrés habían ido a bañarse. Miró a su alrededor como si los buscara por allí, pues aquella mañana se había acostumbrado a perder todo cuanto tocaba. Luego se volvió hacia su amiga con expresión de culpabilidad.

—Les he preparado bocadillos de panceta. Quizá se hayan entretenido. Los jóvenes sólo se acuerdan de nosotras cuando tienen hambre.

—Camila sabe que tiene que estar aquí a la una, es la única condición que le pongo... y ya son casi las dos.

Felisa, que se había limpiado las manos en el delantal y luego había empezado a estrujarlo como si degollara un pollo, contempló la cantina vacía.

—A lo mejor ha perdido el reloj —conjeturó—. No deberías dejar que fuera con él a bañarse.

Poco después apareció el Lluent, que acababa de amarrar la barca. Había salido por la costa a comprobar las nasas, pero no había visto a los jóvenes bañistas. Tras tomar asiento y frotarse un poco los muslos doloridos aclaró el pescador que él había ido hacia el sur, en dirección contraria a la que solían tomar Camila y Andrés. Más tarde entró Benito Buroy. Se encogió de hombros al ser interrogado, hizo un gesto de negación con la barbilla y fue a sentarse a su mesa del fondo. El último en llegar fue el aviador alemán. La imposibilidad de entenderse con los isleños había entregado a Hermann Schmidt a una radical misantropía que entretenía con largos paseos, y ya sólo aparecía por la cantina para comer. Tres días después llegaría la barca que iba a sacarlo de allí, y aquello era lo único que le interesaba.

—Nunca se han retrasado tanto —dijo Leonor Dot con la voz quebrada—. Esto es que les ha pasado algo, seguro que les ha pasado algo.

Se asomó a la puerta para contemplar la plaza, cruzó los brazos y, cubriéndose la cara con una mano, comenzó a sollozar. Felisa García intentó retirarle la mano de la cara, pero Leonor se resistió.

—Perdóname... —dijo—. A veces pierdo los nervios. No podría soportar que le pasara algo a mi niña. Ya son demasiadas cosas...

La cantinera soltó un exabrupto, salió al exterior y se encaminó hacia la Comandancia Militar. Poco después regresaba con el capitán agarrado por un brazo, mientras el camión abandonaba su reposo a la sombra en dirección al campamento.

—¡Ya está! —afirmó, como si todo estuviera resuelto—. Constantino ha enviado una patrulla a buscarlos. Dígaselo, Constantino... Dentro de nada los traerán cogidos por las orejas. ¡Me va a oír ese idiota de Andrés! ¡Vaya si me oirá!

El capitán contempló algo azorado a Leonor Dot, que tenía los ojos enrojecidos y los labios tan apretados que le temblaban levemente.

—No se preocupe —dijo.

Ante la pobreza de aquella aseveración pensó que era conveniente revestirla con un argumento más sólido. Y, recordando su constante otear del horizonte en busca de la escuadra enemiga que devastaría Cabrera y los pasaría a todos por las armas, empezando por él, buscó tranquilizar a aquella mujer de la misma manera que se tranquilizaba a sí mismo. Hinchó el pecho y concluyó con aplomo:

—Las tragedias que no se esperan son las únicas que al final suceden. Se lo digo yo, que soy militar.

Hacía ya casi tres horas que los soldados habían salido en busca de los jóvenes desaparecidos, y aunque no había ninguna noticia de ellos, el capitán Constantino Martínez acababa de pasar por el bar para pedir de nuevo a Leonor Dot y a Felisa García que no se preocuparan, que todo estaba bajo su control. Luego había vuelto a encerrarse en su despacho a esperar, tal como hacían ellas, sentadas a una de aquellas mesas con manteles nuevos. Las dos mujeres se miraban sin saber qué hacer.

Un rato antes, Leonor Dot había suplicado al Lluent que la sacara en su barca, pero el pescador se negaba asegurando que el cielo se veía triste, que el mar estaba sombrío y revuelto y que en aquellas condiciones no podrían acercarse a la costa. Y estaba en lo cierto. La proximidad del atardecer encrespaba las aguas, que hasta en el interior de la bahía se movían con inquietud de agitaciones submarinas. Parecía que una tormenta se estuviera gestando bajo las olas, pero nada de aquello importaba a Leonor Dot. Fuera de sí, había golpeado al Lluent con los puños gritándole que era un viejo borracho y cobarde, hasta conseguir que el pescador acabara desoyendo por primera vez los avisos del cielo y se embarcara, aunque sin aceptar llevarla con él, para regresar al poco tiempo empapado por completo y con los brazos entumecidos. «Si el mar no te deja, no se puede», había comentado con desesperanza mientras amarraba la barca de nuevo al espigón. Desde entonces paseaba por el muelle como un animal enjaulado.

Sólo un hombre podía encontrar a los dos jóvenes, e iba a

hacerlo por casualidad. Después de tantos meses de reclusión, Markus Vogel conocía al dedillo todos los recovecos de la isla. A menudo salía a caminar por la soledad absoluta de aquellos parajes, o a observar desde el monte la vida en la plaza. Aunque no solía aparecer por allí, y la amenaza de Benito Buroy se lo impedía ya por completo, había días en los que necesitaba espiar a los otros para sentirse acompañado. Y aquél era uno de esos días. Mientras Leonor Dot y Felisa García esperaban sentadas a una mesa de la cantina, él cruzaba el monte en dirección al pueblo. Un rato después llegaba al sendero que horas atrás tomaran Camila y Andrés, y se asomaba al escarpado que se despeñaba hacia las olas más allá del cementerio. Allí se detuvo a contemplar la línea de la costa que el mar había ido quebrando hasta formar diminutas calas que se resguardaban entre los brazos de roca que aguantaban la erosión. En una de ellas, no lejos de donde estaba, alcanzó a ver una patrulla militar. Los soldados husmeaban por entre las grietas como si buscaran erizos. Markus Vogel conocía bien aquel lugar, pues era ahí donde Camila solía bañarse. En más de una ocasión había espiado a la niña desde lo alto del acantilado. Le gustaba verla flotar con los brazos en cruz, ingrávida sobre el lecho marino, tan inmóvil y tan viva en medio de aquel paisaje desolado.

Alzó la mirada hacia lo alto. Un trueno le había retumbado en el estómago y el cielo se encapotaba con rapidez. Markus Vogel cambió de idea y decidió regresar a su cueva antes de que la lluvia lo sorprendiera, pero ya era demasiado tarde. Caían sobre él goterones lentos y espaciados que rompían sobre las rocas como burbujas grávidas. El ermitaño sabía que aquél era el preludio de una tormenta que no tardaría en descargar. Comprendió que no tenía tiempo para alcanzar su refugio, pero conocía un lugar donde guarecerse. Cerca de allí había una cala con una gran cueva.

Retrocedió bordeando el acantilado hasta llegar a un saliente en el que crecía un corazoncillo de flores amarillas. En aquel lugar se abría una falla que el paso de los siglos había convertido en una escalera de vértigo. Fue entonces, al acercarse a ella, cuando vio desde lo alto del acantilado, en la pequeña lengua de arena, a Camila tumbada de costado, inmóvil.

El ermitaño tuvo que serenarse para iniciar el descenso. El corazón le bombeaba con tanta fuerza que le daba la impresión de que iba a perder el equilibrio, pero aun así fue bajando con cautela repitiéndose a sí mismo que lo importante era llegar, mantenerse firme para socorrer a Camila. De vez en cuando se detenía, miraba hacia abajo y gritaba el nombre de la niña, pero ella continuaba sin moverse. Cuando alcanzó la cala, avanzó unos pasos con la misma lentitud con que había descendido, como si también allí pudiera despeñarse. Lo que en realidad hacía era demorar el momento en que Camila estaría entre sus brazos. Tenía miedo de la frialdad de su cuerpo.

La niña le daba la espalda. Estaba desnuda y con el cuerpo encogido a merced de las olas que, tras batir en las rocas que la rodeaban, se desplomaban con placidez sobre la arena. La espuma blanca jugaba con su melena, que se abría y cerraba como un abanico movido por una mano invisible. Unos tallos de algas, de un color verde intenso aunque transparente, se habían enredado entre sus pies. Parecía que el mar la hubiera depositado allí tras pasearla por sus ocultas profundidades.

Markus Vogel se repuso a la impresión y tocó el hombro de Camila. Al hacerlo encontró la frialdad que tanto lo asustaba, pero aquello, en lugar de paralizarlo por completo, le devolvió el aplomo que necesitaba para voltear el cuerpo de la niña, contemplar un instante la palidez de su cara y apoyar un oído contra su pecho. No supo si era su propio corazón el que le bombeaba en el interior de la cabeza. Se separó del torso de

Camila, tomó aire un par de veces y volvió a intentarlo. Entonces pudo escuchar, con perfecta nitidez, que dos corazones latían dentro de él.

Aquello acabó con sus defensas. Cogió a la niña por las axilas, la abrazó contra su pecho y, mientras le palmeaba las nalgas y las piernas para limpiarla de arena y de algas, comenzó a gritar pidiendo ayuda. Pero los soldados se encontraban muy lejos de aquel lugar y Markus Vogel estaba solo junto al mar embravecido, bajo aquella lluvia morosa y persistente. Nadie iba a acudir en su ayuda. Buscó a su alrededor cualquier cosa que le permitiera cubrir a Camila, y fue entonces cuando descubrió a Andrés sentado en una roca junto a la gruta que se abría en el acantilado. Asentía compulsivamente con la cabeza, la mirada extraviada y las manos atenazadas en las rodillas.

—¡Ayúdame! —gritó Markus Vogel.

Su voz pareció sacar a Andrés del trance, pero aquello fue mucho peor para el muchacho. Se puso en pie de un salto, contempló al alemán con un pánico desorbitado y ascendió por la falla con la agilidad de una cabra. Markus Vogel lo vio desaparecer en lo alto de la cornisa. Se había quedado solo allí, con Camila entre los brazos. Le sostuvo la cabeza por el cogote, como si fuera la de un recién nacido, y la besó en la frente. Luego le friccionó la espalda. Cargando su cuerpo inerte sobre un hombro, se dispuso a subir por donde lo había hecho el hijo de la cantinera.

Hermann no se cansa de mirarme desde la sombra del emparrado. Es alemán como Markus, pero no tiene nada que ver con él. Aunque sólo Markus le entiende, parecen haber venido de mundos muy distintos. Aquí Hermann no cae bien a nadie excepto a mí. Ni siquiera le cae bien a Benito, que es el hombre más antipático del mundo. Ahora Benito se muestra más abierto y hasta a veces sonríe cuando se cruza con mamá y conmigo, dejándonos claro que no está de su lado sino del nuestro. Tampoco cae bien Hermann al capitán Constantino, que se queja de que su avión se estrellara cuando la barca de los víveres ya hacía horas que había regresado a Mallorca. Se lamenta el capitán de que, por culpa de esa coincidencia, tendrá el alemán que estar con nosotros una semana entera hasta que por fin lo repatrien a su país. Porque para Hermann, según dice mamá, estar aquí es estar en ninguna parte, por ser nuestro país neutral en la guerra. Lo cierto es que se le ve preocupado por cosas que no son de aquí, irritado por estar en esta isla que para él es como el limbo. Y eso es natural, porque se trata de un hombre comprometido con las cosas que depende de él. Basta con observar sus ojos profundos y siempre preocupados.

Yo intento mirarlo cuando parece distraído, pero es difícil porque está atento a todo lo que hago. Me sigue con la mirada y una sonrisa entristecida en la boca, como si no tuviera otra cosa que hacer que verme pasar. A mí me incomoda tanto que, al alejarme, me vuelvo de repente para sorprenderlo mirándome, pero Hermann, lejos de cortarse, reinventa su sonrisa y la vuelve aún más melancólica y desprotegida. Mamá me dice que no me acerque a ese hombre, que es peligroso como una tintorera. Pero yo estoy segura de que no es verdad. A mí me da pena verlo ahí, sentado sin hacer nada, con todas las horas vacías por delante, largas como vidas enteras. Me da la misma pena que me daba papá cuando llegaba a nuestra casa de Barcelona y se sentaba en el salón y hundía la cara entre las manos porque le estaban quitando todo lo que tenía. Y es que los hombres como papá, que era el mejor, y también otros que llegan desde muy lejos como Hermann, dan mucha pena cuando pierden lo que son.

Es entonces cuando, cegados por la rabia y la desesperanza, hacen cosas que nadie puede entender. Esta mañana Hermann ha querido que el Lluent le llevara a costear la isla en su barca. Desde allí ha estado disparando con su pistola a todo cuanto veía, a los salientes de las rocas, a los troncos de los árboles y a las pocas cabras que se le ponían a tiro. Una de ellas, alcanzada por las balas, se ha despeñado y ha caído al mar. Yo creo que Hermann sólo quería desfogarse, que no lo ha hecho a propósito. Pero, en cuanto el Lluent ha pisado las piedras del muelle, se ha ido directo al despacho del capitán Constantino. Las voces del pescador se oían desde la plaza, tan alteradas que el capitán, que conoce su carácter, ha pensado sin duda que aquello iba a acabar como el rosario de la aurora. Aunque se le veía con muy pocas ganas de hacerlo, se ha dirigido a la cantina para decirle al aviador alemán, mediante signos, que su arma quedaba confiscada. Hermann se ha resistido a entregársela, pero estaba obligado a hacerlo. Por fin la ha puesto sobre la mesa murmurando un par de frases que, aunque no podían entenderse, no han sonado nada bien. Parecía muy enfadado.

Constantino no sabía cómo reaccionar. Se ha limitado a coger la pistola y a salir de la cantina para encerrarse de nuevo en su despacho. En el aire ha quedado una sensación de odio extremo, de guerra interrumpida. Y ése es otro problema que tienen los hombres, que no saben dar las cosas por acabadas. Hasta a papá, cuando llegaba a casa y venía a mi cuarto a darme las buenas noches, se le veía agobiado e insatisfecho como si el día no tuviera suficientes horas o si él, pese a haber hecho lo imposible por resolver todos sus asuntos, no hubiera llevado a buen puerto nada de lo que realmente le interesaba. Se quedaba sentado en el salón, sin poder conciliar el sueño. Mamá le hacía una infusión y le decía «no te preocupes, todo se arreglará». Pero nada se arreglaba porque los hombres viven sin interrupción y eso hace que estén siempre inquietos. Estoy segura de que ahora mismo el capitán Constantino, y Benito, y Hermann, y Paco y el Lluent andarán dando vueltas y más vueltas a las causas pendientes que les impiden cerrar cada noche un capítulo y abrir uno nuevo a la mañana siguiente, como hago yo cuando escribo este diario. Parecería que todos buscaran vengarse los unos de los otros, y que eso les llevara a vivir en suspenso, esperando el momento de hacerlo.

Por este motivo se vuelven locos a veces y matan sin querer una cabra, o hacen cosas todavía más difíciles de entender.

El médico del campamento salió al porche limpiándose las manos con un trapo de cocina. Leonor Dot y Felisa permanecían en el interior, junto a la cama donde reposaba Camila, mientras los hombres esperaban el diagnóstico bajo la lluvia morosa que anunciaba la llegada del otoño. Estaba incluso Benito Buroy, que nunca había visitado aquella casa, un tanto apartado para situarse fuera del alcance de la luz de la bombilla. Todos se habían vuelto hacia el médico, pero éste, sin dejar de pasarse el trapo por las manos, caminó hasta el final del pavimento y paseó la mirada por la oscuridad de la noche.

—Yo no estudié para esto —dijo sin volverse hacia ellos—. Lo mío es sacar balas y entablillar huesos rotos. Soy militar y atiendo a hombres que luchan. Sé cómo tratarlos cuando los hieren. Pero no estoy preparado para otro tipo de heridas.

El capitán Constantino Martínez abrió los brazos en señal de impaciencia. Avanzó hasta el médico y lo cogió por un codo.

—Venga, hombre de Dios, díganos cómo está.

—Tiene una ligera hipotermia que se le pasará con un poco de calor. Es una chica con una constitución muy fuerte.

El médico miró entonces al capitán.

—Eso no es lo malo... La han violado. Por suerte no hay desgarro y su vida no corre peligro, pero la ha afectado mucho, como es lógico. No reacciona. Está consciente, eso creo.

Sin embargo, no habla ni se mueve. Usted me pregunta cómo se encuentra y no sé qué contestarle. Ya le he dicho que lo mío es sacar balas de un hombro o de una pantorrilla... Le he administrado un sedante, no sé si era lo más correcto.

Se hizo un espeso silencio. El capitán le miraba como si no fuera capaz de entenderle, y Markus Vogel, recostado contra la pared, se había tapado la cara con las manos. Sonó entonces, arrastrada y lenta como un tórrido soplo de viento, la voz del Lluent.

—Sólo quiero saber quién lo ha hecho.

—Y yo qué sé. La niña no abre la boca y las mujeres no quieren atosigarla... Tienen razón, es mejor dejarla descansar. Habrá que esperar a que se recupere.

Continuaba cayendo una lluvia escasa y persistente, pero no hacía frío y los hombres la ignoraban. En el interior de la casa resonaba la voz de Felisa García, que rezaba o maldecía. La noche se había vuelto tan opaca que parecían encontrarse en el fondo de una sima, a muchos metros por debajo de cualquier parte o en lo más profundo del mar. Benito Buroy, que había permanecido apartado, avanzó un par de pasos. Dio la sensación de que emergía de las tinieblas.

—Aquí no se puede hacer nada —dijo—. Me voy a dormir.

No se molestó siquiera en mirar a Markus Vogel. Cruzó la única estancia de la casa y se encaminó hacia la plaza. Al poco oyó unos pasos tras él. Era el médico.

—Espere —le pidió el galeno, que había emprendido una titubeante carrerilla en la oscuridad—. Ya que estamos aquí, podemos parar en la cantina y le quito los puntos de ese dedo. Seguro que la herida está cerrada.

Mientras ellos se alejaban, el capitán Constantino Martínez, en el porche, no sabía cómo conducir la situación. Echó una mirada al ermitaño, que se había ido deslizando por la pared hasta acabar sentado en el suelo. El enorme corpachón del alemán parecía un saco abandonado al lado de la puerta. El militar tiró de los faldones de su guerrera y se sacudió los hombros intentando secárselos. Benito Buroy tenía razón. Allí no se podía hacer nada. Había llegado el momento de retirarse él también y dejar que las mujeres se encargasen de la niña. A fin de cuentas, aquél era un problema de orden estrictamente femenino. Además, por culpa de todo aquello comenzaba a amenazarlo el ardor de estómago. Y eso sin haber cenado, que tenía su delito. Forzó unas toses para aclararse la garganta. Sólo entonces se volvió hacia el Lluent para despedirse de él. Le asustó un poco su actitud. El pescador, inmóvil y callado como siempre, mantenía la mirada fija en el vacío. Parecía que estuviera a punto de cometer alguna locura. Pero el capitán sabía que entre sus incontables funciones estaba la de impedir que la gente perdiera los estribos.

—Tranquilícese —dijo, revistiendo su voz de la sensatez de quien ha pasado por trances mucho peores—. Debemos actuar con calma hasta encontrar al culpable. De momento, sólo cabe rezar para que esto no vuelva a repetirse.

—¿Rezar? —murmuró el pescador, sin mirarle—. ¿A quién, rezar?

—No sea derrotista, hombre, y no blasfeme. Venga, dejemos que las señoras hagan su trabajo y bajemos a la cantina. Cenaremos algo, nos tomaremos una copita y ya verá, en dos días ni nos acordaremos de todo esto.

Amanecía un día frío y saturado de humedad, pero el cielo estaba despejado. Sólo unas nubes lejanas se deshilachaban en el horizonte allá por donde salía el sol, astillando su luz intensamente roja. Felisa García, que había pasado la noche en vela, preparaba achicoria para el Lluent, que tiritaba en una de las sillas de la cantina con los ojos vidriosos y la mandíbula y las manos agarrotadas. Se preguntaba la mujer, mientras atizaba las brasas para que el agua hirviera con mayor rapidez, qué habría hecho el pescador hasta aparecer por allí con las primeras luces, trémulo y desfallecido. Seguramente nada más que canturrear a la puerta de su casa, absorto en su mundo de voces olvidadas o imposibles, dejando que la lluvia le fuera apagando el fuego insoportable de sus emociones. Felisa García sabía que el Lluent sentía la vida de una forma tan intensa como imprecisa. Nada era del todo suyo ni del todo ajeno a él. Y aunque no fuera un hombre religioso, tenía un sentido del orden que en demasiadas ocasiones no se ajustaba a lo que sucedía en el mundo. Por eso, a menudo se le volvían obsesivas las ideas y le quemaban por dentro.

Había sido una noche extraña y desagradable. Al llegar, ya muy tarde, de casa de Leonor Dot, la cantinera había encontrado a su marido durmiendo empapado en su propio vómito. En cambio, la cama de Andrés permanecía sin deshacer, la almohada esponjada y el embozo abierto, tal como la había dejado ella por la mañana para hacerle más grata la hora de enfrentarse a las pesadillas. El chico no había vuelto a aparecer tras abandonar a Markus Vogel en la cala con el cuerpo inerte de Camila entre los brazos.

Felisa García había pasado la noche sentada a la mesa de la cocina, angustiada por cómo lo estuviera pasando su hijo y maldiciendo a su marido por dejarla sola en momentos de tanto sufrimiento. Con sus manos gordezuelas una sobre otra, la mirada vagando perezosa de las estanterías a los fogones, de éstos al retrato de Pío XII y de nuevo a las estanterías repletas de cazos renegridos, latas cubiertas de grasa y tarros con olor a podredumbre, fue cayendo la mujer en las trampas del pensamiento. El paso lento de las horas le había ido despertando una incertidumbre que a punto estaba de volverla loca. Sin poder evitarlo, daba vueltas y vueltas a la idea de que Andrés únicamente desaparecía cuando se sentía herido en su orgullo o culpable de algo. Pero el día anterior nadie le había hecho nada malo a su hijo. Muy por el contrario, Felisa recordaba haber visto al muchacho muy contento ante la perspectiva de aquel día en la playa. Entonces, si era la culpabilidad la que, muchas horas y horrores después, lo había obligado a salir corriendo ante el alemán que le pedía ayuda, aquello sólo podía significar que había sido él el que había forzado a la niña. A la cantinera, que seguía sus razonamientos sin hacer trampas ni adelantarse nunca a su propio discurrir, le dio un vuelco el estómago al alcanzar aquella conclusión: era Andrés el que había violado a Camila.

La habitación se había quedado de pronto sin aire y Felisa García, con las manos en el pecho, había comenzado a boquear horrorizada. Sintió la necesidad imperiosa de llamar a alguien, pero no supo a quién, ni si tenía derecho a suplicar que la asistieran. En aquel momento se oyó el sonido de la puerta de la cantina y, al alzar Felisa la mirada, tropezó con la de Pío XII, que la observaba desde su calendario de pared. Los ojos del papa ya no ofrecían su habitual placidez y le recriminaban que hubiera parido a un degenerado, que fuera una mujer tan débil y que, no contenta con todos los males que había llegado a desencadenar, continuara sentada sin hacer nada. Felisa García meneó la cabeza, se puso en pie y fue a ver quién entraba, murmurando por lo bajinis:

—No puedo venirme abajo, no puedo. Tengo que encontrar a Andrés y entregarlo a las autoridades.

El Lluent caminaba tambaleándose. Nunca, ni tras sus peores noches en el mar, había aparecido por la cantina en un estado tan lamentable. Tomó asiento en una silla sin fuerzas para contestar al saludo de la cantinera. Felisa García, a pesar de la hora que era, se apresuró a prepararle una achicoria bien caliente. Mientras atizaba el fuego preguntándose qué habría hecho para estar tan maltrecho, tuvo una idea que la dejó paralizada. El pescador era un hombre de impulsos brutales, ella lo sabía bien, y resultaba sorprendente verlo vencido por un abatimiento que podía deberse, por qué no, a la culpa. A la culpa que le podría causar no haber sabido resistirse a la tentación de apropiarse de la inocencia de Camila, y con ella de los perfumes de su imaginación, y de las voces inaudibles, y de un pasado que recordaría entre brumas y de un futuro que sencillamente no existía. Casi todo en la vida se hace para cubrir malamente una idea superior e inalcanzable, pensó Felisa García. ¿Por qué no podía el Lluent haber caído en aquel espejismo que acababa condenando a casi todos los hombres? ¿Y si era el pescador el que había violado a la niña, y no su hijo?

Sirvió un tazón bien lleno, salió a la cantina y lo puso delante del hombre, que continuaba con la mirada hundida entre las piernas. La cantinera se sentó frente a él y apoyó los codos en la mesa.

—¿Qué has hecho, Lluent? —se aventuró a preguntar, vagamente consciente de que con aquella pregunta aventuraba también la posibilidad de ponerse a salvo de sus propias culpas.

La respuesta no iba a tardar ni un segundo. Sin duda el pescador había estado meditando sobre ello.

—Salgo al mar y me hago viejo —balbuceó con la voz quebrada—. Eso es lo que hago. Cada día salgo al mar y envejezco un poco más. Y a veces me pregunto para qué.

Felisa García no era lo bastante ciega como para aferrarse a una entelequia.

—Bébete eso —le dijo, poniéndose de nuevo en pie—. Te sentará bien.

Regresó a la cocina. Una vez a solas apoyó la espalda en la pared y se puso a sollozar con rabia, una rabia tan fuerte que le estremecía las tripas. Podía haber sido el Lluent quien violara a la niña, quién lo sabía, pero también podía haber sido algún soldado del campamento o hasta su propio marido, que había pasado todo el día borracho dando tumbos por la isla. Podía haber sido cualquiera, incluso Markus Vogel, que a fin de cuentas era el que la había traído hasta el pueblo. A los hombres no se los conoce nunca lo suficiente. Pero ella sabía que su hijo tenía un problema grave en la cabeza, y que en muchas ocasiones lo había encontrado masturbándose en cualquier lugar, a veces delante de la gente, y que Leonor lo había sorprendido espiando a Camila dormida y que era ella, Felisa García, quien había parido a aquel muchacho que no sabía que hay cosas que no deben hacerse por mucho que te atraiga una belleza que nunca va a ser tuya. Así eran las cosas, para qué iba a engañarse. Andrés había forzado a Camila y a ella le tocaba reparar los daños en la medida en que le fuera posible. Estaba dispuesta a empezar de inmediato. De la desgracia sólo se puede salir con voluntad y sacrificio, eso se dijo Felisa García.

Se apartó de la pared comprobando que las piernas aún la sostenían y que no perdía el equilibrio. Se frotó las manos con determinación. Tenía que preparar la comida y pensar en lo que haría después. Así debían de hacerse las cosas para que la vida siguiera su curso y para que Camila tuviera un buen caldo, que aquello era lo primero. Y los demás, por muy dolidos o atareados que estuvieran, también querrían comer. Más tarde, cuando hubiera resuelto todo aquello, se encargaría de Andrés. Ya sabía dónde encontrarlo.

Cogió con un resoplido la olla más grande. Se dio la vuelta para llenarla de agua y tropezó de nuevo con Pío XII, que continuaba mirándola con desaprobación. Pero Felisa García ya se había puesto en marcha y no estaba para bromas.

—Y tú... vete a la mierda —le dijo.

Cuando Felisa llamó a la puerta, Leonor sostenía a un lado la cortina para observar el mar a través de la ventana. Se volvió para ver entrar a la cantinera, que traía una cazuela humeante y una hogaza bajo un brazo. La recién llegada dirigió una mirada fugaz hacia la cama donde Camila, cubierta hasta el cuello con una manta, permanecía inmóvil en posición fetal. Luego dejó lo que llevaba en la repisa de mármol y cruzó los dedos de las manos sobre el estómago. Leonor se había vuelto de nuevo hacia la ventana.

—Ha venido a verme el capitán —dijo con voz temblorosa—. Quería informarme de que ha estado investigando a sus hombres y no ha podido ser ninguno de ellos. Sólo el doctor se ausentó ayer el tiempo suficiente para llegar hasta la cala, así que lo ha arrestado de forma preventiva... Ese hombre es tan tonto... Me da una pena... Una pena de todos nosotros...

Los hombros de Leonor delataban que se había puesto a llorar. Felisa García avanzó un par de pasos con la intención de consolarla, pero se detuvo bruscamente bajando la mirada hacia sus propios pies. Se sentía demasiado sucia para abrazar a aquella mujer y tampoco podía fingir que la relación entre ellas continuaba igual que antes. Había llegado el momento de empezar a asumir su responsabilidad.

—He traído caldo para la niña. Debes intentar que tome un poco. Lo necesita.

Se calló unos instantes para tratar de infundirse coraje. Luego continuó:

—Leonor, no sé si voy a poder volver a mirarte a la cara.

La otra giró el cuello para observarla con perplejidad. Tenía unas ojeras lagrimadas y profundamente oscuras.

—¿Por qué dices eso?

—Ha sido Andrés, mi hijo. Todavía no ha vuelto a casa, pero sé dónde está, en ese lugar que los chicos llaman el valle de las voces. Ahora voy a servir las comidas. Luego iré a buscarlo y le pediré al capitán que lo lleve detenido... Quiero que sepas que tú has tenido mala suerte en la vida, pero yo también.

—¿Quién dice que ha sido Andrés? ¿Quién lo dice?

Leonor Dot se había separado de la ventana para acercarse

a la cantinera. Ésta, tras mirarla un instante, había bajado de nuevo la vista hacia el suelo.

—Yo lo sé, que soy su madre. He estado pensando toda la noche... Es un buen chico, pero está enfermo y no sabe controlarse. Ha sido él.

Leonor, haciendo un gesto de cansancio, cogió una silla por el respaldo para acercarla hacia sí y se sentó en ella. Hincó un codo en la mesa, apoyó la frente en la mano y miró a la cantinera.

—En Barcelona mi marido tuvo muchos problemas con los infiltrados del otro bando —dijo—. Había delaciones, sabotajes... esas cosas. En una ocasión impidió que fusilaran a uno por haber pasado información al enemigo. Era un cura famoso por sus ideas reaccionarias, pero no se había podido demostrar nada contra él. Ricardo aclaró a sus hombres que no quería un culpable cualquiera, sino al culpable de aquel delito, y ordenó que lo pusieran en libertad... No sé si me explico.

—Siempre te has explicado muy bien —afirmó Felisa García—, pero ha sido mi hijo. Estoy segura... Insiste a la niña para que tome un poco de caldo, hazme ese favor.

Salió de la casa sin añadir nada más. Leonor Dot, al quedarse sola, fue hasta la cazuela y levantó la tapa. Un humeante aroma de apio invadió la habitación. A Leonor le ronronearon las tripas. Miró a Camila. La niña continuaba sin hacer ningún movimiento, acurrucada con la cara vuelta hacia la pared. Su madre sirvió un tazón. Fue hasta la cama y se sentó con cuidado junto a ella. Le pasó una mano suavemente por el pelo.

—Bebe, cariño. Te lo ha traído Felisa.

Camila no respondía.

—Tienes que tomar algo. Haz un esfuerzo.

Le puso una mano en la frente y descubrió que estaba ardiendo. El médico militar ya le había advertido de que aquello podía suceder y le había dejado un cuenco con miel. Leonor calentó un poco de leche y disolvió en ella un par de cucharadas. Luego regresó a la cama. Sostuvo la cabeza de Camila contra su pecho y le acercó el vaso a la boca.

—Bébete esto. Debes luchar, cariño. Bébetelo.

Camila obedeció con dificultad, sin abrir los ojos. Poco a poco bebió la leche mientras Leonor pensaba que aquella tarde, en cuanto pudiera dejarla con alguien, iría a ver al capitán y le suplicaría que permitiera salir al médico para que volviera a visitarla.

En cuanto su madre le soltó la cabeza, la niña recuperó su posición contra la pared. Leonor se puso en pie y la miró con desolación.

—No podría vivir sin ti, Camila —le dijo—. Tienes que ser fuerte, porque hay mucha gente que te quiere.

Se alejó de la cama, cogió el tazón de caldo y salió al porche. Quiso beber, pero la garganta se le atenazó y no pudo abrir la boca.

Felisa García nunca había faltado a su palabra. Aquella tarde, en cuanto hubo acabado de recoger el servicio de la comida, tiró el delantal sobre la mesa de la cocina y salió de la cantina. Al poco rato, los soldados de guardia en el campamento la vieron pasar con los brazos en jarras encaminándose hacia el interior de la isla. A Felisa García le sobraba energía para buscar a su hijo por todos los valles de este mundo, pero no contaba con que le dolieran tanto las piernas. Le costó un gran esfuerzo ascender el último repecho que daba al valle de las voces. Apoyada en un pino, con los pies tan hinchados que las sandalias a duras penas los contenían, se maldijo por ser tan gorda y tan vieja mientras escudriñaba la espesura en busca de Andrés. No lo vio, y el muchacho no iba a contestar si lo llamaba, así que emprendió el descenso dispuesta a recorrer palmo a palmo aquel lugar.

Encontró a su hijo poco después, sentado sobre una roca

cubierta de musgo. Aunque sin duda había advertido su presencia, pues Felisa avanzaba por el fondo del valle como un elefante, Andrés no movió un solo músculo. Su madre se plantó ante él resoplando, alzó una mano y le dio un bofetón tan sonoro que volaron todos los pájaros de los árboles.

—¡Lo que has hecho no tiene nombre! ¡No tiene nombre ni perdón! ¡Me avergüenzo de haberte parido!

Sin mediar más palabras cogió al muchacho por el cuello de la camisa y lo arrastró de regreso al pueblo. Andrés se dejaba conducir. A ratos gimoteaba un poco y se llevaba una mano a la mejilla dolorida, pero no oponía resistencia. Cuando llegaron a la plaza empezaba a declinar el sol. Felisa García se dirigió resueltamente hacia la Comandancia. Sin embargo, a medio camino se detuvo unos instantes para reflexionar. Tomó otra decisión. Con su hijo cogido aún por el cogote, emprendió el ascenso a la casa de Leonor Dot. Entró allí sin llamar a la puerta y empujó al muchacho hacia la cama de Camila.

—¡Mírala! —gritó—. ¡Quiero que la veas antes de que te encierren! ¡Quiero que veas lo que has hecho!

Andrés, con la cabeza hundida entre los hombros, se volvió asustado hacia su madre. Luego se acercó a la cama, se arrodilló junto a la cabecera y soltó un lamento largo y lúgubre, como el de los perros cuando aúllan a la muerte. Camila se dio entonces la vuelta, entreabrió los ojos y sonrió levemente.

—Sabía que vendrías —dijo la niña.

Andrés, tras un instante de vacilación, le puso sus manos sucias sobre la cara. Camila respondió con un brazo huesudo y extremadamente pálido que alzó con asfixia para pasarlo por encima de su espalda.

Las dos mujeres los miraban con asombro. Fue Leonor la primera en reaccionar.

—No ha sido él —dijo—. No le hagas más daño.

Paco se había asomado a la habitación de Andrés, pero no se atrevía a acabar de entrar. Había dejado transcurrir el día anterior en la cama hasta que, avanzada la tarde, no pudiendo soportar el olor del vómito y en vista de que Felisa no regresaba, se había levantado para cambiar él mismo las sábanas. Luego se había vuelto a acostar y se había quedado otra vez dormido. En aquel momento acababa de despertarse. Ya hacía rato que había amanecido.

—Felisa —dijo desde la puerta—, no sé lo que me pasó... No recuerdo nada, es como si me hubiera vuelto loco. Creo que sí, que me volví loco. Sólo recuerdo que anduve mucho... No debiste decirme que era el enemigo público número uno.

Felisa García parecía no escucharle. Sentada en la cama de Andrés, le había quitado la chaqueta del pijama y observaba sus brazos cubiertos de moratones. Obligó al muchacho a darse la vuelta y descubrió que tenía también un enorme hematoma en la espalda.

—No te muevas —le dijo—. Ahora vengo.

Fue al descansillo y se detuvo delante de su marido, que al verla venir había retrocedido hasta la puerta de su dormitorio.

—El chico no está bien. Voy a pedirle al capitán que haga venir al médico.

Avanzó hacia la embocadura de la escalera, pero se detuvo de nuevo y se volvió hacia Paco con un gesto de abatimiento.

—Lo que dije fue que no había nada peor que tener al enemigo en casa. Eso fue lo que dije, no que fueras el enemigo público número uno... ¿Quién te crees que eres? Para eso no darías la talla.

Bajó a la cantina, salió a la plaza y se encaminó renqueando hacia la Comandancia Militar. Le dolía la cadera. El capitán Constantino Martínez, que se encontraba en su despacho dejando pasar las horas, la recibió convencido de que nada bueno podía depararle una visita de la cantinera. Así era, en efecto. Felisa García quería que dejara salir al médico para que fuera a ver a su hijo.

—Pero ¿qué es lo que pasa? —exclamó, enfurecido—. Basta con que arreste a ese hombre para que todo el mundo lo necesite. ¿Es que se han puesto todos de acuerdo?

Sin embargo mandó llamar al doctor, que acudió a la cantina custodiado por dos soldados. El hombre no parecía intranquilo por su situación. Sabía bien que en realidad no tenían nada contra él, y que el capitán se limitaba a poner a salvo el buen nombre del ejército antes de echar tierra sobre el asunto. Se acercó a Andrés, al que habían sentado en una silla del bar, y lo reconoció meticulosamente.

—Le han pegado una soberana paliza —concluyó—. Fíjense qué cardenales, se han ensañado con él. Miren, tiene hasta la palma de una mano marcada en la cara.

Felisa García, a sus espaldas, se removió incómoda y dejó escapar una tosecita. El doctor había aplicado una oreja al pecho del muchacho. Se quedó completamente inmóvil, tan atento a lo que oía que parecía estar sintonizando la radio. Los dos soldados, los padres de Andrés y hasta el capitán Constantino Martínez, que había acudido a curiosear, guardaron un respetuoso silencio y contuvieron la respiración. Después, el médico palpó largo rato los costados de su paciente, hundiendo los dedos como si amasara pan. Sólo por prolongar un poco la tensión dramática le miró las pupilas.

—Tiene un par de costillas rotas —diagnosticó por fin volviéndose hacia la cantinera—, pero son de las flotantes. No se puede hacer nada. Ya se irán soldando por sí solas. Mientras tanto, no dejen que el chico haga ejercicios bruscos.

Felisa García se volvió enfurecida hacia el capitán.

—¡A mi hijo le atacó el mismo que forzó a Camila! ¡Seguro que él intentó defenderla! ¡Ese hombre es un monstruo, Constantino! ¡Tiene que encontrarlo!

El militar estaba harto de que todo dependiera de sus oficios. No podía decir que se tratara de algo fuera de lo normal, pues era él quien mandaba en la isla. Pero estaba harto de hacerlo sin que nadie le prestara la más pequeña ayuda.

—¿Y no puede hablar? —saltó, señalando a Andrés—. ¡Tuvo que ver quién era! ¿Tan tonto es que no puede decirnos su nombre? ¿No puede abrir la boca aunque sólo sea por una vez?

—¿Cómo va a hablar, si en su vida ha dicho una palabra? —intervino Markus Vogel, que acababa de entrar en la cantina y miraba con indignación al capitán.

—Pues estamos apañados —sentenció el militar—. La niña no suelta prenda, éste tampoco. ¿Qué coño quieren que haga? Yo lo mío lo tengo todo controlado. A ver ustedes, qué me cuentan... Quizá deberían mirarse en los bolsillos.

Fue en ese instante cuando apareció Benito Buroy, seguido poco después por Hermann Schmidt. El primero cruzó el bar sin apartar la mirada de Markus Vogel y tomó asiento en su mesa del fondo. El aviador alemán, en cambio, no llegó ni a avanzar dos pasos hacia el interior de la cantina. Se detuvo al ver la reunión en torno a aquel desgraciado que, desde que lo sorprendiera espiándole en el cementerio, huía nada más verle.

Andrés, que permanecía sentado con el torso al descubierto y los labios llenos de babas, tardó un poco en reconocerlo porque estaba aturdido, pero al darse cuenta de quién era se le desorbitaron los ojos. Recordó el día en el camposanto cuando se le vaciaron las tripas atrapado por aquel hombre que iba a matarlo a palos, y le resonó de nuevo en la cabeza su vozarrón brutal que parecía el de un diablo soltando maldiciones, y revivió el terror con que esperó el primer golpe y la fuerza de su bota en el costado cuando le hizo rodar por el suelo.

Dejó escapar Andrés un sonido gutural muy prolongado, como si un miedo contenido largo tiempo encontrara por fin la grieta de los labios para manifestarse. Luego, tirando con estrépito la silla en la que estaba sentado, salió corriendo hacia la escalera que conducía a su dormitorio.

El aviador alzó una ceja observando en silencio al fugitivo. Luego miró a los presentes con desgana, meneó la cabeza dando a entender que ni podía ni tenía ganas de explicarse, y salió a sentarse bajo la parra junto al Lluent.

—¿Habéis visto a Andrés? —saltó Felisa García—. ¿Le habéis visto? ¿Por qué le asusta tanto ese hombre? Apostaría la vida a que ha sido él quien ha traído la desgracia a este pueblo. ¿Quién si no? Dime, Constantino... ¿Quién si no?

Benito Buroy, apoltronado en la balconada de la Comandancia, veía pasar la mañana dejándose llevar por oscuros pensamientos. A raíz de la agresión que sufriera dos días atrás la hija de Leonor Dot, Markus Vogel había abandonado su retiro y se había instalado en una casita de la plaza, una ruina abandonada que condensaba en las paredes todo el salitre del mar. Caminaba por el pueblo como un sonámbulo, en apariencia desentendido de su suerte, pero evitando las horas o los lugares solitarios. A Benito Buroy aquella proximidad le era tan dañina como su ausencia. No podía, tal como estaban las cosas, salir de la Comandancia y, con todo el mundo presente, pegarle un tiro al alemán. Debía reconocer que Markus Vogel, además de ser un hombre valiente, sabía lo que hacía. Si a pesar de todo se liaba la manta a la cabeza y lo mataba allí mismo, se suponía que el comisario acudiría a rescatarlo del lío en que se habría metido, pero Buroy tenía razones sobradas para sospechar que el policía no iba a molestarse por él. Y al día siguiente llegaba la barca de Palma.

En eso pensaba cuando vio salir a Andrés del chamizo de su padre arrastrando una descomunal caja de cartón. El chico volvió sobre sus pasos para regresar con una escalera que apoyó en la higuera centenaria. Luego sacó de la caja una guirnalda de banderitas españolas y la tendió desde el árbol hasta el emparrado. Con los morros orientados hacia el suelo, como un toro que embiste, regresaba a la caja a por otra guirnalda, la anudaba a la higuera y desde allí hasta la reja de la ventana del capitán, o hasta el balcón desmoronado del Lluent, o hasta una piedra que había dejado caer en la playa después de calcular, cargándola a un lado y a otro, la perfecta simetría del patriótico entoldado. El ambiente de verbena era ya casi completo cuando el capitán Constantino Martínez vino a estropearlo. Llegó en el camión del campamento, saltó del vehículo y alzó la mirada hacia lo alto con la misma admiración con que observaría la fachada de un ministerio italiano. Acto seguido fue a la cantina y pronunció con voz estentórea, dejando vía libre a su natural incisivo:

—¿Qué pasa aquí? ¿Es que va a venir el Generalísimo y yo no me he enterado?

Benito Buroy, desde la balconada, vio que Felisa salía de la cantina secándose las manos en el delantal, y que los hombros se le abatían por una súbita tristeza, y que corría hasta su hijo, se le abrazaba y le hablaba al oído acariciándole la cabeza. Un poco más allá, Markus Vogel y Hermann Schmidt se internaban por el muelle paseando juntos sin hablar. El capitán sonreía feliz bajo el emparrado viendo a Felisa coger por la cintura a su hijo y acompañarlo hasta la cantina.

—¿Tú crees que estamos para fiestas? —soltó el militar a medida que Andrés se le acercaba—. ¡Señor... Señor! ¡Qué paciencia hay que tener!

Al poco de entrar ellos en el bar, salió Paco zumbando y comenzó a arrancar las guirnaldas. En lugar de utilizar la escalera que su hijo había dejado apoyada en el árbol, saltaba como si intentara atrapar pájaros con las manos y rompía los hilos a tirones, dejando el suelo de la plaza cubierto de trozos desmadejados que las ráfagas de viento hacían serpentear.

—Qué poco respeto —murmuró el capitán. Y alzando la voz—: ¡Recoja eso, hombre, que es la enseña nacional!

Paco, alardeando de una ineficacia asombrosa, se asía a un travesaño de la escalera para saltar más alto hacia los nudos metódicos que su hijo había tendido en la higuera. Para poder verlo sin levantarse, Benito Buroy se había inclinado hacia delante, los antebrazos sobre las rodillas y las manos entrelazadas, y miraba por entre los barrotes de la barandilla. En aquel momento sonó una voz que desvió su atención hacia el mar. Los dos alemanes se encontraban al final del muelle y parecían discutir, encarándose a poca distancia uno del otro. El capitán Constantino Martínez gritó a Paco que dejara de dar saltos y que usara la escalera, pero Benito Buroy se había puesto en pie y miraba en la otra dirección. Dejó escapar una exclamación de asombro.

Hermann Schmidt se abalanzaba sobre Markus Vogel, pero no llegó a alcanzarlo. Sonó un disparo que llenó de ecos la plaza, luego otro, y el aviador cayó de bruces al suelo. También cayó Paco, asustado por las detonaciones, arrastrando consigo la escalera que tanto se había resistido a utilizar.

Markus Vogel se agachó sobre el aviador para tomarle el pulso. A continuación, tras verificar seguramente que estaba muerto, le dio la espalda y se encaminó hacia la plaza. Benito Buroy, movido por algún oscuro presentimiento, bajó corriendo la escalera de la Comandancia y salió al exterior. Los soldados de guardia se le habían anticipado. Aterrorizados, apuntaban con sus rifles a un lado y a otro buscando al invasor inglés. Pero allí sólo estaba Paco, tirado por el suelo, y el capitán Constantino Martínez inmóvil como una estatua, y aquel alemán meditabundo que avanzaba hacia la más alta autoridad de la isla con tranquilidad, como si nada hubiera sucedido. Cuando el capitán lo vio delante de sí, alzó los brazos en un gesto instintivo de rendición. Tentado estaba de suplicar clemencia, pero Markus Vogel le entregó el arma. A Benito Buroy, que se había ido acercando a ellos, no le costó reconocer el Astra que tres semanas atrás le confiara el comisario de Palma.

—¿De dónde ha sacado esto? —preguntó el militar, perplejo, tras coger la pistola.

—Es de Buroy —contestó Markus Vogel—. Se la he tomado prestada para hacer justicia a Camila... Perdonen que me haya permitido esta licencia, pero Hermann Schmidt era un ciudadano alemán. Mi país está en guerra y los tribunales no funcionan como debieran.

El capitán Constantino Martínez miró con renovada sorpresa a Benito Buroy, que se había quedado con los brazos caídos y la mirada perdida. Después de tantos años de sobrevivir a cualquier precio, de hacer lo que fuera para prolongar un poco más su agonía, le había alcanzado por fin la derrota definitiva.

A los pulpos les gustan los peroles viejos. El Lluent los compra a un chatarrero de la colonia de Sant Jordi, y por las noches, sentado en una piedra a la puerta de su casa, los va uniendo con un cabo largo hasta engarzar un collar gigante. Luego sale al mar en su barca y deja el collar hundido en el fondo con una boya en cada extremo. A los pocos días regresa a aquel lugar y va tirando del cabo para recuperar los peroles. En cada uno hay un pulpo instalado, tan contento, en el peor sitio posible. Los pobres pulpos se encuentran con la perdición cuando creen haber hallado un lugar donde vivir.

A nosotros nos pasó lo mismo que a los pulpos. Recuerdo la mañana en la que papá, tras probar suerte con varias llaves atadas con una cuerdecilla, consiguió abrir la puerta del piso de Barcelona. Era un piso que había sido de unos marqueses o algo así, con habitaciones muy grandes y balcones que daban a una calle con plátanos. Casi no había muebles, pero en las paredes se veía dónde habían estado porque sus siluetas se marcaban descoloridas en la pared, y se veía también dónde había habido cuadros colgados, rectángulos pálidos en los que yo imaginaba paisajes y cestas con frutas. Aquel piso parecía un álbum de cromos recién estrenado.

A mamá no le gustó. Se paseaba por las salas vacías con encogimiento y cierto temor. No se atrevía a tocar nada. Dijo que allí habían vivido otras personas, y en su voz creí advertir una inquietud parecida a la que nos causan los fantasmas, como si aquellas otras personas nos pudieran ver y no estuvieran nada contentas de que nosotros entráramos en su casa.

—Déjate de monsergas —dijo papá, abrazándola—. Aquí vamos a ser muy felices.

Pero mamá tenía razón. Aquel piso tan grande y tan vacío era un perol en el fondo del mar. Una trampa disfrazada de hogar. A veces pienso que todas las casas son sólo trampas, pues en ellas te sientes a salvo cuando en realidad no lo estás. Y es que una casa, aunque tenga tantas llaves que nunca sepas cuál es la que necesitas, no protege a los que viven en ella. No nos protegió a nosotros la de Barcelona aunque papá consiguió algunos muebles, y yo comencé a ir a un colegio que estaba en la esquina, y había un hombre muy simpático que nos traía la leche y todo parecía normal. Sin embargo, a las pocas semanas a nuestra vecina la mató una bomba cuando iba por la calle y encontramos a su marido llorando tirado en el portal. Luego papá no vino por la noche, ni al día siguiente, y mamá iba de un salón a otro de aquel piso enorme sin hacer nada, como sonámbula, y un buen día me dijeron que estaba en el hospital y me cuidaron unas monjas a las que yo les daba mucha pena, pues no se cansaban de decírmelo. Mamá se recuperó, pero no he vuelto a ver a papá y no regresamos a aquella trampa en la que dijo que íbamos a ser tan felices.

A veces las cosas suceden como en un juego del escondite en el que alguien te quiere hacer daño, pero daño de verdad. Así nos sucedió a nosotros, y supongo que por eso, porque siempre hay alguien que nos persigue, me emocionaba tanto cuando de pequeña jugaba a esconderme. En el momento en que me descubrían, el corazón me daba un vuelco y era como si se acabara una época de mi vida, una época en la que me sentía oculta y a salvo sin estarlo en absoluto. Ahora ya no juego. Me he hecho mayor y ya sé que esconderse no sirve de nada, que antes o después te encuentran porque todos quieren ganar y para ganar necesitan sacarte de tu refugio.

Así mueren los pulpos, que a Felisa le encantan y que prepara a la gallega, con pimentón y sal gruesa. A todos nos gustan mucho y los comemos a menudo, porque la costa está llena de pulpos que buscan una casa donde sentirse a salvo de nosotros.

Cuando sonaron los disparos, Leonor Dot se hallaba sentada en el porche de su casa. Las dos detonaciones le despertaron los ecos de otras más lejanas en el tiempo, aquellas que les amenazaban desde la calle y les impedían acercarse a las ventanas de su piso de Barcelona. El pulso se le aceleró y las manos se le crisparon aferradas a los barrotes de la silla. Permaneció muy quieta unos instantes atenta al sonido de gritos o de nuevos disparos, pero no llegaron. Se puso en pie y miró hacia la plaza. La copa de la higuera le tapaba el muelle, y eso le impidió advertir ningún movimiento extraño. De la chimenea de la cantina brotaba el humo de los fogones de Felisa. Pese a todo, Leonor Dot sabía que el ruido de un arma cambia para siempre el rumbo de la vida.

Se llevó una mano al cuello con angustia. Pensó que, por mucho miedo que sintiera, debía acudir a ver lo que sucedía aunque sólo fuera para poner a salvo a Camila. No iba a permitir que le hicieran daño otra vez. Estaba dispuesta a envolverla en una manta y llevársela al monte, al valle de las voces o al acantilado remoto de Markus Vogel, a cualquier lugar donde nadie pudiera verla ni tocarla. En aquel momento su hija la llamó desde el interior de la casa.

Felisa García, en la cantina, también había oído los disparos. Fue hacia Andrés, que estaba sentado en su rincón de la cocina, y le entregó lo que tenía en las manos, una patata y un cuchillo. «Ya vuelvo», le dijo. Cruzó el bar y salió a la plaza. Vio que el alemán ermitaño entregaba una pistola al capitán y que al final del muelle yacía tendido el cuerpo del piloto. Pensó que se había hecho justicia de la forma que debía hacerse, entre hermanos de país y de sangre. Markus Vogel había demostrado ser lo que ella siempre había pensado, un hombre de honor, y si todavía quedaban jueces de verdad le perdonarían que hubiera matado a aquel depravado. Pero eso ya no era de su incumbencia, bastante tenía con mantener en pie su pequeño mundo. Regresó a la cocina, recuperó la patata y el cuchillo que le había dado a su hijo y comenzó a pelar el tubérculo sobre el mármol. Andrés, con las manos entre los muslos y la barbilla hundida en el pecho, eligió aquel preciso instante para hablar por primera y última vez en su vida.

—Margarita —dijo con una voz que a su madre le sonó la de un extraño.

Felisa García se quedó inmóvil, la hoja del cuchillo hundida transversalmente bajo la piel de la patata. Había comprendido de inmediato lo que Andrés quería decirle. Sin embargo no miró a su hijo ni sintió la necesidad de alegrarse de que hubiera hablado por fin. Sólo pensó que las cosas eran como eran, sucias y complicadas, y que le parecía prudente dejarlas como estaban para no hacer daño a nadie más. Saber la verdad podía ser, a veces, una molestia añadida a todas las que poco a poco se iban solucionando. Si aquella mala historia se había cerrado con la congruencia necesaria para olvidarla, bien estaba. Y si la conciencia de Andrés lo había obligado a hablar en nombre de una verdad que llegaba demasiado tarde para evitar la muerte de un hombre, no pasaba nada porque allí sólo estaba ella, que no quería escucharle. Ya encontraría la manera, más adelante, de demostrarle lo orgullosa que estaba de haber oído su voz, la voz de un extraño.

De nada iba a servirle a la cantinera acallar la verdad para evitar nuevos males. Mientras ella retomaba el gesto cotidiano de pelar la patata, Leonor se sentaba en la cama de Camila y le cogía una mano entre las suyas. La niña estaba menos pálida y tenía los ojos más grandes y brillantes que nunca. Miraba a su madre con una placidez turbadora.

—Yo tuve la culpa, mamá. Quise que Andrés me llevara a un lugar donde el agua fuera muy profunda... Y él siempre me obedece.

Leonor sabía que aquella reacción de su hija era normal después de una agresión como la que había sufrido, pero ignoraba lo que tenía que hacer para contrarrestarla.

—Tú no tienes la culpa de nada, faltaría más —se limitó a contestar.

Camila cerró los ojos lentamente y tardó un poco en volver a abrirlos. Pero su voz sonó clara y sosegada:

—Fueron unos pescadores que llegaron en una barca, los mismos a los que el Lluent echó del bar.

Leonor Dot recordó a los marrajeros que habían montado la bronca en la cantina, y la abstracción angustiosa que hasta aquel momento le atenazaba el estómago se vio de pronto sustituida por un ácido deseo de venganza. Quiso disimular ante Camila, pero al ponerse en pie trastabilleó desequilibrada por una agresividad interna que se veía incapaz de contener. Hasta aquel momento no había odiado al violador de su hija, pero al saber quiénes habían sido, al recordar las caras de aquellos tres hombres, pudo imaginar el horror que se había desatado en la cala desierta y supo que daría todo lo que tenía, lo poco que aún le quedaba, por verlos muertos.

Intentó serenarse. Debía informar de inmediato al capitán,

conseguir que los buscaran por el archipiélago entero o por la costa peninsular si hiciera falta, que los juzgaran por su crimen. Ya estaba harta Leonor Dot de la impunidad con que gentes, siempre acerbas y extrañas, le iban destrozando la vida. Estaba tan alterada que fue hacia la puerta sin decirle nada a Camila. Salía al camino cuando oyó tras ella la voz de su hija.

—Mami, hoy es mi cumpleaños.

Leonor se detuvo, agarrotada por la sensación insoportable de estar perdiendo el control de su vida y la de su hija, el control de sus sentimientos, de sus deseos, de todo lo que dependía de ella. Ya no era capaz siquiera de demostrar su cariño. Sólo pensaba en defenderse a arañazos, en abrirse paso como un animal acorralado. Estaba dejando de ser humana.

Se volvió intentando esbozar una sonrisa.

—Ya lo sé, mi amor. No te he dicho nada porque quería darte una sorpresa. Tápate bien, que regreso en un instante.

Cerró la puerta con cuidado. Una vez fuera de la vista de Camila, se alzó las faldas y echó a correr hacia la cantina.

Se acercaba la hora de comer. En la barra estaban el Lluent, que iba a embarcarse aquella tarde, y Benito Buroy. Tomaban en silencio unas copas de vino. Aunque no hablaban, se hacían mutua compañía. Lo cierto era que los clientes de Felisa García se habían visto drásticamente reducidos a raíz de los últimos acontecimientos. Leonor Dot y su hija llevaban dos días recluidas en su casa, Hermann Schmidt dormía el sueño eterno en una habitación vacía de la Comandancia Militar, y en otra habían encerrado a Markus Vogel. Hasta el médico militar, que ocasionalmente aparecía por allí, seguía arrestado en el campamento en espera de que el capitán se acordara de él. Pero el capitán Constantino Martínez se había enclaustrado en su despacho, donde se entregaba con frenético encono a lamentarse de su mala suerte. Todavía resonaban en la plaza los gritos indignados que profirió una vez hubo asimilado que los alemanes se habían liado a tiros en el muelle con una pistola aparecida en Cabrera como por ensalmo. «¡Se me va a caer el pelo, Buroy! ¡Por su culpa se me va a caer el pelo!»

Ya se disponían los dos clientes solitarios a compartir mesa cuando apareció Leonor Dot, muy sofocada. Pasó ante ellos sin verlos y abrió la puerta de la cocina, que volvió a cerrarse a su espalda con un golpe seco. Aun así podían oír su voz. Explicaba a Felisa García, entre jadeos, que era el cumpleaños de Camila y que necesitaba urgentemente un pastel. El Lluent había cogido la botella para rellenar las copas de vino, pero la voz de Leonor Dot siguió llegándoles a través de la puerta cerrada. Decía que habían sido los marrajeros quienes habían agredido a la niña.

La botella se le escurrió al pescador de entre los dedos y se hizo añicos contra el suelo. Clavó una mirada enloquecida en Benito Buroy, que continuaba con la copa en la mano y ni siquiera había pestañeado. En aquellos momentos pensaba Buroy que nadie, de entre toda aquella gente acostumbrada por tantos años de guerra y de miseria a eludir los golpes, había logrado proteger a la niña, ni ponerse después a salvo de la sospecha que había recaído sobre todos ellos. Nadie había sabido defenderse, y la vida, esa historia escrita por un loco, los había arrastrado una vez más a ninguna parte. A él también, por no saber matar a Markus Vogel. En cuanto pisara Mallorca sería enviado de nuevo a un penal o a arrastrar piedras en el faraónico Monumento a los Caídos que había empezado a construirse en las cercanías de Madrid. Eso si no lo fusilaban. Lo cierto era que no le importaba demasiado. Sólo sentía lástima por Camila, y por el pobre Otto, que caería sin duda en una depresiva y muy viciosa dilapidación de su salud. Pero qué importaba también aquello. Después de lo que había sucedido en Cabrera, ya sabía que todas las personas, cada una a su manera, llevan a cuestas un expediente depurador.

Mientras tanto, en la cocina, Felisa García se devanaba los sesos. No había considerado, dadas las circunstancias, que fuera necesario un pastel. ¿Quién iba a pensarlo, si su única preocupación había sido abortar los preparativos de la fiesta, silenciarla por respeto a la tragedia que estaba viviendo la niña? La cantinera se maldecía a sí misma. ¿Cómo no se había dado cuenta de que tendría que ser Camila, precisamente ella, la primera en resurgir de las cenizas y pedir el regreso a la normalidad? ¿O es que no sabía Felisa que Camila encerraba la fortaleza de un toro en aquel cuerpo frágil como el tallo de un tulipán? Qué estúpida había sido, qué estúpida. Pero aún estaba a tiempo de inventarse algún apaño.

Sacó de un cajón una hogaza de pan blanco, la abrió por la mitad y la untó con un taco de mantequilla que guardaba escondida para los desayunos de Andrés. Luego recuperó otro de sus tesoros, una barra de chocolate que había llegado en una de las cajas de su cuñado y que reservaba para las fechas navideñas. Fundió el chocolate en un cazo. Sin dejar de removerlo fue vertiéndolo sobre la hogaza. Mientras espolvoreaba azúcar, se volvió con cara de pocos amigos hacia Andrés y Leonor, que no se habían movido.

—Pero ¿qué pasa? ¿Nunca habéis visto improvisar un pastel? ¡Leonor, dame las velas, están en ese estante! ¡Y tú, busca las guirnaldas, creo que tu padre las ha tirado a la basura! ¡Vamos, espabila!

Andrés, desbocado por el entusiasmo, salió corriendo a remover en los cubos. Leonor Dot encontró el paquetito que envolvía las trece velas diminutas y se apresuró a entregárselo a la cantinera.

—Mientras acabáis voy a hablar con el capitán —le dijo—. Es importante que sepa...

Felisa García se revolvió como si la otra le hubiera dado un pisotón.

—¡Ni se te ocurra! ¡Todo a su tiempo! Como dice el señor Buroy, la justicia es una venganza que se sirve fría. Ahora lo principal es celebrar el cumpleaños de Camila.

Leonor la miró con sorpresa y un poco de indignación.

—Si no los detienen podrían escapar —se quejó.

—¿Ésos? ¡Pero si son unos desgraciados! ¡Y unos ignorantes, eso es lo que son! Te aseguro que no están muy lejos, ni siquiera saben que el mundo es enorme y hay miles de lugares donde esconderse. Andarán por alguna tasca de Palma o de Ciudadela. ¡Quizá ni se hayan movido de la colonia de Sant Jordi, fíjate en lo que te digo!... ¡Paco! ¿Dónde coño se ha metido ese hombre?

El cantinero, que en aquel momento se encontraba sentado en la taza del retrete, al oír las voces se pasó un papel de periódico por el trasero y salió del excusado intentando aplacar el ronroneo de sus tripas. Abrió la puerta de la cocina y asomó la cabeza, cuidándose mucho de poner un pie en los dominios de su mujer.

—¡Paco, ya era hora! —exclamó Felisa al verlo—. Ve a por el pinchadiscos. Y tú, Andrés, llévale la comida al capitán. ¡Venga, volando, que nos vamos a celebrar el cumpleaños de Camila!

Cargó ella con la tarta y salió al bar. Al ver a los dos hombres que esperaban en la barra hizo un mohín de fastidio, pero no se detuvo.

—El local está cerrado —anunció al pasar junto a ellos.

El Lluent, que había perdido las ganas de comer, apartó con un pie los cristales de la botella y se dispuso a salir tras la cantinera, pero Benito Buroy no estaba dispuesto a quedarse con el estómago vacío. En cuanto se fuera de Cabrera le esperaban muchos meses de hambre.

—¿Cerrado? —exclamó—. ¡Si no hay otro sitio donde comer!

—¡Pues servíos vosotros, la olla está en los fogones!

Poco después ascendía por el camino una insólita comitiva. La encabezaba Felisa García. Caminaba muy erguida, sosteniendo en alto aquel pastel que, a medida que se iba solidificando el chocolate, adquiría las proporciones inquietantes de un meteorito. La seguía Leonor Dot, abrazada a un paquete de discos entre los que estaban «Ojos verdes», «La renegá» de Encarnita Iglesias o «Ya no te quiero» en la versión de Conchita Piquer. Detrás de ella renqueaba Paco y bufaba como si el tocadiscos fuera de plomo. Y en último lugar iba Andrés, con una maraña de banderitas arrugadas y de hilos que le colgaban por entre las piernas.

Cuando entraron en la casa, Camila se incorporó en la cama y se echó a reír. Felisa García, olvidándose de los gritos y las órdenes, se detuvo a mirar a la niña con una ternura repentina. Mientras Andrés, que se había sentado en el suelo, intentaba desliar las banderitas, y Paco instalaba el aparato y Leonor buscaba cerillas para encender las velas, la cantinera pensaba que la vida, la buena vida, la que ella siempre había deseado sin darse cuenta de que en realidad la tenía, era todo lo que sucedía entre una desgracia y otra.

Hacía mucho rato que el capitán Constantino Martínez había acabado de comer, pero la bandeja, en la que una monda de naranja reposaba sobre los restos de un guiso de alubias, permanecía sobre la mesa de su despacho. El militar agrió el gesto y se llevó una mano al estómago.

—Esa maldita metralla acabará conmigo —farfulló—. No debí comerme la naranja, los ácidos me destrozan cuando estoy alterado... ¿Y qué le pasa a Felisa? ¿Por qué no se llevan el servicio?

—Han ido todos a celebrar el cumpleaños de la niña —contestó Benito Buroy, sentado frente a él—. El Lluent y yo hemos tenido que entrar en la cocina a servirnos los platos.

El capitán gruñó removiéndose con tanta brusquedad en la butaca que ésta, más que un crujido, dejó escapar un lamento de tablas astilladas. No cedió, sin embargo, aquel mueble viejo y lleno de carcoma. Sólo se decantó ligeramente hacia un costado, como si se dispusiera a tomar una curva. El militar debía de tener una fe ilimitada en él, porque usó el trasero para enderezarlo con la misma brusquedad con que lo había descuajeringado. Luego, tras encenderse un cigarro, dirigió una mirada siniestra hacia el teléfono que colgaba de la pared.

—¿Qué hacía usted con una pistola, Buroy? ¿Y cómo informo de esto? Dígame, ¿cómo explico que han matado a un héroe de la Luftwaffe? Si al menos hubiera sido él el que violó a la niña... Pero no, ¡si no había hecho nada, el pobre hombre!

El capitán, echándose hacia delante para vencer los ardores, dio una larga calada de su cigarro. Sin enderezarse, como si sólo encogido pudiera soportar el largo viaje de la metralla por sus cavidades interiores, contempló fijamente la brasa que humeaba a escasa distancia de su nariz.

—Después de esto ya nunca me destinarán a la Península —se lamentó—. Me pudriré en esta mierda de isla, si no me sacan antes los ingleses.

—Sería mejor que en Palma no supieran lo que ha sucedido —insinuó Benito Buroy.

—¿Y cómo lo oculto, eh? ¡Ya me gustaría echar tierra por encima, ya me gustaría, pero no puedo! Mañana viene la barca a recoger al piloto. ¿Qué coño quiere que les diga?

Benito Buroy se encogió de hombros. Tenía razón el capitán. Al día siguiente llegaba la barca de abastecimiento y él tampoco había podido matar a Markus Vogel. Así que volvería a Mallorca y se pondría en manos del comisario.

—Maldita sea —gimió de nuevo el capitán Constantino Martínez.

En aquel momento, el soldado de guardia abrió la puerta para anunciar que el cantinero buscaba a Benito Buroy. Entró Paco increíblemente desgreñado, la camisa abierta hasta el ombligo y su mata de pelo torácico empapada de sudor. El hombre jadeaba, pero parecía contento. Daba la impresión de que sutilísimas descargas eléctricas le fueran provocando leves movimientos en los brazos y en las piernas. El capitán y Buroy se dieron cuenta de que a duras penas reprimía un caderazo conectado sin duda con alguna música interior.

—¿Está usted... bailando? —preguntó el militar—. ¿O es que ha vuelto a pasarse con la bebida?

—Las dos cosas, mi capitán, pero con el permiso de mi mujer.

—¿Y a qué viene aquí?

—Me envían para decirle a Buroy que la señora Leonor quiere hablar con él. Que si puede subir ahora, si no le es molestia y da usted su permiso.

El capitán Constantino Martínez, con los brazos cruzados sobre el vientre, pensó que vivía rodeado de cretinos. Mataban a un hombre en el muelle y al poco rato estaban todos de fiesta. Por si eso fuera poco no le invitaban, y reclamaban además la presencia del hombre que había arruinado su carrera militar. Decididamente, por él podían irse todos a la mierda.

Benito Buroy se había puesto en pie y le interrogaba con la mirada. El capitán hizo un gesto con la cabeza con el que quiso dar a entender su asentimiento, pero también su desinterés por cualquier tipo de acto festivo y un ilimitado desprecio por todo el estamento civil. Demasiadas cosas para el alcance de su mímica. Buroy, que sólo le había visto cabecear, avanzó un paso y apoyó las yemas de los dedos sobre la mesa.

—¿Puedo? —preguntó.

—¡Ya he dicho que sí! ¡Váyase!

Salió Benito Buroy acompañado por el cantinero, y el capitán se quedó a solas en su despacho. Los dos hombres se encaminaron hacia la casa de Leonor Dot. Comenzaba a anochecer. La higuera, sacudida por una brisa intermitente, esparcía por el aire el aroma de su plenitud. También el mar olía fuerte, a algas y a sal. La noche se anunciaba agridulce y embriagadora.

A medida que se acercaban a la casa se iba oyendo la música con mayor intensidad. A Paco se le escapaba la danza. No tardó en hacer remolinos con los pies, y en girar sobre las puntas alzando los codos. Tras cada explosión de ritmo recuperaba la compostura, se ponía al paso de Benito Buroy y lo miraba como si fueran cómplices de alguna diversión secreta. El pistolero caminaba con ganas de llegar de una vez.

Cuando entraron sonaba «La Parrala». Felisa García, desplomada en una silla, hinchaba los carrillos abanicándose con un papel. Andrés continuaba sentado en el suelo al lado del tocadiscos, atento a cambiar el disco cuando hiciera falta. Leonor Dot batía huevos para preparar una tortilla a Camila, y la niña, que no se había movido de la cama, sonreía con cierto agotamiento. Benito Buroy pensó que Paco no podría disfrutar mucho rato más del baile.

—¡Andrés, quita eso! —gritó Felisa, leyéndole las ideas—. ¡Para ese trasto! ¡Ya está bien por hoy!

Benito Buroy saludó con la cabeza. El repentino silencio hizo que se sintiera más incómodo. De buen grado habría regresado sobre sus pasos, pero Leonor Dot le cogió de brazo y lo condujo hacia el porche. Felisa García se había levantado y, con una sartén en la mano, se disponía a cuajar la tortilla. Paco se había quedado plantado en medio de la habitación, sin saber qué hacer.

—Vete a casa —le dijo su mujer—. Y llévate a Andrés, que ya recogeremos mañana.

Benito Buroy salió al porche detrás de Leonor Dot. Aunque no le apetecía estar a solas con ella, deseaba aquel encuentro por algún motivo que no alcanzaba a explicarse. Buroy era consciente de que no había logrado engañarla, pero por eso mismo se sentía bien en su compañía. No necesitaba ocultar nada, ni fingir ninguna integridad, ni, por el contrario, aparentar ser un hombre desprovisto por completo de escrúpulos. Podía comportarse como realmente era y decir lo que pensaba, por mucho que fuera incapaz de hacerlo.

Leonor Dot le daba la espalda, vuelta hacia el mar. Su voz sonó extrañamente afable.

—Usted vino aquí a matar a alguien, ¿no es cierto?

Benito Buroy no se molestó en responder. Permanecer en silencio le hizo sentirse en paz consigo mismo, como si de aquella forma tan sencilla estuviera dejando de ocultarse.

—Es horrible lo que le han hecho a Camila —continuó Leonor Dot—. Cuando supe quiénes eran esos hombres, yo también habría dado lo que me pidieran por verlos muertos a ellos. Pero ¿de qué habría servido?

Se volvió hacia Benito Buroy. Él le sostuvo la mirada, no le costó hacerlo. Leonor Dot no parecía reprocharle nada.

—Mi hija es lo único que tengo. No espero más de la vida, ella me basta. Y estoy segura de que estaría de acuerdo con lo que voy a decirle.

Poco después, Benito Buroy entraba de nuevo en la casa y se detenía unos instantes a los pies de la cama de Camila. Felisa García, sentada junto a la niña, lo miró con cara de pocos amigos.

—Me voy —dijo él—. Feliz cumpleaños.

Había emprendido ya el descenso a la plaza cuando lo detuvo una voz. Leonor Dot se le acercaba en la oscuridad. Cuando le habló, Benito Buroy notó su aliento cálido en la cara.

—Diremos a Camila que ese piloto huyó disfrazado de pescador. No nos creerá, pero se quedará más tranquila. Todos queremos que nos engañen.

Benito Buroy asintió en silencio y esperó a que la mujer volviera a entrar en la casa. Luego retomó el camino. Pero, tras dar unos pasos, al verse solo y comprobar que nadie le seguía, se detuvo y desvió la mirada hacia lo alto. El cielo estaba abarrotado de estrellas. La brisa cuajada de olores le estremecía la espalda con lametazos gélidos, pero él agradecía aquella frialdad. Le despejaba las ideas. Nunca, hasta aquella noche, habría podido sospechar que el mal, en manos de una mujer, pudiera servir para hacer el mundo un poco mejor.

El capitán Constantino Martínez recibió a Benito Buroy murmurando por lo bajo. Había puesto la máquina de escribir sobre la mesa y tecleaba trabajosamente con los dedos índices. Al hacerlo, hundía las clavijas con tanta fuerza que los tipos golpeaban el papel con chasquido de látigo. Muchos de ellos, por causa del impacto y del enquilosamiento de la máquina, se quedaban atascados en el momento de plasmar la letra. El militar, maldiciendo, los obligaba a retroceder y se manchaba de tinta las yemas de los dedos.

Benito Buroy tomó asiento delante de él, recuperando la posición que tenía antes de que reclamaran su presencia en la fiesta. Por un momento se le extravió la mirada. A espaldas del capitán, al otro lado de la ventana, las brasas del atardecer teñían de rojo la higuera.

—¿Ha hablado con Palma? —preguntó Buroy cruzando los dedos.

—¡Estoy ocupado! ¿No lo ve? —saltó el militar—. Tengo que redactar el informe para enviarlo a Capitanía, y ya es muy tarde. Llamaré mañana a primera hora.

Benito Buroy dejó escapar un suspiro de alivio. Cruzó las piernas y encendió un cigarro. Debía evitar apresurarse. Había llegado el momento de desplegar toda su capacidad de persuasión, pero no era él una persona a la que le gustara andarse con rodeos. Pensó que decir la verdad podía ser más efectivo que dejar volar la imaginación. Lo único importante era convencer al capitán, llevar adelante la propuesta de Leonor Dot. En aquel momento, y no sólo porque a él también le beneficiaba, habría hecho cualquier cosa por conseguir que aquella mujer se saliera con la suya.

El militar, ajeno al largo silencio de su visitante, continuaba absorto en el castigo sistemático de la máquina de escribir. Benito Buroy optó por embestir sin contemplaciones. Reclinó un momento la cabeza, cerró los ojos y se masajeó las sienes. Luego, adoptando una pose relajada y con el mismo tono de voz con que comentaría el estado del tiempo, dijo:

—Tire ese informe. Tendrá que redactar otro.

El capitán Constantino Martínez alzó la mirada hacia él. Se había quedado con los índices en alto como si fuera a clavar unas banderillas.

—¿Qué dice usted?

Benito Buroy estaba obligado a jugarse el todo por el todo. Tragó saliva, pero reaccionó de inmediato. Pasó un brazo por el respaldo de la silla para adoptar una postura más distendida, y esbozó una media sonrisa como preámbulo de sus palabras.

—Lo que le voy a contar no puede saberse. Sin embargo, sé que usted es un buen militar y un hombre de honor... Markus Vogel pertenece a la Abwehr, el servicio de inteligencia militar alemán. Durante un tiempo trabajó también para nosotros, pero es probable que lo hiciera además para los ingleses. Eso se sospecha. Como comprenderá, estamos todos muy interesados en controlar el estrecho de Gibraltar, y parece ser que él sacó un buen provecho. A mí me enviaron aquí para hacerlo desaparecer. Debía conseguir su liberación o matarlo, según se dieran las circunstancias.

El capitán Constantino Martínez había bajado las manos hasta posarlas sobre la mesa y le miraba con los ojos como platos. Benito Buroy pensó que por el momento iba bien encaminado.

—La causa de que haya demorado tanto mi partida —prosiguió— ha sido el férreo control que mantiene usted sobre la isla. Si le he de ser sincero, y sin ánimo de ofenderle, le he de confesar que no lo esperaba...

El militar alzó un hombro en señal de humildad y buscó el paquete de cigarros. A aquellas alturas, Benito Buroy ya no necesitaba hacer ningún esfuerzo para mostrarse relajado.

—El caso es que, ante la imposibilidad de sacar a ese hombre de aquí, había decidido acabar con su vida. Fue entonces cuando ese aviador cayó en nuestras aguas y las cosas se complicaron tanto para usted como para mí. Aun así, creo que no debemos preocuparnos. Tengo la solución que nos pondrá a salvo a los dos... Siempre que usted la acepte, naturalmente. Yo estoy a sus órdenes.

El capitán agitó una mano con impaciencia.

—Bueno, bueno... ¿Qué solución es ésa? —preguntó—. A mí no se me ocurre ninguna.

Benito Buroy tomó aire pero no se demoró en la respuesta. Había llegado el gran momento.

—Usted dirá en su informe que Markus Vogel murió por disparos de un desconocido. Sacaremos a ese espía de Cabrera bajo la identidad del piloto, y una vez fuera de aquí ya serán ellos, los alemanes, quienes deban espabilarse. Usted y yo estaremos fuera de este asunto.

Un espeso silencio se adueñó del despacho. Benito Buroy consideró que no debía añadir nada más hasta que el otro hubiera reflexionado, cosa que sin duda estaba haciendo el capitán Constantino Martínez, pues comenzó a gruñir, se puso en pie y cruzó un par de veces la habitación retorciéndose los dedos de las manos.

—Pero, si todo esto se descubre... —titubeó, deteniéndose por fin junto a la puerta.

En aquel momento supo Buroy que había conseguido su objetivo.

—No hay nadie interesado en contar la verdad —apuntilló—. Aquí todos callarán, para ellos Markus Vogel es un amigo. En cuanto a él, se dejará repatriar y desaparecerá en cuanto pise territorio alemán. Es lo que haríamos usted o yo de estar en su lugar, ¿no cree? Por lo que se refiere a nuestros mandos, se contentarán con nuestras explicaciones. Les habremos sacado de encima un problema y eso es lo que esperan de nosotros... Hasta es probable que, tomando en cuenta su probada eficacia, no tarden en reconsiderar su destino.

El capitán dudó todavía unos instantes. El reglamento le martillaba la cabeza con la constancia de una migraña. Pero, al fin y al cabo, era un hombre como los demás y deseaba salvarse.

—¡Soldado! —gritó.

Se abrió la puerta y asomó la cabeza del centinela.

—A sus órdenes.

—Tráigame al prisionero alemán... Y mande aviso al campamento para que hagan venir al barbero... Y desnude el cadáver. Su uniforme queda intervenido por las autoridades españolas. Lo quiero encima de mi mesa antes de cinco minutos.

Felisa García había visto amanecer por la ventana de la cocina. A aquellas horas ya tenía todo preparado para poner en marcha la cantina y se encontraba sentada a la mesa trabajando en sus ejercicios de escritura. Copiaba unos párrafos de un libro que días atrás le prestara Leonor Dot. En ellos se hablaba de otra mañana que comenzaba en un lugar muy lejano, la ciudad de París: «Las tiendas se abrían con el bostezo ruidoso de las puertas metálicas —escribía Felisa con la punta de la lengua entre los dientes—. La leche subía a todos los pisos y el pan tierno calentaba la mañana. Era la hora más sanguinolenta de las carnicerías». Aquella frase le provocó un escalofrío. Alzó la mirada hacia la foto del papa Pío XII, pero lo que vio fueron los mostradores de mármol donde caían las reses despellejadas, y las manos ateridas que alzaban sobre ellas grandes cuchillos, y al otro lado de los cristales las calles que comenzaban a llenarse de gente, multitud de personas somnolientas que se apresuraban bajo una lluvia muy fina. Todo aquello hizo que Felisa García se sintiera un poco mareada por lo grande y ruidoso que era el mundo, y muy a gusto en aquel rincón donde había nacido y en el que un buen día la encontrarían plácida, confortablemente muerta.

Supo que eran las ocho porque oyó el camión que llegaba del campamento con el relevo de la guardia. Los soldados que habían pasado la noche en la Comandancia no tardarían en aparecer por allí, ojerosos y entumecidos, en busca de un tazón de achicoria caliente. Felisa García cerró el cuaderno, dejó el lápiz sobre la mesa y salió al bar. Se situó tras la barra ocupando el puesto de Paco, que todavía no se había levantado. Aquella mañana no iba a obligarlo a salir de la cama. La noche anterior, mientras lo oía roncar agotado por la fiesta de Camila, había decidido la cantinera que al fin y al cabo su marido no era un mal hombre, que el único problema que tenía era que no le gustaba su vida y que bastante soportaba con aquella carga. Nadie es culpable de no ser feliz, había pensado Felisa García en la oscuridad de su dormitorio, embutida en el camisón que se trajera de Palma, agradeciendo que al menos a ella la felicidad la acariciara en algunas ocasiones como un rayo de sol que se cuela por entre las cortinas, te templa el cogote y al instante se desvanece.

Entraron dos soldados. Eran dos chicos muy jóvenes, casi unos críos. Uno de ellos retrocedió de nuevo hasta la puerta y dio unos taconazos con la bota en la pared.

—Mierda —dijo—, he pisado un higo. Lo voy a poner todo perdido.

A Felisa García le dio un vuelco el corazón. Acababa de caer en la cuenta de que estaban a mediados de septiembre, y que por lo tanto la higuera, sin que nadie le hiciera caso, estaría ofreciéndoles el regalo con que cada año saludaba la llegada del otoño. «Cómo he podido olvidarme de ella», murmuró la cantinera.

Dejó sobre la barra, para los soldados, dos tazones de leche teñida de achicoria y salió a la plaza. Avanzó cohibida hacia el árbol, como si temiera sus reproches. Asustados por su proximidad, multitud de pájaros volaron en todas direcciones. Felisa García, a la que le repelían las plumas, cerró los ojos y agitó las manos. Pero continuó avanzando y, al situarse bajo la copa de la higuera, dejó escapar una exclamación de asombro. Las ramas estaban cargadas de frutos liláceos, tan henchidos que a muchos se les abría la piel en estrías púrpuras, heridas de las que goteaba la miel de sus carnes. El olor dulce era tan fuerte que vencía a la sal del mar e impregnaba el aire por completo. Ningún frutal, en el mundo entero, podía comparar su voluptuosidad con la de aquella vieja higuera de ramas quebradizas.

Felisa García, sintiéndose inmensamente agradecida, pensó que debía apresurarse a reunir botes para confitar los higos. Fue entonces cuando el capitán Constantino Martínez se asomó a la puerta de la Comandancia y le hizo un gesto con la mano.

—Venga aquí, hágame el favor.

La cantinera le siguió hasta su despacho. Ya iba a decirle al militar que no tenía tiempo para tonterías cuando a punto estuvieron de fallarle las piernas. Markus Vogel, vestido con el uniforme del piloto, el pelo corto y rasurada su larga barba de ermitaño, se hallaba de pie en medio de la habitación. Tenía la mirada turbia, enrojecidas las pupilas. No parecía muy contento con su suerte. En cambio, Benito Buroy, sentado a su lado, esbozaba una amplia sonrisa.

—¿Qué le parece? —preguntó éste a la cantinera—. Por suerte, cuando Schmidt recibió los disparos llevaba abierta la guerrera. Le sienta como una seda a nuestro amigo Markus... Y parece que finalmente podrá volver a Alemania.

Felisa García, que no se había vuelto hacia Buroy para escuchar sus palabras, escudriñaba la actitud del hombre que había pasado tantos meses solo en un acantilado.

—¿Cómo se encuentra? —le preguntó.

Markus Vogel tenía en la mano una cartera de bolsillo. Allí estaba la documentación del piloto, con la que podría regresar a Alemania, pero también dos fotos que entregó a la cantinera. En una de ellas vio la mujer a un niño con un avión de juguete en la mano. En la otra a un hombre y una mujer mayores que miraban a la cámara con infinita seriedad.

—No muy bien —contestó el alemán—. He matado a un hombre inocente.

—La culpa fue mía. Fui yo la que le acusó...

—Bueno, bueno —intervino el capitán Constantino Martínez—. Las cosas están como están, y no se puede hacer nada. La he llamado para informarle de que a partir de ahora todo va a ser un poco... irregular. Pero no debe usted preocuparse. El señor Benito Buroy, que pertenece a los servicios de contraespionaje españoles, y yo mismo, controlamos la situación. Así que vuelva a su casa y sea discreta. Confío en usted.

Benito Buroy se había puesto en pie. Se situó junto a Felisa García y acercó la boca a su oído.

—Esto no lo puede saber ni su cuñado, ya me entiende —le susurró.

La cantinera no tuvo tiempo de contestar. El centinela, desde la puerta de la Comandancia, avisó de que la barca de abastecimiento estaba entrando en la bahía. El capitán se frotó las manos y miró a la mujer con la sonrisa insinuante de un prestidigitador a punto de completar su número.

—Venga conmigo a recibirla —le propuso—. O mucho me equivoco, o trae una sorpresa para usted.

A Felisa García, que estaba teniendo una mañana muy agitada, se le aceleró el pulso al oír aquello. Siguió al militar renegando, restregándose la cadera con la mano y murmurando que entre todos iban a matarla, pero ya intuía lo que la esperaba. Desde el muelle, a medida que la barca se aproximaba, alcanzó a divisar lo que tanto había deseado y temido. Sentado en una silla de ruedas atada como un bulto más a los muchos que abarrotaban la cubierta, su hijo mayor regresaba por fin de una contienda que había terminado hacía ya mucho tiempo. Aunque se había convertido en un hombre obeso y desmadejado, la mirada hundida con obstinación en el regazo y el rostro tan hinchado que le costaba reconocerlo, Felisa García dijo: «Ya está aquí mi niño». Nada más largar los amarres pidió ayuda para subir a la barca. Lo abrazó sin importarle que él no le dijera nada y, volviéndose hacia el muelle donde sólo se encontraba el capitán un poco molesto por la desagradable visión del mutilado, gritó con orgullo:

—¡Es mi hijo! ¡Es un héroe de nuestra guerra!

El eco le devolvió su voz y el capitán Constantino Martínez, alarmado por aquella proclama, se sintió obligado a poner un poco de orden.

—Ya tenemos carbonero —sentenció—. Esperemos que sepa hacer su trabajo.

El resto de la mañana transcurrió en el ajetreo de la descarga de los víveres. Una patrulla, al mando del sargento Ridruejo, trasladó el cadáver de Hermann Schmidt hasta el cementerio y le dio entierro. En cumplimiento de las órdenes del capitán Constantino Martínez cavaron una fosa profunda para evitar que las tormentas lo devolvieran a la superficie. No pusieron ninguna identificación sobre la tumba, que con las primeras lluvias se cubriría de perejil.

Aquel día se sirvieron las comidas en la cantina más pronto de lo habitual, pues la barca esperaba para emprender el regreso. Avisadas por Felisa García, que había sacado por fin a Paco de la cama para enviarlo de mensajero, Leonor y Camila retomaron su posición en la mesa junto a la ventana. La niña estaba todavía muy pálida, pero los ojos le chispeaban y se había puesto el vestido que hacía juego con los manteles. Felisa García, al verla sentada allí, tan erguida y con aquellos modales de señorita, recordó el día ya lejano en que la vio por primera vez y la hizo llorar con su brusco recibimiento. La cantinera pensó que todo lo hacía mal, pero que por suerte la vida era larga y le daba tiempo para rectificar. Aquella mañana se prometió a sí misma que corregiría también sus errores con Andrés, y con su hijo mayor, que teniendo una madre se había visto obligado a recurrir a la beneficencia, y que permitiría a Paco que corrigiera los suyos, que eran tantos o más que los de ella.

Por lo que se refiere a Benito Buroy, iba a disfrutar por última vez de su comida en solitario. Desde su mesa del fondo vio entrar a Markus Vogel, muy apocado con su nuevo uniforme. El alemán saludó a los presentes inclinando levemente el torso y se sentó con Leonor y Camila. Casi no hablaron, como si todo estuviera ya dicho o fuera de sobras conocido. En otra mesa Felisa García atendía a su hijo mayor, que comía sin mirarla con un gesto de desagrado en la comisura de los labios. Y en la barra, Paco parecía finalmente contento con su vida. Bromeaba con el médico militar, que ya era un hombre libre. El Lluent estaba con ellos pero permanecía en silencio.

No hubo sobremesa. El sargento Ridruejo entró para anunciar que la barca se disponía a partir y Markus Vogel se puso en pie. Leonor Dot permaneció sentada con la mirada fija en el plato, pero Camila saltó al cuello del alemán. Éste la abrazó soportando sin esfuerzo su peso liviano. Luego la devolvió a su silla y, tras observar unos instantes la nuca esquiva de Leonor Dot, extendió una mano y le acarició la cabeza. Leonor continuó sin alzar los ojos.

—No se olvide de mí —dijo él—. La buscaré cuando todo esto acabe.

Sólo cuando Markus Vogel se separó de la mesa se atrevió Felisa García a acercársele para entregarle un pequeño paquete envuelto en papel de periódico. «Tenga, para el viaje», le dijo. Y el alemán, rompiendo su habitual timidez, se le abrazó. Felisa García sintió que se le ponía toda la piel de gallina.

—Vamos, váyase —le dijo—. Siga su vida.

Benito Buroy y Markus Vogel salieron del bar. Cruzaron la plaza y se internaron por el muelle hasta llegar a la barca. Allí los esperaba el capitán Constantino Martínez para autorizar su partida.

—Dense prisa —ordenó—, el mar se está rizando y no quiero verlos más por aquí.

Mientras tanto, en la cantina, el médico militar, algo achispado por las copitas que le había ido sirviendo Paco, insistió ceceando en que Camila debía regresar a la cama. Leonor optó por obedecerle. Cubrió con un chal los hombros de su hija y emprendieron juntas el ascenso hacia su casa. Entonces el Lluent apuró de un trago su orujo y se volvió hacia Felisa García.

—Hoy no vendré a cenar —le dijo.

Se encaminó hacia la puerta. Allí se cruzó con el capitán Constantino Martínez, que había decidido tomarse un trago para celebrar lo que parecía el final de todos sus problemas. El Lluent no contestó al saludo del militar, que entró en la cantina, se acodó en la barra y lo vio alejarse en dirección al muelle. Nunca más volvería a encontrarse con el pescador. Pocos meses después, debido quizá a su buena mano en el control del espionaje, destinaron al capitán Constantino Martínez al regimiento destacado en Algeciras. El Lluent, por su parte, cumplió seis años de condena en el penal de Palma por haber matado a un hombre y herido a otros dos en una tasca de la colonia de Sant Jordi. Paco, mal que bien, cuidó mientras tanto de su barca.

En cuanto a los ingleses, nunca invadieron Cabrera.